"레이첼?"

시타

레이첼

달루레포크이아드스

자하 에렉실

사피나 카르샤나

스노우

Characters

마기루카 후툴리카

튜테

리리

메어리 레가리아

"……역시……여기에……"

오르트아기나서

아무래도 제 몸은 **완전무적**인 것 같아요

6

Contents

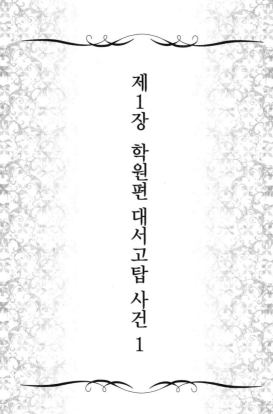

제1장 학원편 대서고탑 사건 1

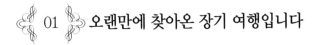# 01 오랜만에 찾아온 장기 여행입니다

"오랜만에 장기 여행을 즐길 수 있을 것 같아서 기대되네."

기대감으로 부푼 가슴을 안고서 나는 마차의 차창을 통해 바깥을 바라보고 있었다.

현재 나는 흔들리는 마차를 타고서 카르샤나가의 영지로 향하고 있다.

마차 안에는 나와 튜테, 마기루카와 왕자님이 타고 있다. 사피나와 자하는 이미 고대의 숲에 있다고 한다.

사피나가 실전 경험도 쌓을 겸 가문의 일을 거들고 있다는 걸 최근에 듣긴 했지만, 설마 자하까지 동행했을 줄이야……. 아니, 자하라면 그 이야기를 듣고서 기꺼이 따라갈 테지. 딱히 놀랄 만한 일은 아닌 것 같다.

"기대되는군요. 작년에 레리렉스 왕국에 갔을 때는, 여러 일이 터지는 바람에 메어리 님은 관광도 느긋하게 즐기지 못했으니까요."

"……그러게. 이제 골치 아픈 소동은 그만 벌어졌으면 좋겠어."

내가 중얼거리는 소리에 마기루카가 말장구를 쳤다. 나는 백은의 성녀라는 뒤숭숭한 호칭이 널리 퍼지는 계기가 된 슬픈 사건을 떠올리고서 살짝 우울해졌다. 그러나 이내 마음을 다잡고서 이번 여행의 목적을 되새겨보기로 했다.

"그나저나 설마 그 파르거 씨가 상당한 유명인이었을 줄이야. 참 놀라워."

나는 며칠 전에 온천 시설…… 아니, 고대 유적에서 만났던 변태…… 아니, 마초 고고학자님을 떠올렸다.

"그는 전 세계를 돌아다니며 수많은 유적이나 유물, 귀중한 아이템 등을 꾸준히 발견해온, 고고학 및 모험가 업계에서 유명한 분이었죠. 그쪽 방면은 공부가 부족했네요."

나와 마기루카는 후일 왕자님을 통해서 파르거 씨의 명성을 알게 됐다. 어떤 의미에서 보통내기는 아닐 거라고 짐작은 했다. 그러나 설마 그토록 굉장한 사람인 줄은 전혀 모른 채 무례를 범했음을 그때서야 깨달았다. 그러나 우리 역시 파렴치한 장면을 여럿 볼 뻔했으므로 서로 퉁치는 셈 치자.

이 대목에서 파르거 씨를 떠올린 이유는 이번 여행과 관계가 있기 때문이다.

헤어질 즈음에 파르거 씨가 우리에게 어느 장소에 가보는 게 어떻겠느냐고 권한 것이 사건의 발단이다.

그 장소의 이름은 '카이로메이어.'

먼 옛날부터 전 세계에 존재하는 온갖 문장(文章), 서적, 비석 등을 수집하고 관리하고 해석하고 연구하는, 지식이 방대한 곳이라고 한다.

일설에 따르면 8계급 마법의 존재를 세상에 전한 업적이 있다고 한다.

뭐, 그런 수준 높은 곳에 가보라고 권한 이유가 내 레포트 주제 때문이라는 사실이 너무 생뚱맞아서 눈물이 나올 것 같긴 하지만⋯⋯.

(참고나 하려고 파르거 씨한테 물어본 나도 잘못하긴 했지만⋯⋯. 돌이켜보니 세계적인 고고학자이니 당연히 수준 높은 곳을 추천하겠지~.)

그럼 그렇게 부끄러워하면서도 어째서 카이로메이어에 가려고 하는 것인가? 내 레포트 주제를 찾으려는 목적도 있긴 하지만, 그보다도 어쩌면 내가 진정으로 찾고 있는 그것이 그곳에 있지 않을까, 하는 과도한 기대감 때문이다. 뭐, 그 이상으로 마기루카가 무지 가고 싶어 했던 곳이기도 하다.

(근데 파르거 씨, 거길 권하기 전에 '과연, 이것도 운명인가⋯⋯' 하고 중얼거리며 혼자서 납득하던데, 뭘까?)

"그 사람이 권한 카이로메이어는 고대의 숲 깊숙한 곳에 있고, 엘프가 통치하는 지역인지라 그들과 교류를 별로 하지 않았던 우리나라에는 정보가 거의 없어. 좋은 기회이니 나도 견문이나 넓힐까 해."

"근데 파르거 씨가 편지를 건네면 길잡이를 해줄 거라고 추천했던, 연줄이 있는 엘프가 그 '셰리' 씨였다니 이 역시 의외라고 해야 할지, 세상이 참 좁다고 해야 할지⋯⋯."

왕자님이 말하자 나는 생각을 그만두고 헛웃음을 지으며 말장구를 쳤다. 셰리 씨는 지난번 '왕자님 TS사건'의 원흉이라고 해야 하나, 그 사건으로 인연을 맺은 사고뭉치 엘프 마공기사다.

"문제는 방랑벽이 있는 셰리 님이 지금도 촌락에 있느냐 없느냐이군요."

"그건 사피나와 자하가 앞서 촌락으로 갔으니 붙잡아뒀기를 바랄 수밖에 없겠네. 뭐, 설령 거기 없다고 해도 지금이라면 다른 사람한테 부탁할 수 있지 않을까?"

"옛날과 달리 지금이라면 가능할지도 모르겠군요. 후훗, 아무리 그래도 백은의 성녀님의 부탁을 누가 거절하겠어요."

"아~, 너무해~. 부우~, 짓궂은 소리는 하지 말아줘."

마기루카가 후훗, 하고 웃으며 짓궂게 말했다. 반쯤 농담이라는 걸 알면서도 나는 그만 뺨을 부풀리며 토라졌다. 그 광경을 왕자님은 곤란한 듯 웃으며, 튜테는 흐뭇하게 웃으며 바라봤다.

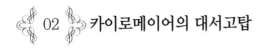

02 카이로메이어의 대서고탑

광범위하게 펼쳐진 고대의 숲 깊숙한 곳, 앞이 보이지 않을 정도로 빽빽한 밀림을 지나자 마치 숲을 도려낸 듯한 거대한 호수가 펼쳐진 곳이 나왔다. 그 장소는 바로 거기에 있다.

카이로메이어.

인간들이 역사를 자아내기 훨씬 이전부터 존재했다는 곳. 거대한 호수 한가운데에 있는 작은 섬 위에 석조 건축물들이 멋들어지게 지어져 있는 도시다.

그 카이로메이어에는 섬 면적의 절반을 차지할 만큼 거대한 탑이 있다. 하늘 높이 뜬 구름을 뚫어버릴 만큼 엄청나게 높은 것은 아니지만, 넓이가 압권이다.

또한 그 내부도 장엄한데, 천장까지 뻥 뚫린 거대한 방을 중심으로 여러 개의 방으로 나뉘어 있다. 그곳에는 서고처럼 책들이 대량으로 보관되어 있다.

그 모양새 때문에 주민들은 이곳을 '대서고탑(大書庫塔)'이라고 부른다.

그리고 나머지 부지에는 주거지와 광장, 상점, 농지 등등 사람들이 생활하는 공간이 존재하고 있다.

카이로메이어는 호수 위에 자리하고 있으므로 길쭉한 대교 하나가 외부와의 유일한 연결 통로다. 또한 거대한 문과 벽으로 출입구를 막고 있어서 외부 사람들이 드나드는 것을 쉽게 통제할 수 있다.

카이로메이어는 그 제한된 출입구를 통해 인근 엘프 촌락과 최소한으로만 물자 교류를 해왔다. 숲 바깥에 사는 사람들과는 교류를 거의 하지 않는 폐쇄적인 곳으로 알려져 있다.

그곳 주민들 대부분은 엘프다. 그러나 그들의 외모는 숲에 사는 다른 엘프와는 조금 다르다.

그들의 피부색은 갈색이고, 머리카락과 털은 새하야며 눈동자는 새빨갛다.

'다크 엘프'라 불리는 종족과 특징이 비슷하지만, 능력치 전반을 비교하자면 카이로메이어 주민들이 훨씬 더 우수하다. 또한 카이로메이어 주민은 다크 엘프보다 수명이 짧으므로 같은 종족인지 아닌지 다소 의심스럽다.

그들의 수명은 왜 짧을까. 종족적인 요인 때문인지, 환경적인 요인 때문인지 현재도 밝혀지지 않았다.

해가 뜬 대서고탑의 대형 방에서는 오늘도 학자처럼 생긴 주민들이 장서들을 해독하는 데 정성을 쏟고 있었다.

그들 중에는 대량으로 늘어선 책장 앞에 놓인 접사다리 위에 앉아서 책을 열심히 읽는 소녀가 있었다.

그녀는 긴 백발에 귀여운 베레모를 쓰고 있고, 하얀색을 바탕으로 한 케이프를 입고 있다.

그 케이프는 대서고탑에서는 '사서'라는 직책을 드러내는 복장이다. 그리고 그녀가 입은 옷은 사서 중에서도 최고위직인 '사서장'을 의미한다.

그녀는 고위 엘프이긴 하지만, 어린 티가 가시지 않은 듯한 외모로 보아 열대여섯 살쯤 됐을까? 엘프이므로 외모가 나이를 따라가지는 않을 테지만, 성숙한 성인이 아닌 것은 확실하다.

"시타. 또 책을 정리하다 말고 독서를 하고 있네."

그녀를 '시타'라 부르는 한 여성이 가까이 다가가면서 어이없어 했다.

"아, 언니……가 아니라 레이첼. 자, 잠깐 확인할 게 있어서 읽고 있을 뿐 결코 농땡이를 치고 있는 건 아니에요."

부르는 소리가 들리자 시타는 황급히 책을 덮고서 '레이첼'이라는 여성에게 변명했다.

레이첼은 몸집은 작은 시타와는 대조적으로 키가 머리 하나쯤 더 크고, 어른스럽게 생긴 매력적인 여성이다. 몸을 움직일 때마다 포니테일로 묶은 긴 백발이 흔들리는 모습에 귀여움이 은근히 남아 있긴 하지만.

그리고 레이첼 역시 시타와 마찬가지로 '사서'를 나타내는 케이프를 착용하고 있는 것으로 보아 같은 직책임을 알 수 있다.

더욱이 그녀는 사서장을 보좌하고 호위하는 역할도 맡고 있다.

"흐~음, 처음으로 발견한 뒤로 한 시간쯤 지났는데도 아직도 확인을 못 한 거니~?"

"윽…… 그, 그건~."

레이첼이 짓궂게 웃으면서 지적하자 시타는 눈동자를 이리저리 굴렸다.

시타는 사서장인데도 레이첼의 말투에는 친근함이 담겨 있다. 그렇게 대해달라고 시타가 바랐을 뿐만 아니라 두 사람의 관계가 각별하기 때문이다.

어렸을 적에 부모님을 여읜 시타를 레이첼의 가족이 거둬서 키웠다.

그러므로 시타는 레이첼을 친언니로 여기고 있다. 시타가 직위차 때문에 거리감을 두고 싶지 않다고 떼를 쓴 바람에 레이첼이 그렇게 스스럼없이 대하는 것이다. 욕심 같아서는 근무 중에도 '언니'라고 부르고 싶은 마음이 굴뚝같지만, 레이첼이 공사는 구별해야 한다고 나무라서 마지못해 이름으로 부르고 있다.

"후훗, 그래서…… 뭘 그리 열심히 읽고 있었니?"

"이건 말이지, 셰리가 기부해준 「황금의 공주와 히드라」라는 책이야."

"아아, 작년쯤에 화제가 됐던 그 사건 말이구나. 왜 또?"

"파르거 씨가 보낸 편지에 그 '백은의 성녀' 얘기가 실려 있어서 무심코 다시 읽고 싶어져서."

"오호~, 백은의 성녀님은…… 역시 실존하는 존재였구나."

"게다가 편지에 따르면 그 장본인이 카이로메이어에 올지도 모른데! 하아~, 어떤 사람일지 딱 한 번이라도 좋으니 보고 싶어라~."

시타가 흥분하여 레이첼에게 책을 내보이고서 가슴으로 끌어 안았다. 그러고는 하후~, 하고 숨을 내뱉으며 꿈을 꾸는 소녀처 럼 감상에 빠져들었다.

"자자, 그럼 사서장으로서 부끄럽지 않도록 평상시부터 행실 에 각별히 유의해야겠네. 이런 데서 독서에 빠지지 말고 어서 일 해, 일."

"예~."

언니에게서 꾸지람을 들은 동생처럼 시타는 어깨를 축 늘어뜨 리고서 남은 책들을 마저 정리하기 시작했다.

"아, 맞아. 오늘도 거길 또 열어야 하나?"

"그래. 지하 서고에는 오래전부터 보관된 물건들이 많아서 문 이 열리길 기다리는 사람들이 많으니까. 힘내, 시타."

"우~, 알았어. 힘낼게."

책 정리를 마친 뒤 시타는 기다리고 있던 레이첼 곁으로 걸어 가면서 물었다. 레이첼은 대답하면서 목적지로 걸어갔고, 시타는 그 뒤를 따랐다.

대서고탑은 오랜 세월 존재해왔기에 대단히 귀중한 책 등을 많 이 소장하고 있다. 그래서 도난을 방지하고 관리하기 위해서 몇 몇 서고는 잠겨 있다. 그 서고의 문을 열어주는 것이 대대로 내려 온 사서장의 업무다.

사서장이 가진 그 열쇠는 전설급 매직 아이템으로 성질이 꽤 특 수하다. 사서장이라고 해야 하나, 시타의 가문만이 그 아이템을 사용할 수 있다.

그래서 아직 미숙한데도 시타가 이 탑의 사서장을 맡은 것이다.

"어라, 레이첼 씨와 시타 씨 아닙니까."

생각을 하면서 레이첼의 뒤를 따르던 시타에게 한 중년 남성이 부드러운 투로 말을 걸었다.

"아, 토마스 사제님. 안녕."

귀에 익은 목소리가 들리자 시타는 생각을 멈추고서 웃으며 인사했다.

눈앞에 서 있는 남성은 엘프가 아니라 인족이다. 더욱이 그는 카이로메이어 출신이 아니라 에인호르스 성교국(聖敎國) 사제다.

그는 20년쯤 전에 성교국에 소장하던 아주 귀한 서적을 기부하러 방문했다가 그대로 눌러앉고서 포교를 펼쳤다. 그 이후로는 외부 방문자를 상대로 상담을 받아주거나 중간다리 역할을 자청하고 있다. 오랫동안 성가신 일을 도맡아서 처리하고 성실한 행동을 쌓아온 결과, 주민들로부터 신뢰가 두텁다.

시타 역시 그가 해준 이야기 덕분에 외부인과 외부 세계에 흥미가 생겼다. 또한 파르거와 셰리와 만날 수 있는 계기를 제공해준 고마운 인물이다.

"둘 다 어디로?"

"지하 서고. 열지 못한 문을 오늘도 도전해볼까 해서."

"오오~, 이거, 이거 좋은 일이로군요. 가능하다면 그대로 전부 착착 열어줬으면 좋겠어요. 얼마나 오래 기다리게 한 줄 압니까?

정말이지 민폐도 이런 민폐가 없어요."

사제와 시타의 대화에 불쑥 끼어든 남자의 목소리에 레이첼은 노골적으로 질색하며 그쪽을 쳐다봤다.

사제의 뒤에 숨듯 서 있는 통통한 중년 남성이 밉살스럽게 웃어 보이며 레이첼을 쳐다봤다.

"기란 씨, 말씀이 지나치군요. 시타 씨도 모르는 게 많은데도 모두를 위해서 매일 애쓰고 있습니다."

불평을 듣다 못한 사제가 나무라자 기란은 언짢은 듯 시선을 홱 돌리고서 입을 다물어버렸다.

시타는 기란의 말에도 일리가 있다는 생각이 들어 침울했다. 그러나 자신의 노력을 인정해주며 감싸주는 사제 같은 존재도 있기에 그렇게까지 크게 낙담하지는 않았다.

그러므로…….

"나, 힘낼게. 그러니까 조금만 더 기다려줘!"

시타는 불평을 늘어놓은 남성 앞에서도 기죽지 않고 긍정적으로 대답했다. 그 활기찬 대응에 기란은 되레 압도되어 "아, 아아" 하고 당황해하면서 고개를 끄덕였다.

그대로 시타는 사제와 기란을 거느리는 듯한 대형으로 대서고 탑에 있는 나선형 대계단을 내려갔다. 지하 서고에는 유난히도 귀중한 서적들이 다수 보관되어 있어서 도난을 방지하고자 관계자 이외에는 출입이 금지되어 있다. 그러므로 관계자도 아닌 사제가 들어왔는데도 아무도 지적하지 않은 것은 그가 여태껏 쌓아온 신뢰 덕분이라고 할 수 있다. 뭐, 일부 사람들은 민폐를 왕왕 저지르는 기란에게 불만을 품고 있지만, 그 남자 역시 오랫동안 행상인으로서 좋은 물건들을 제공해온 실적이 있기에 그 성격에 문제가 있음에도 딱 부러지게 나무라지는 못하고 있다.

아주 조용한 대서고탑보다도 더 조용한 지하 서고에 도착하자 시타는 레이첼이 권하는 대로 3m는 되는 거대한 쌍여닫이 문 앞에 섰다.

시타는 허리에 차고 있던 포셰트(pochette) 안에서 10cm 되는 열쇠를 꺼냈다.

그 열쇠 끝부분은 복잡하게 생겼는데, 곰곰이 살펴보면 형태를 바꿀 수 있는 구조로 되어 있다. 형태가 바뀌는 열쇠이므로 그 열쇠 하나로 대서고탑의 모든 문을 관리할 수 있다. 그러나 문 하나를 열었다고 해서 나머지 문까지 전부 열 수 있는 것은 아니다.

그 형태 패턴은 수만 가지다. 어느 문에 어떤 형태가 맞는지 수작업으로 일일이 찾아야만 하기에 그녀는 모든 서고 문을 열 수가 없다.

시타는 문 앞, 오른쪽 구석에 설치된 70cm쯤 되는 금속 재질의 원기둥에 열쇠를 꽂는다.

"윽, 이 형태가 아닌가? 이건 줄 알았는데 아닌 것 같네. 음~, 어떤 형태일까?"

열쇠가 완전히 들어가지 않고 도중에 막히는 감촉이 느껴지자 시타는 고개를 갸웃거렸다. 열쇠를 뽑은 뒤 끝을 살펴보면서 생각에 빠졌다. 그러자 그녀의 마력과 이미지에 반응하여 열쇠가 희미하게 빛나더니 끝부분이 변형되기 시작했다.

"이런, 이런. 또 그 패턴입니까. 그대 선조들은 자손들을 위해서 열쇠 자료 같은 것도 안 만들어뒀나?"

"나도 그런 생각을 안 해본 건 아니지만, 아빠한테서 그런 얘기를 들어본 적이 없어서 잘 모르겠어. 여러모로 찾아봤지만 그런 자료도 보이질 않고……."

뒤에서 기란이 또다시 불평을 늘어놓자 시타는 괘념치 않고 생각하면서 대답했다.

"애당초 이 카이로메이어에 관한 자료가 너무 적어. 특히 어디가 어떻게 만들어졌는지…… 기록해두는 게 중요하다는 걸 잘 알고 있었을 텐데도 이 열쇠와 문들도 어떻게 제작되었는지 아~무도 모른다니까."

"시타, 투정은 그쯤 해두고 작업에 집중해."

"예~. 그럼 거의 떠올려본 적이 없는 이 형태로 가보자. 에잇!"

시타는 재잘거리면서 기억 한구석에 문득 떠오른 열쇠 이미지를 끄집어냈다. 어렸을 적 기억의 단편인지, 단순한 상상인지 알 수 없을 정도로 팍 떠오른 이미지였다.

"앗, 들어갔다."

다행히도 무심히 떠오른 생각 덕분에 지금껏 고전에 고전을 거듭해왔던 열쇠 구멍 안으로 열쇠가 완전히 들어갔다. 열쇠를 철컥, 하고 돌린 뒤에 빼자 원기둥에서 나온 빛이 바닥을 따라 문

쪽으로 흘러가더니 문 전체로 퍼져나갔다. 덜컹, 하는 소리와 함께 잠금이 풀렸음을 알려주기라도 하듯 거대한 문이 조금 열렸다. 시타는 너무 맥이 빠져서 그 문을 멍하니 쳐다봤다.

"……해, 해냈다아아아, 열었어, 열었다고! 이거 봐, 레이첼!"

"그래, 그래, 너무 까불지 말고. 시타, 열쇠 형태는 기억했니?"

"음? 잠깐, 앗, 까먹을 것 같아! 메모, 메모, 종이랑 펜 좀 줘!"

열쇠는 뽑은 시점에 초기 상태로 되돌아가므로 아까 문을 열었을 때와 형태가 달라진다. 뜻밖의 전개에 기뻐하던 시타는 레이첼의 지적을 듣고서 깊이 생각하지 않았던 이미지가 흩어지지 않도록 붙들어두기 위해 종이와 펜을 어서 달라며 한 손을 내밀고서 위아래로 휘저었다.

레이첼은 한숨을 내쉬고서 종이와 펜을 건네준 뒤 문을 열고서 서고 안으로 들어갔다.

"시타 씨는 안 들어갑니까?"

"미안! 지금 말 걸지 말아줘요. 이미지가 흩어져버려."

사제는 안으로 들어가는 레이첼을 보고서 바닥에 종이를 펼치고서 웅크린 채 펜으로 무언가를 그리고 있는 시타에게 말을 걸었다. 그러나 그녀는 종이와 눈싸움을 하며 대답했다.

"토마스 사제님, 모처럼 문이 열렸으니 우리도 내부를 구경해보죠. 쓸 만한 것들을 발견할 수 있을지도 모릅니다."

기란이 으흐흐흐, 하고 음흉하게 웃고서는 사제의 대답도 듣지 않고 안으로 들어가버렸다.

"기란 씨는 질리지도 않는군요. 역시나 서고 안은 관계자 외 출입금지라서 레이첼 씨가 쫓아낼 텐데."

"그렇군요……."

종이에 메모를 마친 시타는 어이없다는 얼굴로 문을 바라보면서 앞으로 벌어질 일을 지켜봤다. 그런데 아무런 낌새도 느껴지지 않았다.

"어라? 무슨 일이지."

이상하다 싶어서 시타는 사제를 남겨두고서 서고 안으로 들어갔다.

서고 안으로 들어가니 안쪽에 우두커니 서 있는 레이첼과 옆에서 무언가를 보고 있는 기란의 모습이 보였다. 둘 다 등을 돌리고 있어서 그녀가 들어온 것을 알아차리지 못한 것 같다.

"왜 그래? 둘 다."

시타는 레이첼의 등 너머에서 두 사람이 무엇을 그렇게 보고 있는지 들여다봤다. 보관용 상자에 담겨 있는 한 권의 책이 그녀의 시야에 들어왔다.

얼핏 보고도 평범한 책이 아님을 짐작할 수 있을 정도로 대량의 마력이 깃들어 있다. 마도서와 비슷하긴 하지만, 그걸 초월하는 무언가가 틀림없다고 시타는 직감으로 판단했다.

"……역시…… 여기에……."

"레이첼?"

레이첼이 놀라워하면서도 왠지 기뻐하는 듯한 목소리로 나직이 말하자 시타는 의아해했다.

"……「오르트아기나서(書)」……."

레이첼이 시타의 물음에 대답하는 게 아니라 혼잣말하듯 중얼거렸다. 그 단어에 시타 역시 놀라움을 감추지 못하고 눈앞에 있는 책을 응시했다.

"그거 카이로메이어의 창시자가 유일하게 남겼다고 전해지는 환상의 책이었던가? 정말로 실존했구나."

"아주 훌륭해! 그게 사실이라면 엄청난 가치가 있는 책이겠어."

시타와 레이첼이 소곤거리는 소리를 듣고서 기란이 큰소리로 기뻐했다.

"앗, 기란 씨! 여긴 관계자 외 출입금지예요!"

기란이 반응해준 덕분에 레이첼은 비로소 상황을 파악했다. 늦었지만 그를 밖으로 내쫓아내기 시작했다. 실내에 남은 시타는 서적을 다시금 살펴봤다.

"카이로메이어가 창건됐을 적부터 있었던 서적……. 이게 있으면 어쩌면 대서고탑의 구조를 파악하여 모든 문을 여닫을 수 있게 될지도 몰라."

답답한 현 상황에 광명이 비치는 듯했다. 기대감이 부풀어 오르는 와중에 시타의 머릿속에서 문득 의문이 스쳤다.

"근데…… 이렇게 귀한 서적이 이토록 가까이에 있었는데 환상이라 일컬을 만큼 아무도 그 존재를 모르고 있었다니……. 이게 말이 되나……?"

작은 의문이 솟았지만, 답은 보이지 않았다. 찝찝한 생각에 사로잡힌 그녀가 무심코 서적을 살짝 건드리고 말았다.

그 순간 뇌리에 거대한 검은 실루엣이 비쳐서 황급히 손을 뗐다.

"……뭐, 뭐야…… 방금 그건?"

"시타, 왜 그러니?"

"……으으응, 아무 일도 아냐! 그보다도 이 사실을 아버지한테 보고해야겠네."

"아이참~, 지금은 근무 시간이야. 아버지가 아니라 씨족장님이라고 불러야지."

문 너머에서 레이첼이 말하자 시타는 기분을 환기하고 웃으며 대답한 뒤 문을 향해 걸어갔다.

그러나 시타의 기대감은 이내 부서지게 된다.

이튿날.

누군가가 시타 말고는 아무도 열 수 없는 서고 문을 열고서 안에 있던 오르트아기나서를 가져가고 말았다.

03   오랜만에 뵙습니다

    우리는 엘프 집락에 도착했다. 물론 주민들이 입구에서 활을 겨누고서 위협하는 사태는 벌어지지 않았다. 아·무·일·도· 없·이(여기 중요) 집락에 들어갈 수 있었다.

    "어서 오게, 백은의 성녀. 이번 방문…… 음~, 이번에는 운명의 사람과 만날 수 없을 것 같군. 꽤 기대했건만……."

    우리가 집락에 들어오자마자 기다렸다는 듯이 슈바이츠 씨가 딱딱하게 인사를 했다. 겉치레 인사도 채 끝마치기 전에 우리를 힐끗 둘러보고서 바로 속내를 내비치고는 어깨를 축 늘어뜨렸다.

    슈바이츠 씨는 이 집락의 족장을 맡은 엘프다. 퍽 진지하고 잘생긴 오빠처럼 보이지만, 그 실상은 금세 사랑에 빠져서 바로 운명을 느끼고 마는 인물이다. 이번에는 새로운 여성을 데리고 오지 않아서 실망한 눈치다.

    "여전해 보여서 다행이네요, 슈바이츠 씨. 그리고 백은의 성녀라고 부르지 말라고 부탁했을 텐데요?"

    그의 태도에 쓴웃음을 지으면서 나는 일단 중요한 부분을 지적해뒀다. 지금까지의 경험상 초반에 가볍게 흘려버렸다가 나중에 멋대로 퍼져나갈 수 있으므로 정신 건강을 위해서라도 단단히 따져두자.

    "이, 이럴 수가……. 그럼 뭐라고 부르지?"

"아니, 그냥 평범하게 메어리라고 부르면 되지 않나요?"

"핫핫핫, 또또 농담을."

"아뇨, 아뇨, 아뇨, 이름으로 불러달라는 부탁이 왜 농담이 되는 건데요."

"……과연…… 즉 무슨 사연이 있다는 거로군."

"아뇨, 아뇨, 아뇨, 이름으로 불러달라는 건데 사연은 무슨 사연이요."

"……저기…… 사피나 씨랑 자하는 어디에? 그리고 셰리 님은 여기 계신가요?"

나와 슈바이츠 씨의 쓸데없는 대화에 종지부를 찍고자 마기루카가 옆에서 화제를 돌려줬다. 개인적으로는 더 물고 늘어지고 싶었지만, 일행들을 기다리게 할 수는 없기에 그만두기로 했다.

"응? 아아, 그 두 사람이라면 내 여동생이 억지를 부리는 통에 고생하고 있지."

마기루카가 갑자기 끼어들었지만, 슈바이츠 씨는 딱히 고까워하지 않고 그쪽으로 시선을 돌리고서 셰리 씨의 행동을 떠올렸는지 어처구니가 없다는 투로 대답했다. 그러고는 안내를 해주려는지 앞장서서 걸어갔다. 우리도 그 뒤를 쫓아가기로 했다.

"……그러고 보니 이번에는 신수님과 함께 오지 않았나?"

이동 중에 셰리 씨에 관한 화제를 애써 피하려는 듯 슈바이츠 씨가 다른 화제를 입에 담았다.

"아, 예. 스노우는 집 지키고 있어요."

"어? 집을 지킨다고?"

내가 무흐흐, 하고 웃으며 대답하자 슈바이츠 씨가 의아해했다. 마기루카와 왕자님도 그 점이 줄곧 궁금했는지 나를 쳐다봤다.

"으음…… 그 뒤숭숭한 네이밍이 등장한 이유는 스노우와 함께 다녀서가 아닐까, 하는 생각이 최근에 들었거든. 그래서 이번에는 그녀한테 아무 말도 안 하고서 출발했어."

나는 마기루카와 왕자님에게만 들리도록 작은 목소리로 우려하는 바를 밝혔다. 그러자 어째선지 두 사람 모두 미묘한 표정을 지었다.

"어, 저기…… 그런 걸 걱정하고 있었군요……. 난 영락없이 먼저 왔거나, 나중에 올 줄 알았는데……."

"그러게…… 굳이 따지자면 먼저, 왔다고 봐야 하려나~."

두 사람이 애써 눈길을 돌리며 미묘하게 말끝을 흐리자 나는 의아했다.

"저기, 아가씨. 자못 자랑스러운 얼굴로 말씀하시는 와중에 참으로 죄송한데요. 저기 달려오고 있는 분이 리리 님 아닌가요?"

"후엥?"

뒤에서 튜테가 작은 목소리로 귀띔하자 나는 얼빠진 소리를 내고서 그녀가 보고 있는 쪽으로 고개를 돌렸다. 그러자 복슬복슬한 사랑스러운 새끼 설표가 힘차게 아장아장 달려오고 있는 게 아닌가.

"어, 어째서 리리가 여기에?"

〈그건 바로 내가 있기 때문이지이이이이!〉

달려온 리리를 안아주면서 놀라워하고 있는 내 머릿속에서 듣고 싶지 않은 목소리가 울렸다. 동시에 하늘에서 커다란 물체가 힘차게 짠, 내려왔다.

"켁, 스노우!"

"아가씨, 경망스러워요."

내가 무심코 흘린 말과 행동을 튜테가 지적했다. 그러나 예상하지 못한 전개였기에 바로 정정할 수는 없었다.

"어, 어째서 스노우가 여기에? 비밀로 했을 텐데."

아까 전과 거의 같은 질문을 스노우에게 던지는 나.

〈아니, 뭐, 내게는 비밀로 했을지 모르겠지만, 주변 사람한테 신나게 떠들어대고 다녔잖아. 그러고도 내가 모를 거라고 생각한 거야? 바보 아냐?〉

"끄으으응, 오랜만에 찾아온 해외여행이라 너무 들뜬 나머지 그 부분까지는 미처 생각이 미치질 못했어."

스노우가 그 부드러운 육구(肉球)로 내 머리를 착착 때리는데도 나는 이를 악물며 분한 마음을 달래기에 급급해 그대로 당하기만 했다. 마기루카와 왕자님, 슈바이츠 씨가 방금까지 왜 반응이 미묘했는지 비로소 알겠다.

특히 슈바이츠 씨는 먼저 도착한 스노우와 리리를 염두에 두고서 '함께 오지 않았나?' 하고 물어봤던 거겠지. 그런데 나는 의기양양한 얼굴로 한심한 대답이나 했으니 창피하다 진짜……

이를 악물고 있다가 무심코 손에 힘이 들어가서 안고 있던 리리를 쥘 뻔했다. 그녀는 황급히 몸을 날려서 옆에 있는 마기루카의 품에 안겼다. 그 광경을 보다가 나는 한 가지 방안이 떠올랐다.

"……흐음…… 나쁘지 않네."

"……뭔가요, 음흉한 표정은?"

"그게 말이야~, 문득, 리리랑 스노우가 마기루카를 따라다니면 단번에 성녀가 되지 않을까 싶어서."

"그럴 리가 없잖아요. 그렇게 단순한 게 아니에요."

내가 떠오른 생각을 밝히자 마기루카가 어이없다는 듯 실눈을 뜨고서 즉답했다.

"아니, 아니, 그건 모르는 거야! 시험 삼아서 이번 여행 중에 함께 행동해봐."

"에엥~……."

"부탁할게에에! 마기루카는 내가 목표로 하는 캐릭터가 뭔지 알고 있잖아아아아아!"

"자, 자, 잠깐만요. 리리 님을 안고 있으니까 부둥켜안지 말아요."

버릇처럼 굳어진, 곤혹스러울 때는 마기루카에게 울며불며 매달리는 전법이 작렬했다. 그녀는 리리를 보호하면서 나에게서 떨어졌다.

"…………."

"알겠어요! 그렇게 쓸쓸한 표정으로 이쪽을 보지 마세요."

이러니저러니 해도 결국에는 내 부탁을 들어주는 마기루카 앞에서 고개를 못 들겠다고 해야 하나, 나에게는 너무나도 아까운 친구라는 생각이 절실히 들었다.

(그러니 마기루카가 어려울 때는 나도 가진 힘을 아낌없이 활용하여 돕도록 하겠습니다.)

"그나저나 난 괜찮지만, 스노우 님과 리리 님의 의향도 중요하잖아요?"

"그건 그래. 그래서 어때? 스노우, 리리."

내가 결의를 새롭게 다지며 주먹을 쥐고 있으니 마기루카가 지극히 당연한 의견을 밝혔다. 나는 스노우를 쳐다봤다. 리리는 잘은 모르겠지만 알아서 하라는 모양인지 마기루카의 품속에서 후아아아암, 하고 하품을 하고 있다.

〈난 상관없어요오~. 리리도 마찬가지고~. 슬슬 다른 애하고도 교류를 시키는 편이 좋겠다고 생각하던 차였어. 메어리만 지켜봐서인지 요즘에 응석꾸러기가 된 것 같아서……. 언니로서는 더~ 현숙(賢淑)해졌으면 싶어서~. 그런 점에서 마기루카 짱은 기대가 되네. 앗, 그리고 메어리랑 달리 내게 떼를 쓰지 않을 테고, 소홀히 대하지 않을 거라는 점도 기대가 되는걸~.〉

"내 제안에 찬성해준 건 고맙지만, 줄줄이 떠들어대면서 은근슬쩍 날 디스하고 있는 것 같은데?"

〈응, 디스했어.〉

"그 대목에서는 '기분 탓이야' 하고 얼버무리는 게 약속이잖아 아아아아!"

〈그런 약속 난 몰라!〉

나는 불평을 하면서 스노우 몸에 달라붙어 복슬복슬한 털을 만끽했다. 그러자 그녀는 항의하면서 떨어지려고 했다.

"메어리 님, 슬슬 이동하고 싶은데 괜찮을까? 다들 이쪽을 주목하고 있기도 하고."

"앗, 예, 죄송합니다."

나와 스노우가 옥신각신 다투기 시작하자 이동을 못 하던 선두에서 목소리가 들려왔다. 나는 스노우와 확 떨어진 뒤 창피해서 붉어진 얼굴을 감추고자 고개를 푹 숙이며 대답했다.

사람들이 모여 있는 집락에서 벗어나 한동안 걸어가니 확 트인 곳에 도착했다. 그곳에는 여러 무기와 나무 인형, 표적 등이 여기저기 배치되어 있어서 훈련장 같은 분위기가 풍겼다.

그 중심에는 여러 엘프가 지켜보는 앞에서 무기를 든 채 대치하고 있는 사피나와 자하의 모습이 보였다.

그 가까이에서 낯익은 엘프가 두 사람을 지켜보고 있었다.

셰리 씨다.

(일단 셰리 씨가 마을에 없다는 사태는 벌어지지 않은 것 같네.)

내가 안도하고 있으니 사피나가 순식간에 사라져 자하에게 접근하는 광경이 보였다. 그녀가 어찌나 빠른지 자하는 들고 있는 방패로 방어를 굳히는 게 고작이었다. 자하는 방패로 사피나의 발도 공격에 대항할 셈이다.

사피나의 도에서 화염이 이글이글 타오르더니 자하의 방패를 가격했다. 자하는 챙, 하는 소리와 함께 방패로 그 공격을 그럭저럭 막아내긴 했지만, 위력까지는 다 억누를 수 없었는지 뒤로 물러났다.

"큭, 사피나의 속도에는 나름 익숙해지긴 했지만, 역시나 그 마법도(刀)의 위력은 반칙이야."

튕겨 나갈 것 같은 방패를 꽉 쥐고서 다시 방어를 굳힌 자하가 웃음을 흘렸다.

"흠…… 일단 여태껏 제작한 물건과 달리 두 동강이 나거나 완전히 타버리는 사태는 면한 것 같네. 분발한 보람이 있어. 우와, 그 여우가 터무니없는 물건을 만들었구만."

자하의 모습을 지켜보던 셰리가 혼잣말로 분석하면서 지금 여기에 없는 어느 여우 마공기사에게 투덜거리고 있었다.

"여동생아, 성녀……, 어험, 메어리 일행이 도착했다."

"어라, 이거 이거, 어서 와, 일행 여러분. 좋은 타이밍에 왔네."

두 사람의 대련이 끝나가는 분위기가 되자 슈바이츠 씨가 셰리 씨에게 말을 걸었다. 그녀는 이쪽을 보고 웃으며 응했다.

"메어리 니이이이임~!"

사피나도 우리가 온 것을 알고서 이쪽으로 맹렬히 달려왔다.

방금까지 엄청난 공격을 퍼붓던 인물이라고는 믿기지 않을 정도로 강아지처럼 반기자 나는 옳지~ 옳지~, 하고 머리를 쓰다듬어줬다.

"메어리 님이랑 일행들이 벌써 왔나. 아직 방패를 조정하는 중인데."

사피나에 이어 자하도 들고 있던 방패를 살펴보면서 다가왔다.

"어라, 문제라도 있나?"

"지금껏 써왔던 소재에 비해 가볍고 튼튼해서 좋지만, 너무 가벼워서 잘 튕겨 나가. 무게를 조금 더 늘려주면 좋을 텐데."

"그건 불가능해. 그보다 무게를 더 늘리면 내가 가장 자부하는 장점에 지장이 생길 테니까."

자하가 소감을 말하자 셰리 씨가 장인의 고집을 드러내며 대답했다.

"오호~, 그 방패, 셰리 씨가 만든 건가요?"

"맞아. 사피나 짱이 피피 짱한테 제작을 부탁했다는 도를 봤더니 전에 봤을 때보다 완성도가 높더라. 그 퀄리티에 왠지 경쟁심이 활활 타올라서 말이야. 그래서 이 언니가 솜씨를 좀 발휘해서 그 칼을 무딘 둔기로 만들어주려고 방패를 제작했더니만, 그 여우 녀석이…… 내가 만든 방패를 두 동강을 내질 않나, 태워버리질 않나, 예상치 못하게 고전하고 말았지 뭐야, 핫핫핫."

(농담처럼 말하고 있지만, 눈이 전혀 웃고 있는 것처럼 보이지 않는 건 그냥 내 기분 탓으로 해두자.)

"그 아이는 기술적으로 터무니없는 재능을 갖고 있지만, 상상력이 진부해서 기껏해야 기성품 수준에서 벗어나지 않을 거라고 얕잡아봤는데 말이야. 대체 어디서 뭘 잘못 먹었길래 그런 독창적인 무기를 만들 수 있게 된 거지."

"그건 말이죠, 메어리 님이, 우읍."

"왜, 왜 그렇게 된 걸까~, 아하하핫."

셰리 씨가 문득 떠오른 의문을 입에 담자 사피나가 기뻐서 대답하려고 했다. 나는 황급히 그녀의 입을 막고서 웃음으로 얼버무렸다.

"구, 궁금해서 묻는 건데 셰리 씨가 제작한 방패의 장점은 뭔가요?"

"음? 훗훗훗, 좋은 질문이다. 장점이라기보다 그게 메인이라고 해도 과언이 아닌 기능이야. 자, 자하 군! 대답해주거라!"

"에엥~, 내가~?"

내가 대화의 궤도를 수정하자 그 화제를 기다렸다는 듯이 셰리 씨가 거들먹거리며 자하에게 대답하게 시켰다. 정작 자하는 왠지 내키지 않는 눈치지만…….

"왜 빼는 거야? 말하고 싶지 않을 정도로 성능이 위험해?"

"아니, 위험한 건 아니지만……."

"그럼 애태우지 말고 알려줘."

천하의 셰리 씨가 자신 있게 제공했다는 방패. 무기에 상당히 흥미가 많은 자하가 이토록 떨떠름한 표정을 짓는 메인 성능이 무엇인지 오히려 궁금하다.

"……되돌아와……."

"어? 뭐."

자하가 우물거리자 나는 어디에 등장하는 주인공처럼 되물었다.

"그러니까 부르면 손으로 되돌아와."

"헤~, 오호~, 그리고?"

"그것뿐."

"어?"

"그뿐."

자하가 딱 잘라 말하기에 나는 셰리 씨 쪽을 봤다. 그녀는 만족스레 고개를 연신 끄덕이고 있었다.

"훗훗훗, 이 기능이면 귀찮은 걸 싫어하는 사용자도 방긋! 외출할 때 방패를 챙기는 수고도 덜 수 있고, 어디에 놔뒀는지 까먹었더라도 부르면 날아오잖아!"

"날아와?"

"그래…… 진짜로 부메랑처럼 회전하며 날아와. 오라고 부른 상대를 죽일 기세로 말이야. 처음 봤을 때는 아슬아슬하게 피하긴 했는데, 뒤에 있던 나무에 박혀서……."

셰리 씨가 의기양양한 얼굴로 말하긴 했지만, 한 가지 석연치 않은 단어가 섞여 있어서 되물었다. 그러자 자하가 그때가 떠올랐는지 몸을 부르르 떨면서 대답해줬다.

"그거…… 사이에 장애물 같은 게 있으면 혼자 궤도를 꺾어서 피하나?"

"그렇게 약삭빠른 짓은 못 해! 그저 곧장, 순수하게, 오로지, 가장 빠른 속도로 주인 곁으로 달려간다. 그게 바로 이 방패! 아아, 이 얼마나 기특한 방패란 말이냐. 어디서 만든 그저 베는 용도에

만 특화된 시시한 칼과는 차원이 달라. 차원이이이이!"

내가 무슨 말을 해야 할지 난처해하고 있으니 왕자님이 셰리 씨에게 질문했다. 그녀는 의미를 알 수 없는 말을 늘어놓으며 우쭐거렸다.

(그랬지. 셰리 씨는 서클릿 사건 때도 그랬지만, 무기보다는 굳이 따지자면 신기하고 독특한 도구를 제작하는 사람이었어…….애당초 서로가 지향하는 방향성이 정반대라서 서로 겨루려야 겨룰 수가 없을 것 같긴 한데…….)

"이거 이제 방패가 아니라 투척 무기 아냐? 장착자와 방패 사이에 적을 배치한 뒤에 방패를 불러서 충돌시키는 편이 더 유효할 것 같은데……."

"과연, 그렇게 사용할 수도 있나. 역시 메어리 님."

두 사람의 방향성은 제쳐두고, 내가 그 방패의 우수성에 의문을 품으며 의견을 제시하자 자하가 손뼉을 짝 치고서 감탄했다.

"아니, 아니, 그런 용도로 이 방패를 제작한 게 아냐. 그런 시시한 방식으로 방패를 사용하면 기껏 비밀리에 쓴 재료가……."

"여기에 있었구나, 셰리이이이이!"

나와 자하의 대화를 듣던 셰리 씨가 이의를 제기했다. 바로 그때 멀리서 로이 씨가 큰소리를 내며 다가왔다. 저분, 처음에는 우리를 너무 경계해서 고지식한 엘프인 줄 알았는데 내가 만나본 엘프 중에서 가장 상식이 있는 사람이었다. 그리고 슈바이츠 씨와 셰리 씨, 그리고 어디 사는 뱀파이어에게 휘둘리는 고생 많은 사람이기도 하다.

"앗, 야단났다……! 벌써 들켰나."

험악한 얼굴로 달려오는 로이 씨를 보고서 셰리 씨가 난처해하며 중얼거렸다. 나는 그녀의 말을 듣고서 일말의 불안감을 품었다.

(아아, 왠지 또 성가신 일이 벌어질 것만 같은 예감이 드는데 그냥 느낌인가.)

🎵 04 🎵 오르트아기나서

이곳은 사서장의 방.

현재 시타와 레이첼은 단둘이서 대화를 나누는 중이다.

이번에 벌어진 오르트아기나서 도난 사건.

보관 중인 책이 도난당하거나 분실된 적이 여태껏 단 한 번도 없었던 것은 아니다. 그래서 오랜 세월에 걸쳐 관리와 장비를 강화했는데도 완벽하게 막아내지는 못하는 실정이다. 그러므로 이렇게 호들갑을 떨 만한 사태는 아닐 테지만, 이번만은 그럴 수가 없었다.

왜냐면 사서장만이 열 수 있는, 굳게 닫힌 서고 문이 열려 있었을 뿐만 아니라 반출된 책이 바로 그 귀중한 오르트아기나서였기 때문이다.

물론 시타가 얼간이처럼 문을 잠그는 걸 깜빡한 게 아니다. 애당초 그 문은 닫으면 저절로 문이 잠기는 오토락 방식이다.

"어제 막 발견된 오르트아기나서가 설마 갑자기 도난당할 줄이야……."

"계획적이라고 보기에는 행동이 너무 빠르네. 만약에 계획된 행동이라면 오르트아기나서가 그 서고에 있음을 알고 있었다는 뜻인가."

시타가 중얼거리자 레이첼이 상황을 판단했다.

"근데 내가 없더라도 문을 열 수가 있다면 하필 이 타이밍에 훔친 건 이상하지 않아?"

"그러네. 그렇다면 용의자는 어제 그 책의 존재를 알게 된 사람들……로 좁힐 수 있으려나."

"어제 그 책의 존재를 알게 된 사람은 보고를 들은 아버지와 그 자리에 있었던 사제와 기란 씨 정도?"

"씨족장이신 아버지가 훔쳐봤자 무슨 이득이 있는지는 잘 모르겠지만, 일단은 세 사람한테 여기에 와달라고 사람을 보내뒀어."

"역시 언니. 행동이 빨라."

그런 결론이 도출되리라 미리 짐작하고서 벌써 손을 써둔 레이첼의 유능함에 시타는 감탄하면서 이야기를 진행하려고 했다.

"그나저나 어제 그 이후에 뭔가 수상쩍은 점은 없었나?"

"글쎄, 거리에 정체불명의 몬스터가 침입했다는 것 정도?"

"흐~음, 몬스터라~. 어제만 놓고 보면 별로 놀랄 일은 아니긴 하지만, 요즘에 거리에 출몰하는 빈도가 잦아진 것 같기도 한데……."

레이첼이 몬스터가 출현했다고 보고했는데도 시타는 딱히 놀라지 않았다. 여기 카이로메이어는 호수 한가운데에 있지만, 고대의 숲 안에 있으므로 몬스터의 위협에서 아주 안전한 것은 아니다. 몬스터가 곧잘 도시 안으로 침입해오는 터라 특별히 놀랄 일은 아니다.

다만 요즘에 부쩍 출몰하는, 정체를 알 수 없는 괴이한 몬스터의 존재가 마음에 걸린다.

몬스터에 정통한 사람에게 물어보니 '처음 보는데, 어쩌면 새로운 종이나 합성수 아닐까?' 하고 대답했다. 씨족장인 아버지가 '그 몬스터가 앞으로 자주 출몰할 것 같다면 본격적으로 조사를 해야겠군' 하고 중얼거렸던 기억을 시타는 떠올렸다.

"몬스터가 도시에 침입하기만 했다면야 보고할 거리도 안 되겠지만, 이번에는 대서고탑 안으로 한 마리가 침입했어."

"도시에 침입한 몬스터가 그대로 대서고탑 안으로?"

처음 듣는 소식에 시타는 놀라면서 레이첼에게 물었다.

"으~음, 그게 잘 모르겠어. 탑 내부를 순찰하던 사람이 엉겁결에 발견했는데, 그렇게 강하지 않은지 혼자서 토벌했대. 다만 밖에서 침입한 흔적은 찾지 못했다더라."

"으~음, 뭐, 몬스터 건은 아버지한테 맡겨두기로 하고. 우린 책과 문에 전념하는 편이 좋으려나~."

레이첼의 말을 듣고서 시타는 금방 해결될 것 같지 않다고 예감했는지 눈을 감고 팔짱을 끼고서 으~음, 하고 생각에 잠겼다.

"솔직히 난 오르트아기나서에 관한 지식이 거의 없어서 그 가치조차 잘 모르겠어. 문을 열 수 있는 힌트 같은 게 없을까 싶어서 여러모로 조사해봤더니 그 이름을 살짝 언급만 할 뿐 옛 카이로메이어의 책이라는 것밖에 알아내질 못했어."

"그래……. 나도 내용까지는 자세히 모르지만, 고대, 즉 옛 카이로메이어에서 제작한 마법서래. 내가 조사한 바에 따르면 아마도 가장 오래된 책이고, 잃어버린 옛 카이로메이어의 지혜가 기록되어 있을 가능성이 있어."

"그, 그거 대단한데! 그럼 서고도 장악할 수 있게 될지도 모르겠네."

의심스럽긴 하지만, 만약에 레이첼의 말이 사실이라면 시타가 예상했던 것 이상으로 그 책의 가치가 천정부지로 치솟게 된다. 기필코 탈환해야만 한다는 사명감이 부글부글 끓어올랐다.

"그러게. 근데 펼쳐서 글자만 읽으려고 해도 특수한 절차가 필요한 난해한 책이래. 문외한이 건드릴 만한 물건이 아니고, 최악에는 목숨까지 잃을 수 있다는 기록도 있었어."

"엇, 그렇게 위험천만한 책이었어?"

레이첼의 대답을 듣고 시타는 놀라워하며 처음에 책을 봤을 당시를 돌이켜본다. 그 책을 살짝 만졌을 때 거대한 실루엣이 머릿속에 떠올랐던 기억이 되살아나자 몸을 부르르 떨고서 생각을 그만뒀다.

"아, 어디까지나 아무것도 모르는 상태일 때 그렇대. 오르트아기나서는 엘프가 제작한 책일 테니 정령수(精靈樹)의 영역에 가면 그 가호에 힘입어 열람할 수 있을 거야. 그렇게까지 위험한 물건이 아냐."

시타가 겁을 먹자 레이첼이 황급히 달래듯 설명을 보탰다.

"어, 뭐, 그쪽도 신경이 쓰이긴 하지만, 개인적으로는 내가 아닌 사람이 문을 열었다는 사실도 마음에 걸리네. 다른 사람도 문을 열 수가 있다면 그 방법을 꼭 알려줬으면 싶은걸. 진짜 절실하게."

묘하게 걱정을 끼친 것 같다는 생각에 시타는 분위기를 바꾸고자 마음에 걸리는 또 다른 화제를 레이첼에게 던져봤다.

"그건 말인데, 시타 없이도 문을 열 방법이 딱 하나 있는 건 알고 있지?"

"어? 그런 방법이 있었던가?"

레이첼이 뜻밖의 질문을 하자 시타는 고개를 갸웃거리고서 기억을 뒤져봤다. 그러나 바로 떠오르는 게 없었다.

"옛날에, 딱 한 번 엄청난 짓을 벌여서 내게 혼쭐이 났었잖니."

시타가 글쎄? 라는 표정을 짓자 레이첼이 기가 막힌다는 투로 실마리를 줬다.

"아~, 예예, 생각이 번뜩여서 시도해봤던 그거 말이지. 밖에서 안 된다면 안에서는 어떨까? 하는 호기심에서 비롯된 그 시도. 아~, 떠오르네~. 언니가 어찌나 바락바락 화를 내던지 너무 무서워서 엉엉 울었었지."

시타가 겸연쩍어하며 옛날을 회상했다.

당시에 문제가 좀처럼 풀리질 않아 정신적으로도 내몰렸던 시타는 무슨 바람이 불었는지 내부에서는 무언가 알아낼 수 있을지도 모른다며 옛날부터 열려 있던 서고에 들어가 안에서 문을 잠가버렸다.

그것은 아주 위험한 행위다. 만약에 문이 열리지 않았다면 시타는 서고 안에 갇혀 두 번 다시 밖으로 나오지 못했을 가능성이 있었다.

그러나 현재 시타가 이 자리에 있다는 건 문을 여는 데 성공했다는 뜻이다. 기쁜 일이긴 하지만, 그 당시 경험은 현재 아무런 도움이 되지 못했다. 왜냐면 서고 문의 구조가 안쪽에서는 누구라도 열 수 있게 되어 있기 때문이다.

안에서 문을 그냥 밀었을 뿐인데도 문이 스르르 열려서 김이 샜다고 해야 하나, 실망감도 들긴 했다. 그러나 그토록 상냥했던 언니 레이첼이 몹시 분노하고 슬퍼하는 모습을 처음 보고서 엉겁결에 울음을 터뜨렸던 기억이 더 강하게 남아 있는지라 시타는 쓴웃음이 나왔다.

"근데 문을 닫을 때 안에 아무도 없는지 단단히 확인하고서 닫도록 주의하고 있고, 그때도 제대로 확인했어. 애당초 안쪽에서는 문을 열 수 있다는 건 우리만이 아는 비밀이라서 아무도 모를 거야."

"……뭐, 어디까지나 가능성을 따져본 거니까 이번 사건을 푸는 정답은 아닐 거야. 애당초 그 서고 안에 남아 있던 사람이 없었을 테고……."

바로 그때 문을 두드리는 소리가 들렸다. 레이첼은 대화를 멈추고는 문으로 가서 열었다. 그러고는 기다리고 있던 심부름꾼과 무언가 대화를 나눴다. 시타는 딱히 괘념치 않고, 앞으로 어떻게 할지 자기 나름대로 고민해봤다.

"뭐라고? 기란 씨가 없어?"

레이첼이 무심코 목소리를 높이자 시타도 생각을 접고서 그 이야기에 귀를 기울였다.

"예, 집에 가봤더니 부재중이고, 마차도 없어서 집안의 사람한테 물어보니 오늘 아침 일찍 혼자 외출했답니다. 언제 돌아올지는 모르는 눈치였고……."

"아, 고마워요. 업무에 복귀하도록 해요."

레이첼은 이야기를 듣고서 애써 평온한 척 심부름꾼을 돌려보냈다.

"기란 씨가 없어? 하필 이 타이밍에 없어지다니, 묘하게 의심이 가네."

레이첼이 문을 닫은 뒤 다시 단둘이 되자 시타가 입을 열었다.

"그건 그렇지만, 기란 씨가 범인이라고 단정 짓기에는 섣부른지도 몰라……. 어쨌든 사제님과 아버지의 얘기도 듣고서 생각해 보자."

"그럼 너무 늦어버릴 것 같은 기분이 들어. 그러니 언니는 두 사람의 얘길 들어줘. 난 마음에 좀 걸리는 게 있어서 문지기 처소에 가서 얘기를 좀 듣고 올게."

"그, 그래? 네 뜻이 정 그렇다면 그렇게 해. 다만 어슬렁거리면서 여기저기 쏘다니면 안 돼. 얘기를 다 듣거든 곧장 이리로 돌아오는 거야."

"아이참~, 또 잔소리이이이. 난 이제 꼬맹이가 아니라니까!"

레이첼이 반쯤 농담처럼 말하자 시타는 뾰로통한 표정으로 자리에서 일어나 그대로 문으로 갔다.

　탑을 나온 시타는 거리를 둘러보다가 옆길로 새고 싶다는 충동에 잠깐 휩싸였지만, 꾹 참고서 문지기 처소에 도착했다. 그리고 현재, 문지기에게서 한창 이야기를 듣는 중이다.

　"기란 씨? 그러고 보니 오늘은 희한하게 일찍 나가던데~."

　"뭔가 이상한 점은 없었나요?"

　"이상한 점? 그러고 보니 왠~지 서두르는 눈치였는데……. 내 말을 무시하는 건 여전했지만, 빨리 지나가게 해달라고 짜증을 내더라고. 허 참, 곤란한 아저씨야."

　"하, 하아……. 앗, 어디로 가는지는 말하지 않았나요?"

　"……아니, 말 안 했지. 앗, 근데 정령수가 뭐 어쩌고저쩌고, 하고 중얼거리는 것 같던데."

　문지기가 불현듯 떠올랐다는 투로 말하자 시타는 역시나 자신의 직감이 옳았다고 내심 우쭐거렸다.

　정황이 이렇다면 기란이 더더욱 의심스럽다. 아니, 그냥 무의식중에 그 말이 나왔을 뿐 그곳으로 가지 않았을지도 모르지만, 수상하긴 수상하다.

　시타는 감사 인사를 하고서 문지기와 헤어진 뒤 주변을 둘러봤다.

　지금부터 말을 빌려 타고서 달려가면 기란이 정령수에 도착할 즈음에 따라잡을 수 있을지도 모른다. 설령 예상이 빗나가 그곳에 아무도 없었다고 해도 쓸데없는 기우였다고 보고할 수 있으니 나쁘지는 않겠지.

문제가 하나 있다면 시타가 외출하는 것이다.

"멋대로 굴어서 미안, 언니."

레이첼이 있을 대서고탑을 향해 고개를 숙이고서 사죄하는 시타.

시타가 대서장이라서 카이로메이어 밖으로 나가지 못하는 건 아니다.

단지 시타가 카이로메이어 밖으로 나가면 레이첼이 무조건 걱정한다. 과보호라고 느껴질 만큼 두려운 수준으로……

어쨌든 레이첼의 기본 방침은 시타를 밖으로 내보내지 않는 것이다. 어쩔 수 없는 경우에는 본인도 동행한다. 뭐, 시타의 부모님이 연구 및 조사를 하기 위해 밖으로 나갔다가 몬스터에게 습격당해 사망했으므로 시타 역시 그런 사고를 당하는 걸 우려할 만도 했다.

그러나 시타는 새장 속 새가 될 생각은 없기에 이렇게 속으로 사과하며 멋대로 나가곤 했다. 요즘에는 레이첼도 체념했는지 다녀온 뒤에 설교는 하지만, 시타의 행동을 감시하지는 않았다. 그렇다고 해서 외출 OK냐고 묻는다면 기본적으로는 NO다. 특히 이번처럼 멀리 나가는 것은 가당치도 않다. 동행을 조건으로 내걸어도 절대로 반대할 게 틀림없다.

실은 레이첼의 이야기를 듣고서 시타는 오르트아기나서에 대한 기대감이 대폭 올라갔다. 안에 뭐가 적혀 있는지 반드시 읽고 싶다. 그리고 현 문제를 해결할 수 있는 지식을 갖고 싶다고 절실히 바라고 있다. 읽고 싶은 책이 생기면 당장에라도 읽고 싶어서 행동에 나서는 게 시타의 단점이자 장점이라고 레이첼이 예전에 말한 적이 있다. 시타는 그 말이 맞는다며 당혹스러워하며 웃음을 타하하, 하고 흘렸다.

시타가 생각하기에 만약에 기란이 오르트아기나서를 반출했다면 그 목적은 매각이라고 짐작하고 있다. 그가 이 동네에 온 목적의 절반은 책을 사고파는 것이다. 일단 표면상으로는 정당한 상거래를 하고 있다지만, 소문에 따르면 도난품도 판매한다나 뭐라나. 어쨌든, 그에게 책이 넘어가면 불상사가 벌어질 것만 같다.

그리고 기란은 책을 상품으로밖에 보지 않지만, 내용물을 확인하지 않으면 판매하지 않는다. 그와 나름 알고 지냈기에 시타는 그 사실을 알고 있다. 이번에도 내용을 확인하기 위해 밖으로 나갔을 가능성이 크다고 보고 있다.

여러모로 생각해봤지만, 전부 상황 증거를 바탕으로 추측한 가설에 불과하다. 그러니 어쨌든 지금은 현지에 가는 것이 상책이라고 시타는 결론을 내렸다.

시타는 오랜만에 나서는 외출에 조금 들뜬 마음으로 걸어갔다.

05 옆길로 샜습니다

"정령수의 영역이라……."

나는 지금 가려고 하는 곳의 이름을 입에 담고서 하늘을 바라보고 있었다. 현재 우리는 흔들리는 짐마차를 타고서 고대의 숲속을 나아가고 있다. 마차가 아슬아슬하게 지날 수 있을 만큼 길이 좁고, 포장도 되어 있지 않아서 심하게 흔들렸다. 그러나 뭐, 이것도 여행의 맛일 테니 즐기도록 하자.

"그래, 메어리 짱. 원래는 엘프가 인간한테 안내할 만한 곳이 아니지만, 너희들은 특별하거든. 어때, 귀중한 체험이지?"

내가 중얼거리자 옆에서 마부를 맡은 셰리 씨가 이번 여정이 자못 특별하다는 투로 말했다. 참고로 왕자님과 자하, 사피나와 튜테는 짐마차에 앉아 있고, 옆에서 달리고 있는 스노우의 위에는 리리를 안은 채 마기루카가 앉아 있다.

(음, 어딜 봐도, 아무리 봐도 마기루카가 성녀다워, 딱 성녀라니까. 뭐, 내가 떼를 써서 앉히긴 했지만.)

"아니, 우린 카이로메이어에 가고 싶은 거지, 그런 곳에는 볼일이 없는데."

나는 시선을 셰리 씨 쪽으로 되돌린 뒤 실눈을 뜨면서 솔직하게 털어놨다.

"자자, 그렇게 딱딱하게 굴지 마. 카이로메이어에 가는 도중에 옆길로 잠깐 새는 거라고 생각해."

내 시선을 아랑곳하지 않고 하하핫, 하고 웃으면서 대답하는 셰리 씨. 이 사람은 원래 이러니 아무리 말해봤자 반성하지 않겠지.

애당초 우리가 왜 이런 신세가 됐는지 설명하려면 셰리 씨가 자하의 방패를 제작하기 위해서 귀중한 광석을 멋대로 사용해버린 시점으로 되돌아가야 한다.

로이 씨와 마을 사람들도 자하를 위해서 방패를 제작한 것 자체에는 불만이 없는 듯하다. 오히려 잘했다며 칭찬해줬다.

다만 문제는 광석을 몰래 빼내서 사용했고, 방패를 제작하는 데 쓴 양과 빼낸 양이 일치하지 않는다는 점이었다. 명백히 잉여분이 있다는 뜻.

본인은 '제작할 때 시행착오는 필수. 그래서 혹시 몰라서 잉여분까지 챙겼어' 하고 말했다. 그런데 잉여분을 반납하라고 말했더니 웃으면서 얼버무렸다.

"……설마, 개인적인 제작에 투입했을 줄이야……. 방패 제작하는 데 모조리 써버렸다는 변명이 통하지 않을 만큼 광석을 대량으로 빼냈다는 게 사실인가요?"

"그게 말이야~, 기왕 쓰는 김에 조금만 더 써보자는 욕심이 들더라고. 하하핫, 설마 너무 열중해서 잉여분까지 모조리 다 써버릴 줄은 나도 몰랐어. 얼마나 남았는지 확인하고서 내가 제일 놀랐다니까."

내가 하아~, 하고 탄식하면서 듣고 있으니 역시나 셰리 씨도 난처한 얼굴로 대답했다.

"그래서 다른 사람들한테 들통나기 전에 새로운 광석을 조달하여 가져다 놓기로 한 건가요……."

근처에서 듣고 있던 마기루카가 대화에 끼어들었다.

"바로 그거야. 역시 마기루카 짱, 이해가 빨라서 좋아. 너희들이 카이로메이어 안내역으로 날 지명해준 건 구명줄이었지. 그야말로 파르거 군 만만세야."

그렇게 말하는 셰리 씨는 처음에 파르거 씨를 완전히 잊고 있었다. 소개장을 건네받고서야 '아아~, 예예, 그 남자군' 하고 떠올렸을 정도다. 아마도 파르거 씨는 이런 상황을 예상하고서 편지로 자신이 누군지 소개한 것 같은데 지나친 억측일까?

다만 편지를 읽던 셰리 씨가 '과연…… 그 문제를 그녀한테 말이지' 하고 중얼거리면서 나를 쳐다봤던 게 조금 마음에 걸리긴 하지만…….

"여~하튼, 한 줌이라도 좋으니 돌려놓기만 하면 그 후에는 어떻게든 얼버무릴 수 있으니까! 날 살려주는 셈 치고 잠깐만 함께해줘."

셰리 씨가 두 손을 모으며 애원하자 나는 쩔쩔매면서 모두를 둘러봤다.

"난 방패를 제작 받은 신세이니 힘을 빌려줄게. 재밌을 것 같고."

"저기요, 잠깐 물어봐도 될까요……. 얘기를 들어보니 왠지 채굴 작업을 해야 할 것 같은데요. 전 그런 기술이 없습니다만 괜찮을까요?"

기운이 아주 넘치는 듯한 자하 옆에서 사피나가 손을 살짝 들고서 조심스럽게 물었다. 아주 지당한 말인 것 같아서 나는 셰리 씨 쪽을 봤다.

"아아, 안심해. 그렇게 높은 수준의 채굴 기술은 필요하지 않아. 광석이라 부르긴 하지만, 내가 필요로 하는 건 정령수 일부가 오랜 세월을 거쳐 석화된 것이거든. 평범한 광석과 달리 위치도 알고 있고, 파바밧, 하고 가서 툭툭 찌르기만 하면 되는 간단한 작업이야."

내 시선을 느끼고서 셰리 씨가 앞을 보면서 웃으며 대답했다. 그러나 그 내용을 그대로 믿고서 '뭐~야, 간단하잖아. 그럼, 상관없나' 하고 넘어가도 되는지 상당히 의심스럽긴 하지만······.

"채굴 방식이 간단한데도 귀중하다니 얻을 수 있는 양이 적어서 그런 건가?"

"그렇다면 그 광석을 대량으로 써버린 셰리 님은 위기감을 더 느껴야 하는 거 아닌가요?"

왕자님과 마기루카가 의문 섞인 목소리를 내자 모두 셰리 씨 쪽을 쳐다봤다. 그녀는 어색하게 웃으며 고개를 앞으로 돌려 그 시선들을 애써 회피하려고 했다.

(으~음, 채굴 방식이 간단하면 획득할 수 있는 양도 그리 적지는 않을 텐데 귀중하다니. 그런 이벤트 퀘스트는······.)

나는 게임 같은 곳에서 나올 만한 이벤트 내용을 떠올려봤다.

그리고 그 답이 이내 머릿속에 떠올랐다.

"……시련 같은 게 있다……거나?"

"큭, 역시 메어리 쨩, 더는 어물쩍 넘길 수가 없겠군. 어, 뭐, 이역시 신께서 성녀를 이끄는 것이라고 받아들이기로 하지."

내가 툭 중얼거린 말을 듣고서 셰리 씨가 으윽, 하고 신음하고서 어깨를 축 늘어뜨리더니만 묘한 논리로 설득하기 시작했다.

"뭐든지 신이 인도하는 거라고 말하면 넘어갈 수 있으리라 생각했다면 큰 오산이에요. 그리고 날 성녀라고 부르지 말아요. 지금 성녀처럼 생긴 사람은 저쪽에 있어요."

나는 불만을 토로하면서 스노우의 등에 타고 있는 마기루카를 가리켰다. 이번 여행을 통해 그 두 글자 호칭이 나와 어울리지 않는다는 사실을 증명하기 위해서라도 집착처럼 비칠지라도 단단히 못을 박아둬야만 한다.

"……메어리 님의 지적이 사실이라면, 누가 어떤 시련을 내린다는 건가요?"

나에게 지목받은 본인이 '또 그 소리' 하고 어이없어하면서도 이야기를 진행했다.

"그야 그 장소 이름이 정령수의 영역이니 당연히 정령 아니겠나. 핫핫핫."

"""…………."""

마기루카가 묻자 셰리 씨가 갑자기 당당한 태도로 실없는 대답을 늘어놓았다. 우리는 말문이 막혔다.

(정령이라~······ 서클릿 사건도 그렇고, 거울 사건도 그렇고 별로 좋은 인상은 아닌데~. 시련이라는 단어에서 자꾸만 불길한 예감이 느껴지는 건 기분 탓일까?)

"따, 딱히 목숨이 위험한 수준은 아냐. 여태껏 그런 일은 벌어지지 않았으니 그것만은 보증할게. 단지 조~금, 성가시다고 해야 할까, 뭐라 해야 할까······."

"""············"""

우리가 침묵하자 셰리 씨가 부랴부랴 보충 설명을 했다. 그러나 그 말을 듣고도 불안을 씻어내지 못하는 건 나뿐만이 아니겠지. 사실 아직도 다들 침묵하고 있으니까.

"어쩔래? 가고 싶지 않다면 나 혼자서 따라가도 되는데?"

자하는 정령에게서 거의 피해를 받은 적이 없어서인지 회의적으로 반응하지 않고, 평소답지 않게 타인을 배려하며 제안했다.

그래서······.

"왜, 왜 그래, 자하 군? 이상한 거라도 주워 먹은 거야?"

"너무하네. 주워 먹은 게 아니고, 그냥 먹었느냐고 물어봐야지, 메어리 님."

(그 부분에 딴죽을 거는 거냐~!)

농담 삼아 골려봤더니 설마 비상식적으로 되받아치다니. 나는 무심코 속으로 딴죽을 걸었다.

"어, 뭐, 목적지를 가는 도중이니 일단 동행해도 되지 않을까? 불온한 분위기가 풍기면 셰리 씨한테는 미안하지만, 즉각 빠져나

오기로 하고."

"……어, 뭐, 레이포스 님께서 그리 말씀하신다면…….."

왕자님이 제안하자 나는 모두를 둘러봤다. 다들 고개를 끄덕이는 모습을 보고서 약간 불안하긴 하지만 한숨을 섞으며 승낙했다.

그리하여 우리는 카이로메이어에 가는 도중에 정령수의 영역이라는 곳에 들르기로 했다.

***

"그래서 여기부터가 정령수의 영역이야."

영원히 이어질 것만 같았던 낯선 삼림의 풍경에 변화가 찾아왔다. 지금껏 봤던 것보다 더 큰 거목들이 늘어서기 시작했다. 잎과 가지 사이로 햇빛이 새어들어서 땅바닥 곳곳이 반짝이는 듯 보였다. 그 풍경은 환상적이었다.

나는 무심코 "우와아~" 하고 입을 벌리고서 그 광경을 바라봤다.

"훗훗훗, 이 정도로 놀라서야 쓰나. 중심에 있는 대수(大樹)는 이보다 훨씬 훨씬 크다니까."

"오오~, 이것보다 훨씬 크다고요~?"

내가 도시에 온 촌놈처럼 감탄하며 대답하자 셰리 씨가 왠지 흐뭇해하며 쳐다봤다. 그 시선을 느낀 나는 벌어졌던 입을 다물고서 창피한 나머지 황급히 고개를 푹 숙였다.

"후훗, 그러면 여기서부터는 마차에서 내려 지하로 내려갈 테니 준비해둬."

내가 고개를 숙이고 있으니 셰리 씨가 뒤를 보고서 모두에게 당부했다. 다들 대답하고서 바지런히 움직이기 시작했다.

나도 소지품을 챙겨야겠다고 생각했는데 전부 튜테가 준비해주고 있었다. 나는 할 일이 없어서 그대로 마차에서 내리기로 했다.

"음~, 하아아아…… 마차 여행도 머지않아 끝이네."

마차에서 내려서 음~, 하고 기지개를 켜며 몸을 풀었다. 귀를 기울이니 동물과 자연의 소리밖에 들리지 않았다. 어떤 의미에서 고요하다고 할 수 있는 이 공간에 나는 젖어 들었다. 다행히도 이 편안한 소리에 몬스터 울음소리처럼 불온한 소리는 섞여 있지 않은 듯했다.

"그나저나 지하로 내려갈 거라고 했는데 동굴 같은 건 보이지 않는데요?"

마기루카가 스노우 등에서 내리면서 주변을 둘러보며 물었다. 그러고는 그대로 안고 있던 리리를 풀어줬다. 리리는 곧바로 나비 등 곤충에 흥미를 보이며 쫓아가기 시작했다.

"그렇지. 동굴이라고 해야 하나, 큰 나무의 구멍이라고 해야 하나. 어쨌든, 나무 안에…… 어라, 어디였더라?"

마기루카가 묻자 셰리 씨가 대답하며 주변을 둘러보다가 이내 고개를 기울이며 불온한 발언을 했다.

(저 사람한테 맡겨둬도 정말 괜찮을까…….)

"앗, 리리 님. 제멋대로 행동하지 마세요."

앞길에 불안감을 느끼면서 셰리 씨를 보고 있으니 마기루카가 일행에게서 멀어지는 리리를 황급히 쫓기 시작했다.

"아이~, 리리도 참. 마기루카한테 민폐를 끼치고……. 대체 누굴 닮은 건지."

예상보다 더 멀어져가는 마기루카를 바라보고는 나는 어이가 없다는 듯 탄식하며 커다란 설표 쪽을 쳐다봤다.

〈그러게~. 걔도 메어리처럼 호기심이 왕성한지 희한한 것만 보면 바~로 쫄랑쫄랑 따라가니 참 곤란하다니까.〉

"아니, 아니, 피붙이인 너랑 닮았지."

〈아니, 아니, 희한한 일만 생기면 바~로 끼어드는 너랑 닮았지. 그리고 화려하게 자폭하는 것까지 아주 판박~.〉

스노우가 탄식하며 불평하는 소리가 머릿속에서 울리자 나는 납득할 수 없다며 이의를 제기했다. 그러자 스노우가 즉각 어처구니가 없는 대답을 했다.

"어머머, 재미난 소리를 다 하네, 이 고양이가. 미안하다고 말할 때까지 마구 쓰다듬어주는 형벌을 내려줄까?"

〈오호호호, 정곡이 찔려 실력행사를 하는 건 그만두는 게 좋지 않겠어~. 이것도 리리가 흉내 내면 어쩌려고~.〉

"셰리 님, 이쪽 커다란 나무에 동굴이! 안쪽으로 내려갈 수 있는 것 같은데, 혹시 이쪽이 입구 아닐까요?"

나와 스노우가 오호호호, 우후후후, 하고 웃으며 쓸데없는 견제를 벌이고 있으니 멀리서 마기루카가 불렀다. 우연인지 필연인지 리리가 입구로 추정되는 구멍을 발견한 모양이다.

그 말을 듣고서 왕자님과 자하가 마기루카 쪽으로 걸어갔다. 나도 스노우와의 소모적인 실랑이를 접고서 따라가야겠다 싶어서 셰리 쪽을 봤더니 그녀만 제자리에 서 있었다.

"셰리 씨, 왜 그러고 있어요? 입구를 발견했어요."

"방금 떠올랐는데 입구가 딱 하나만 있는 게 아니라 여러 개가 있을 거야. 그러니 헤매거나 헷갈린다는 건 이상해."

"엥?"

내가 묻자 셰리 씨가 손뼉을 짝 치고서 대답했다. 나는 고개를 갸웃거렸다.

"지금 입구가 딱 하나뿐이라는 소리는…… 혹시 벌써 정령이 장난, 혹은 시련을……."

셰리 씨의 말 일부에 딴죽을 걸고 싶은 심한 충동에 휩싸였지만, 나는 억누르고서 마기루카 쪽을 봤다.

마기루카는 스노우 및 일행과 합류하고서 커다란 나무 구멍에 발을 들이고 있는 참이었다. 사피나와 튜테는 내 근처에서 대기하고 있으니 열외다.

"마기루카, 조심해!"

뭘 어떻게 조심해야 할지 그때는 알 수 없었지만, 직감적으로 불길한 예감이 들어서 외쳤다.

"어?"

내 외침을 듣고서 홱 돌아본 마기루카와 왕자님, 자하, 스노우의 모습을 가리듯이 대량의 가지가 열려 있는 동굴을 뒤덮어버렸다. 마치 입구가 없었던 것처럼 닫혀버렸다.

(거짓말, 우리 일행이 분단됐어?)

"소닉——."

"기다려, 메어리 짱! 섣불리 저항해봤자 소용없어. 정령이 삐치면 일이 더 성가시게 될 테니까!"

나는 황급히 달려가서 입구를 막아버린 가지를 파괴하려고 마법을 영창했다. 그러나 셰리 씨의 말에 영창을 멈췄다. 정령을 잘알지는 못하지만, 성가신 존재임은 왠지 이해하고 있으므로 섣불리 건드려서 일을 크게 만들고 싶지는 않았다.

마기루카 일행도 셰리 씨의 말을 들었는지 저쪽에서도 별다른 행동을 하지 않았다. 상황을 지켜볼 만한 여유는 있는 듯했다.

"으~음, 평소에는 저쪽이 먼저 시비를 거는 경우가 거의 없는데 말이야……. 너희들은, 정령한테 사랑받는다고 해야 할지, 끌어당긴다고 해야 할지……."

정령에게 사랑받는다? 듣기만 해서는 왠지 특별하게 느껴져 기쁘게 여길 수도 있겠지만, 지금껏 정령과 얽혔던 사건을 돌이켜보니 개인적으로 솔직히 기뻐할 수가 없다는 게 무척 슬프다.

"우린 이대로 나아가는 편이 좋을까요?"

"그렇지. 지하가 조금 미로처럼 되어 있긴 하지만, 신수님이 있으니 아마 괜찮지…… 않을까?"

입구를 막아버린 가지 너머에서 마기루카의 목소리가 들렸다. 셰리 씨가 엄청나게 모호하게 대답했다.

"그렇구나, 조금 걱정되네. 튜테, 검."

나는 불안해져서 마법이 안 된다면 검이라면 한 번쯤 눈감아 주지 않을까, 하는 궤변에 혹하여 곁에 있는 튜테에게 손을 내밀었다.

"아가씨, 이상한 논리로 일을 크게 만들지 마세요."

그리고 내 생각을 읽고 있었는지 튜테가 단호히 거절했다.

"아, 아무 말도 안 했는데 궤변이라는 걸 용케도 알아차렸네. 역시 튜테, 나의 이해자."

"그렇게 말하면서 검을 받아낼 생각도 하지 마세요."

"그럼 어떻게 저걸 돌파하라는 거야! 마법도, 검도 안 돼. 앗, 주먹, 주먹이라면 가능하다는 거구나! OK, 해보자고."

마기루카와 뿔뿔이 흩어지는 미래를 생각했더니 마음에 점점 여유가 사라졌다. 지금 나는 만화처럼 눈이 빙글빙글 소용돌이치고 있는 상태라고 해야 할까, 이상하리만치 흥분한 상태였다.

"괜찮답니다, 메어리 님. 이쪽에는 스노우 님도 계시고, 자하도 전하를 단단히 지켜줄 테니까."

"뭐가 괜찮아. 앞으로 셰리 씨랑 내가 정령을 상대해야만 하는데 누가 불안 요소를 제어하냐고."

묘하게 초조해진 상태에서 마기루카가 차분한 목소리로 '본인들은' 괜찮다고 말하자 나는 무심코 속내를 토로했다. 엄청나게 무례한 발언이었지만 마기루카는 그건 그렇다며 말장구를 쳤다.

"…………그건, 알아서 어떻게든 할 수밖에…….."

"마기루카아아아!"

"아, 아가씨, 진정하세요. 목적지는 같으니 아래로 내려가면 금세 합류할 수 있을지도 몰라요."

"그, 그러네. 맞아. 다들 기다려. 금방 합류하러 갈 테니까!"

마기루카의 무정(?)한 대답에 내가 무심코 목소리를 높이자 튜테가 바로 달래줬다.

튜테의 말에 안심하긴 했지만, 정령 때문에 벌어질 말썽까지는 대응해줄 수 없겠지. 셰리 씨가 있으니 어떻게든 될 테지만, 그녀의 트러블메이커다운 기질을 떠올리니 안심할 수가 없다.

그렇게 내가 속으로 부정적인 자문자답을 벌이고 있으니 마기루카 일행이 먼저 나아갔다. 남겨진 사피나가 셰리 씨와 함께 다른 입구를 찾기 시작했다.

(안 돼, 안 돼. 나도 거들어야지.)

마음을 다잡고서 무조건 모두와 합류하겠다는 일념으로 부랴부랴 행동에 나섰다.

콰당!

그리고 아래쪽을 미처 잘 살피지 못한 나는 그만 굵은 뿌리에

발이 걸려 마치 약속한 것처럼 시원하게 자빠……지지 않고, 시원하게 뿌리를 분쇄하고 말았다.

(앗…… 사고 쳤다…….)

❦ 06 ❧ 책의 행방

시타는 주변을 둘러보면서 말을 신중히 몰아 달리고 있었다.

지금까지의 흔적으로 미루어보아 기란이 지나갔을 가능성이 크다. 왜냐면 최근에 누군가가 이 길을 지나간 흔적이 있었는데, 다수가 아니라 한 사람이 지나간 듯 보이기 때문이다. 더욱이 이 길은 카이로메이어에서 정령수의 영역의 중심지로 이어지는 최단 경로다. 타지인에게는 거의 알려지지 않기에 이용하는 사람은 한정되어 있다.

어쨌든 어서 앞으로 가서 누가 책을 가져갔는지 당장 확인하고 싶지만, 초조한 마음에 영역을 어지럽히기라도 하면 정령이 심술을 부릴지도 모른다. 신중히 행동해야만 한다.

그렇게 생각했는데 안으로 들어갈수록 시타는 점점 위화감이 들었다.

"이상하네. 정령의 기척이 느껴지지 않아. 마치 여길 지나갔던 무언가를 피하고 있는 것 같아."

정령은 기분파이니 우연히 자리를 비웠을 뿐인지도 모르므로 단정할 수는 없다. 그러나 지금껏 이곳을 몰래 찾았을 때와는 무언가가 다른 것 같다고 시타는 모호하게 느꼈다.

한동안 나아가니 앞쪽에서 작은 짐마차가 보이기 시작했다.

기란이 이용하는 짐마차와 흡사하다. 역시나 그가 이곳에 왔구나.

사람이 없는 걸로 보아 기란이 마차에서 내려 정령수 쪽으로 걸어간 것 같다. 시타는 말에서 내려 정령수 쪽으로 천천히 다가가려고 했다.

그런데 갑자기 등골이 오싹해져서 시타는 황급히 수풀에 몸을 숨기고서 주변을 살펴봤다.

"방금 그 감각은 뭐지. 몬스터? 어, 어쨌든, 신중하게 움직이자."

고대의 숲에 사는 한, 위험은 늘 따르기 마련이다. 하물며 이곳은 숲속이다. 자신의 직감을 믿고서 행동하는 것도 한 가지 방법인데, 시타는 그쪽에 의지하는 사람이다.

길을 지나지 않고 수풀에 몸을 숨기면서 시타는 안쪽으로 나아갔다. 이윽고 확 트인 공간이 시야에 들어왔다. 그 중심에 아주 큰 나무가 우뚝 서 있었다.

그 근처에 한 중년 남성이 서 있었다.

한눈에 기란임을 알아본 시타는 후우~, 하고 숨을 내뱉으며 긴장을 풀고서 그에게 말을 걸려고 했다.

그러나 느슨해진 입술을 꾹 다물고서 시타는 다시 몸을 숨겼다.

왜냐면 기란 주변에, 위아래로 모두 흑색 옷을 입은 자들이 소리 없이 나타났기 때문이다.

그들을 보고서 시타는 아까 느꼈던 그 오싹함을 다시 느꼈다.

얼핏 보니 모두 흑색 후드가 달린 망토, 흑색 경갑, 흑색 옷, 흑색 마스크를 착용하고 있었다. 유일하게 보이는 눈 주변부도 흑색으로 칠해서 누구인지 판별할 수가 없었다. 온통 검은색으로 통일된 그 모습에서 음침함이 감돌았다.

머릿수는 셋.

그 중심에 서 있는 자 역시 흑색 복장을 착용하고 있지만, 얼굴에는 새하얗고 기묘하게 생긴 가면을 착용하고 있다.

"왜, 왜 여기에? 약속은 내일인 것으로 아는데."

조용한 숲이라서 그런지 기란이 큰소리를 내지 않았는데도 울려 퍼졌다.

"그러는 넌 왜 여기에 있지?"

가면을 쓴 자가 목소리를 낮게 깔아 말해서 간신히 남성이라는 것만 알 수 있었다. 어디선가 들어본 것 같은 느낌이지만, 가면 때문에 음성이 바뀔 수도 있으니 뭐라 단언할 수는 없었다.

"나, 난…… 저기…… 다, 다른 건으로……."

평소에 오만하게 구는 기란답지 않은 저자세, 아니, 왠지 겁을 집어먹은 듯 보였다. 시타는 더욱 숨을 죽이고서 사태를 지켜보기로 했다.

"다른 건이라……. 그 손에 들려 있는 물건은 '오르트아기나서'로 보이는데?"

"이, 이건……."

가면남이 지적하자 기란이 들고 있던 책을 숨기면서 우물거렸다. 역시 책을 빼낸 사람은 기란이었다. 그러나 시타는 범인보다 지금 상황이 더 신경이 쓰여서 우쭐거릴 여유가 없었다. 그만큼 그들 사이에서 형언할 수 없는 긴장감이 감돌았다.

대화를 들어보니 서로 아는 사이인 듯했다. 동료, 혹은 공범자인 것 같지만, 분위기가 도저히 화기애애하다고 할 수 없었다.

"마, 맞아, 확인하러 왔다. 이게 진짜 오르트아기나서인지 넘겨주기 전에 확인해둘까 해서."

"무슨 뻔히 보이는 거짓말을."

"뭐? 잠깐!"

방금 다른 건 때문에 왔다고 했으면서 기란이 금세 말을 뒤집어버리자 검은 괴한들의 태도가 싸늘해졌다. 그들 중 하나가 기란의 거짓말을 따지려고 하자 가면남이 조용히 제지했다.

"고객한테 정확한 물건을 넘겨주기 위해서 사전에 확인한다. 상인의 귀감 아니냐. 이 자리에서 확실히 확인하도록 하지."

예상치 않은 제안에 기란과 함께 주변에 있는 자들도 놀랐다.

"괜찮겠습니까……. 저 남자가 다른 곳에 책 내용을 팔아넘기기라도 하면……."

"기란, 그렇게까지 말했으니 여는 법도, 읽는 법도 알고 있으렷다?"

옆에 있는 검은 괴한의 충고에 전혀 귀를 기울이지 않고, 가면남이 이야기를 진행했다.

"무, 물론. 엘프의 금서(禁書)라면 몇 권쯤 빼내서 팔기 전에 펼쳐본 적이 있으니 괜찮습지요, 헤헤헷."

가면남의 예상치 못한 제안에 긴장이 조금 누그러졌는지 기란이 평소처럼 교활하게 웃으며 대답했다.

그 말을 듣고 시타는 또다시 충격을 감추지 못했다. 기란이 책을 빼내서 팔고 있다는 건 예전부터 알고 있었지만, 설마 소중한 금서까지 은밀히 팔아넘겼을 줄이야…….

어쩌면 이번 사건은 우연히 발각됐을 뿐, 같은 방식으로 여러 번 책을 훔쳤을지도 모른다.

"……엘프의 금서라……."

기란의 말에 충격을 받은 시타는 가면남이 의미심장하게 중얼거린 말을 놓쳤다.

시타와 남자들이 지켜보는 앞에서 기란은 혼자서 정령수 뿌리 부근에 마법진을 그리고서 어떤 도구를 준비하기 시작했다.

엘프들이 봉해놓은 책을 일시적으로 여는 의식인 것 같다고 시타는 한눈에 이해했다. 그 정확한 절차를 보니 독학이 아니라 누군가가 가르쳐준 것이 아닌지 의심이 들 정도였다.

준비가 다 됐는지 기란이 부랴부랴 책을 마법진 위에 놓더니 정령수의 가지로 된 특수한 지팡이를 나무를 향해 뻗으며 주문을 읊기 시작했다.

마법진이 빛나더니 정령수의 마력이 책에 주입되면서 봉인이 풀렸다. 책이 저절로 펼쳐지더니…….

"큭…… 아, 으윽……."

갑자기 기란이 머리를 싸쥐고서 고통스러워했다.

"뭐, 뭐야, 이…… 안, 돼…… 아아아아아아앗!"

기란의 몸에 무슨 변고가 벌어졌는지 시타는 정확히 알 수는 없었지만, 적어도 책의 봉인을 푸는 데 성공한 것 같지는 않았다. 분명 책이 가하는 어떤 영향을 받고 있다.

　실패?

　아니, 멀리서 봤지만, 방법에 문제는 없었다. 깜짝 놀랄 만큼 완벽한 엘프의 금서 해제 의식이었다. 엘프가 건 책의 봉인이라면 예외 없이 풀 방법이건만, 현재 기란은 책을 억지로 펼치려다가 보복을 받는 것처럼 느껴졌다.

　뭐가 어떻게 돌아가는지 모른 채 시타가 지켜보는 앞에서 기란이 울부짖기 시작했다. 이윽고 책에서 나는 빛이 사라지자 끈이 끊어진 인형처럼 그가 털썩 쓰러지더니 옴짝달싹도 하지 않았다.

　주변 사람들이 당혹스러워하는 중에 유일하게 가면남만이 기란 쪽으로 서서히 다가갔다.

　"······고맙다, 기란. 우리가 확인할 수고를 덜었군."

　쓰러진 채 꼼짝도 하지 않는 기란을 멸시하듯 가면남이 말을 내뱉고서 걸리적거린다는 듯 그의 몸을 발로 차서 밀어냈다.

　"······후후훗······ 이건 틀림없는 '카이로메이어'의 서적······."

　감정이 없었던 목소리에 기쁨을 실으면서 가면남이 책을 집었다.

　상황을 쭉 지켜보던 시타는 가면남의 언동에 정신이 팔려서 뒤쪽으로 다가오는 인기척을 뒤늦게 감지했다.

　휴웅!

공기를 가리는 소리가 시타의 귓가를 스쳤다.

시타는 몸을 날려 아슬아슬하게 피한 뒤 그것의 정체를 확인했다.

검이었다.

검은 옷을 입은 한 사람이 어느새 은밀히 다가와 검을 휘두른 것이다.

상대는 앞에 보이는 세 사람만이 아닌 모양이다. 그 부분도 염두에 두고서 경계를 하긴 했지만, 워낙 충격적인 사건이었던지라 경계심이 느슨해져서 상대가 접근하는 것을 알아차리지 못한 듯하다.

"쳇! 이 공격을 피할 줄이야……. 너, 이 주변에 사는 엘프하고는 다른…… 응? 그 모습은…… 카이로메이어 주민인가……."

남자가 시타의 모습을 확인하더니 혼자서 납득했다. 카이로메이어의 엘프들은 다른 엘프들과 비교해 기초적인 능력치가 다르다. 그래서 자신의 소속을 알아차렸으리라 시타도 멋대로 해석했다.

그러나 시타는 자신의 힘만으로 현 상황을 타개할 자신이 없었다.

왜냐면 엉겁결에 펄쩍 물러난 바람에 몸이 수풀 밖으로 노출되었다. 즉 다른 자들에게까지 발각된 상태다.

"우릴 봤으니 화근이 되겠지. 여기서 처치해야……."

예상했던 전개가 펼쳐지자 시타는 어떻게 모면할지 궁리했다.

"그만!"

바로 그때 시타의 생각을 중단시킬 만큼 큰소리로 가면남이 제지했다.

"그 여자의 옷차림을 봐라. 대서고탑의 사서장이다. 네놈은 그런 것도 모르나?"

감정 없이 담담하게 말하던 가면남이 태도를 확 바꿔 노기가 실린 목소리로 나무랐다. 그 박력에 주눅 들었는지 주변에 있는 자들이 동요를 숨기지 못했다.

"사로잡아. 이용 가치가 있으니."

그러나 그도 잠시, 시타가 생각할 틈도 주지 않고 가면남이 명령하자 검은 괴한들은 동요를 싹 털어냈다.

상대의 말을 분석해보니 시타의 목숨은 보장해줄 것 같다. 그러나 시타는 아까 전 행동을 보고서 순순히 잡혀도 될 만한 집단이 아니라고 결론을 내렸다.

그러나 이 무리에게서 교묘히 벗어날 자신이 없다.

하다못해 뭔가 틈이라도 생긴다면…….

고고고고…….

그렇게 생각한 순간, 멀리서 나무들이 움직이는 묵직한 소리가 울려 퍼졌다. 그에 호응하듯이 거대한 정령수가 순간 꿈틀거렸다.

""""!!"""""

아마도 누군가가 정령의 심기를 거슬렸는지, 아니면 정령이 심술을 부렸는지는 모르겠지만, 어쨌든 그에 반응하여 나무들이 움직이기 시작했다. 그래서 그 영향으로 중심에 있는 정령수까지 꿈틀대기 시작한 거겠지. 정령수가 꿈틀대면서 땅이 약간 뒤흔들리자 눈앞의 무리가 순간 동요했다.

"액셀 부스트."

가속 마법을 발동하여 단번에 근처 나무로 뛰어넘어 벗어나려고 했다.

시타는 누군지는 모르겠지만 이 타이밍에 소동을 일으켜준 사람에게 고마워했지만, 그도 잠시…….

"큭."

갑자기 왼쪽 허벅지에 통증이 일었다.

다른 나무로 뛰어넘어가려는 도중이었기에 제대로 착지하지 못하고 그대로 추락했다.

땅바닥으로 내동댕이쳐져 순간 숨이 막히고 눈앞이 캄캄해졌다. 그러나 허벅지 통증 때문에 의식을 차릴 수 있었다.

자세히 보니 허벅지 옆쪽에 크게 베인 상처가 나 있었다. 아마도 투척 나이프나 마법 때문에 생겼겠지. 이 상황에서 이토록 정확하게 공격한 것으로 보아 저들은 단순한 무뢰배인 것 같지는 않았다. 더더욱 붙잡힐 수 없게 됐다. 시타는 상처를 치유할 시간마저 아끼며 도주했다.

그러자 눈앞에 뻥 뚫린 구멍이 보였다.

아마도 방금 정령수가 꿈틀거리면서 무너져내린 모양이다. 곰곰이 보니 그 속이 깊은데, 지하 동굴로 이어지는 듯 보였다.

이대로 지상에서 도망치기보다는 지하로 가는 편이 몸을 더 쉽게 숨길 수 있을지도 모른다. 그러나 저 길이 정답인지 아닌지 자신도 없었다.

시타는 엘프의 청력을 최대한 활용하고자 귀를 세워 소리를 감지하여 상대의 위치를 특정하려고 시도했다.

그러자 그리 멀지 않는 곳에서 가면남이 다른 남자들을 질타하는 소리가 희미하게 들려왔다.

"그녀를 다치게 하지 마라. 같은 실수를 반복할 셈이더냐."

그 말이 무얼 의미하는지 시타는 몰랐지만, 왠지 마음에 걸렸다.

"같은 실수?"

먼 곳을 순간 의식하다가 주의력이 산만해진 바람에 발치를 미처 살피지 못한 시타에게 불운이 닥쳤다.

무너진 구멍의 주변 땅도 지반이 물러진 모양이다. 가까이 다가간 시타의 무게에 구멍이 더욱 커지고 말았다.

"으, 앗."

오른쪽 다리가 푹 꺼지자 자세가 무너졌다. 시타는 다친 왼쪽 다리로 버티려고 했으나 통증 때문에 그러질 못하고 그대로 구멍 속으로 떨어지고 말았다.

나는 한 번쯤 눈을 감아주지 않을까, 하는 어설픈 기대감에 가슴이 두근거렸지만, 이 세상은 무정하게도 그렇게 해주지 않았다.

고고고, 하는 땅 울림이 이 일대를 지배했다. 내가 살짝 깎아낸 그 거목이 저 혼자서 흐느적흐느적 움직이기 시작했다.

"아가씨……."

"알아, 아무 말도 하지 마. 모두 내 잘못이옵니다."

옆에서 나와 마찬가지로 상황이 어떻게 흘러갈지 두근거리며 지켜보던 튜테의 말을 끊고서 나는 즉각 자신의 죄를 인정했다.

현재 눈앞의 나무는 바람에 흔들리듯 술렁이고 있을 뿐이었다. 공격을 가할 기미는 없었다.

"어이구, 잠깐, 잠깐! 무슨 짓을 저질렀는지는 모르겠지만, 내게 맡겨라. 이럴 줄 알고 정령어를 조금 익혀뒀지. 드디어 공부한 성과를 써먹을 수가 있겠구나."

내가 긴장하며 나무를 바라보고 있으니 셰리 씨가 다가와 왠지 기뻐하며 말했다.

모국어가 아닌 다른 언어를 익힌 사람이 얼마나 통할지 궁금해서 외국인과 대화를 나누고 싶어 몸이 달아오른 상태와 비슷한 건가? 뭐, 현 상황을 타개할 수 있다면 나 역시 부탁하고 싶다.

"정령어……가 따로 있는 걸 보니 우리 언어는 통하지 않는가

봐요?"

사피나가 주변을 경계하면서 들떠 있는 셰리 씨에게 물었다.

"아니, 통해. 다만 그쪽 언어로 말을 걸어주는 사람을 좋게 보고, 불필요한 오해도 생기지 않을 테니까."

걱정하는 우리에게 살짝 윙크하고서 자신만만하게 술렁이는 나무 곁으로 다가가는 셰리 씨.

(미안, 셰리 씨. 난 영락없이 당신이 엉터리인 줄로만 알았는데 착각이었나 봐요. 다시 봤어요.)

그녀를 바라보면서 아주 무례한 생각을 하는 나.

우리가 지켜보는 앞에서 의기양양하게 선 셰리 씨가 음음, 하고 목소리 상태를 확인한 뒤 술렁이는 거목을 올려다봤다.

그리고 두 팔을 벌리고서 무슨 소리라고 해야 하나, 잘 알아들을 수 없는 언어로 떠들어대기 시작했다.

그러자 술렁이던 거목이 움직임을 뚝 멈추는 게 아닌가.

"오오오오~."

나는 무심코 감탄하며 박수를 쳤다.

"역시 셰리 씨, 든든하네."

"핫핫핫, 그만, 그만. 부끄럽게시리……."

내가 칭찬하자 그쪽도 꼭 싫지만은 않은지 쑥스러워하는 몸짓을 보였다. 그러나 말을 채 끝마치기 전에 그녀의 모습이 그곳에서 사라졌다.

""""어???""""

그 광경을 보고 있던 나와 튜테, 사피나의 반응이 멋들어지게 일치했다.

무슨 일이 벌어졌는지 순간 이해가 안 되었다. 나는 '어? 어?' 하고 의아해하면서 주변을 두리번거렸다.

"메어리 님, 위쪽이요!"

먼저 목표물을 찾아낸 사피나가 위를 가리키며 나에게 알려줬다. 그 손가락이 가리키는 쪽을 올려다보니 한쪽 다리가 촉수 같은 것에 칭칭 얽힌 채 거꾸로 매달려 있는 셰리 씨가 있었다.

"어? 어떻게 된…… 거야."

〈가아아아힝, '닥쳐 꼬맹이'라고오오오오!〉

어디선가 들려오는 목소리가 공기를 울리더니 거꾸로 매달려 있는 셰리 씨가 프로펠러처럼 빙글빙글 돌기 시작했다.

"어~라아아, 이상하~네에에에. 지, 진정해애애~ 아가씨~라고 말할~ 생각이었는데~에에에에~에에에에?!"

붕붕 돌면서 셰리 씨가 해명했다.

(으음…… 불필요한 오해를 초래하고 말았는데요. 아, 그건가? 문법이나 발음의 사소한 차이로 의미가 전혀 달라지는 것도 모른 채 상대방한테 자신만만하게 떠들어버린 건가……. 혹은 반쯤 농담 삼아 알려준 잘못된 표현을 눈치채지 못하고 당당하게 사용해버렸다?)

어쨌든 셰리 씨에게 악의는 없었던 것 같지만, 역시나 사태가 더 귀찮게 꼬여버린 것 같다.

〈대화나 좀 해볼까 싶었던 차였는데 뿌리를 냅다 차버리질 않나, 이런 소리나 해대질 않나. 날 얕잡아보는 거냐아아아아아아!〉

"죄송합니다! 화가 나신 게 당연하지요."

셰리 씨를 빙빙 돌리면서 분노를 토해내는 그 목소리에 나는 반사적으로 고개를 깊이 숙이며 사죄했다. 그러자 사피나와 튜테도 나를 따라 고개를 숙였다.

〈으, 그, 그렇게 곧바로 사과하니 민망하다고 해야 하나, 뭐라 해야 하나……. 어, 뭐, 그쪽도 일행과 느닷없이 흩어진 것 같으니……. 으음, 저기…….〉

우리의 대응에 어째선지 당황해하며 멋쩍음을 감추고자 셰리 씨를 빙빙 돌리는 속도를 늦추기는커녕 더 올리는 거목……이 아닌 정령. 방금부터 셰리 씨가 조용한데 괜찮으려나…….

"저, 저기이…… 대화를 하고 싶었다면서 왜 우리를 떨어뜨려 놓은 건가요?"

셰리 씨를 빙빙 돌리는 광경을 지켜보고 있으니 옆에서 사피나가 정령이 깃들어 있을 거목에게 소박한 질문을 던졌다.

〈어, 그, 그건…… 으음…… 뭐라고 해야 하나…….〉

사피나가 질문하자 어째선지 나무가 말을 얼버무리며 몸을 기울였다. 상당히 유니크한 정령이구나, 하고 쓸데없이 감탄하는 나. 이 시점에 내 경계심은 완전히 사라지고 말았다.

〈……왜냐면…… 사람들이 그렇게 많은 상황에서, 마, 말을 걸기가 부끄러운데…… 하물며 나, 남자한테 어떻게 말을…… 까아

아아아아아아앗.〉

그리고 정령이 상당히 풋풋한 소녀처럼 말하기 시작했다. 정령에게 성별의 개념이 있는지 어떤지는 모습이 보이지 않아서 뭐라말할 수가 없다. 어쨌든 아주 시시한 이유로 우리 일행을 흩어놓았다는 사실이 밝혀졌다. 더불어서 창피해서인지 셰리 씨를 붕붕돌리는 속도가 점점 올라간다, 계속 올라간다.

"어, 으음…… 마음은 알겠지만 좀 진정해주면 안 될까요? 그리고저기, 되도록 슬슬 셰리 씨를 놔줄 수는 없을까요~. 그녀는 으음,저기…… 표현이 서투르다고 해야 하나, 언어를 잘 못 구사하는 얼간이가 아니고, 바보가 아니고, 멍청이가 아니고, 저기, 아아."

"아가씨도 진정하세요."

슬슬 정말로 위험해 보이는 셰리 씨를 내려놔달라고 부탁하고싶었지만, 괜찮은 단어가 좀처럼 떠오르질 않아서 조바심이 났다. 튜테가 조급해하는 나를 다독였다.

〈……좋은 소리가 하나도 없는데, 너…….〉

"하하핫, 메어리 짱은 부끄럼쟁이에다가 솔직하지 않거든. 뭐,그 부분이 귀엽긴 하지만."

내 말을 듣고서 정령이 약간 질색하면서 셰리 씨를 뒤흔드는 것을 멈췄다. 그리고는 거꾸로 매달려 있는 그녀에게 말했다. 그러자 셰리 씨가 부활했는지 영문을 알 수 없는 소리를 내뱉더니 고개를 연신 끄덕였다. 내 머릿속에서 불현듯 그냥 저대로 내버려둬도 되지 않을까, 하는 불경한 생각이 떠올랐다.

〈흐~음, 왠지 친근감이 솟는 것 같네. 뭐, 좋아, 용서해줄게.〉

정령의 말에 우리는 휴우, 하고 가슴을 쓸어내렸다. 새로운 가지가 뻗어 나와 거꾸로 매달려 있는 셰리 씨를 붙잡아 똑바로 되돌렸다.

즉 거꾸로 매달려 있는 상태에서는 해방됐지만, 완전히 풀려난 것은 아닌 것 같은데…….

"으음…… 왜 안 내려주는 건가요?"

〈그래, 풀어줄게! 다만 내 부탁, 아니, 시련을 극복한다면!〉

내가 질문하자 정령이 나뭇가지로 셰리 씨의 허리를 칭칭 얽어매고서 우리에게 내보였다. 뭐, 솔직히 마음 한구석에서는 언젠가 결국에는 이렇게 되지 않을까 싶긴 했다. 그래서 놀라기보다는 '아, 역시나' 하고 체념하는 마음이 더 컸다.

"으, 음, 뭐, 광석을 얻기 위해서 시련을 받을 각오는 이미 하고 있었으니까 뭐, 그 시간이 조금 빨리 찾아온 것뿐이네요."

"그런가요……. 시련이 쓸데없이 늘어난…….."

"예, 입조시이이이이임!"

생각하고 싶지 않은 사실을 애써 묻어두고서 긍정적으로 이야기를 진행하려고 했더니 엄혹한 현실을 입에 담으려는 튜테. 용납할 수 없는 사태인지라 내가 웃으면서 그녀의 입을 막았더니 조용히 고개만 끄덕였다.

〈오호! 어~, 그럼 내가 너희들한테…….〉

"앗, 잠깐만. 기왕 말이 나왔으니 부탁 좀 할게. 우린 정령수의 목화석(木化石)을 구하러 왔어. 가능하다면 그걸 좀 얻을 수 있을까?"

⟨………….⟩

정령이 우리에게 시련을 말하려고 한 순간에 시련의 대가인 당사자가 능청스럽게 부탁을 추가했다. 말이 도중에 끊겼을 뿐만 아니라 추가 요청까지 받은 정령이 입을 다물었다. 건방을 떠는 셰리 씨가 또 붕붕 형벌을 받을까 걱정이 돼서 나는 상황을 조심스럽게 지켜봤다.

⟨……뻔뻔스러운 감이 없지는 않지만, 뭐 좋아. 시련을 어떻게 극복해내는지 보고서 생각은 해보도록 할게.⟩

역시나 셰리 씨의 태도가 고깝기는 했나 보다. 그러나 정령이 마음을 관대하게 써준 덕분에 이야기가 잘 풀려서 안도했다.

⟨그럼 시련을.⟩

"앗, 가능하다면 이제 슬슬 땅으로 내려줬으면."

⟨시끄러워어어어어! 건방 떨지 마, 이 자식아아아아아아아!⟩

셰리 씨가 거듭 부탁하자 인내의 끈이 뚝 끊어졌는지 정령이 붙잡고 있는 셰리 씨를 위아래로 흔들어댔다.

(아니, 아무리 그래도 이거까지는 호응해줄 수 없지. 차라리 셰리 씨는 말을 못 할 정도로 정신을 쏙 빼놓는 편이…….)

잔상이 보일 정도로 위아래로 격렬하게 흔들리고 있는 셰리 씨를 바라보면서 나는 야박한 생각을 했다.

"저기요~, 슬슬 시련을 시작하는 게 좋지 않을까요?"

그러나 이대로 계속 방관하고 있어도 달라질 게 없으므로 나는 냉정하게 정령에게 말했다.

〈앗, 그, 그러네. 다시 한번……. 너희들한테 시련을 내리겠다!〉

정령이 분위기를 잡고서 말하자 나는 다시 긴장하여 침을 꿀꺽 삼켰다.

(내 몸은 완전무적이니까 무언가를 쓰러뜨리라는 시련이라면 클리어할 수 있을 것 같아. 사피나도 있고 말이야. 꽤 강적이라면 나 혼자서 하는 방법도……. 문제는 어떻게 모두한테 숨기냐는 것인데. 뭐, 그 점은 튜테한테 맡기기로 하자.)

나는 생각하면서 튜테 쪽을 봤다. 그녀가 내 속내를 짐작했는지 고개를 살짝 끄덕였다. 아니, 정말로 뭐든지 척척 해내는 메이드라서 다행이야…….

(좋아, 그럼 이제 두려워할 건 하나도 없어! 자, 어떤 시련이든 덤벼보라지! 내가 상대해주겠어!)

나는 각오를 단단히 다지고서 승리를 확신하며 정령의 말을 기다렸다.

〈시련, 그건…… 내 마음을 뛰게 할 '연애담'을 들려줬으면 해!〉

(아, 끝났다아아아아아아아아아아!)

정령이 들뜬 목소리로 시련이라고 해야 하나, 무모한 부탁을 하자 그 확신은 무너져 내렸다. 나는 마음속으로 절규하고 말았다.

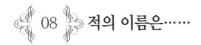

08 적의 이름은……

레가리야 공작가 영애로서 살아온 지 어언 13년.

신께서 내려주신 분에 넘치는 은혜 덕분에 완전무적 신체를 손에 넣은 나는 여러 고난을 겪으며 온갖 적들을 섬멸해왔다. 그런 내 앞을 최대의 시련이 가로막았다.

그 적의 이름은 '연·애·담'.

나 역시 그런 것에 전혀 흥미가 없었던 것은 아니지만 뭐라고 해야 하나……, 인연이 없었다고 해야 하나, 타이밍을 놓쳤다고 해야 하나. 앗, 그래, 그래. 난 공작가 영애라서 연애를 펑펑할 수 있는 신분이 아냐……. 아마도.

(어라, 변명하면 할수록 서글퍼지는 건 왜일까?)

〈자자, 누구부터 할래? 난 누가 먼저 하든 좋아. 대결, 잘 부탁합니당♪〉

"대결이라니 너……."

왠지 승부라도 벌이는 것 같은 그 말에 나는 무심코 딴죽을 걸었다. 그러나 솔직히 이 대결(?)을 부전패로 끝내고 싶은 심정이다.

"아가씨…… 왜 절 뚫어지게 쳐다보시는 건가요?"

"…………참고로 묻겠는데, 튜테한테 그런 경험담은 없을까……."

"없습니다."

"내게 떠넘길 생각으로 근사하게 웃으면서 단호하게 말하지 마."

살짝 기대하며 튜테에게 물어봤지만, 그녀가 웃으면서 즉답했다. 내 기대가 순식간에 뭉개졌다.

"전 지금 아가씨 곁에서 수발을 드는 것만으로도 벅차, 아니, 행복하니까요."

"튜테……! 응? 잠깐만. 왠지 그냥 넘길 수 없는 단어를 들은 것 같은데."

"기분 탓입니다. 그러는 아가씨께서는 있──."

"없습니다."

심금을 울리는 이야기인 줄 알았는데, 왠지 마음에 걸리는 부분이 있어서 물어봤더니 튜테가 웃으면서 질문에 질문으로 대응했다. 그래서 나도 그녀처럼 웃으면서 대답했다.

〈에에에엥~, 하나도 없다고오~? 너희들, 그렇게 젊으면서 마음은 시들어버렸구나~.〉

(끄으으으으웅!)

나와 튜테의 대화를 듣던 정령이 당연하다고 해야 하나, 우려하던 발언을 했다. 내 가슴에 예리한 말의 나이프가 쑥 박혔다.

(이, 이게 대미지……. 왠지 요즘에 이런 말을 자주 하는 것 같은데 기분 탓이려나?)

참고로 나와 똑같은 처지일 튜테에게는 말의 나이프가 박히지 않았는지 미동도 하지 않았다. 어째서지? 저 강철 같은 정신이 부럽다.

〈애애, 그쪽 밤색 머리 아가씨는 어때?〉

"저, 저요? 어, 으음, 없는…… 으으응, 이 상황에서 제가 메어리 님께 힘이 되어드려야만……."

우리에게 흥미를 잃은 정령이 옆에서 지켜보던 사피나에게 초점을 맞춰 화제를 돌리자 그녀가 당황했다. 그러나 우리처럼 부정하기는커녕 자신을 북돋는 듯 의미심장한 말을 중얼거렸다.

〈우와~, 뭐야, 뭐야. 부끄러워하면서 우물대는 모습이 귀여워어어어어~♪ 연애담이 있다면 들려줘어~!〉

"어, 사피나, 있어?"

사피나의 반응을 보고 정령이 그렇게 말하자 나는 무신경하게도 그녀에게 되물었다.

"있다고 해야 할지, 뭐라고 해야 할지. 제가 이성과 어울렸던 경험이라면 저기…… 유일하게, 1학년 때 있었던 약혼 사건──."

"잠깐, 사피나. 그 이야기에 '사랑'은 있니?"

"어어~…… 없, 없습니다……."

한심한 우리를 위해서 사피나가 억지로 이성과 얽혔던 이야기를 꺼내려고 했다. 그러나 자세히 듣지 않고도 '그 인간'과 얽혔던 아픈 과거를 끄집어내려고 하는구나 짐작했다. 그래서 나는 무리하지 말라고 사피나를 진정시켰다.

사피나에게 그런 짓을 시키다니 나는 정말로 글러먹은 녀석인가 보다. 그래, 나에게는 비장의 수단이 있건만…….

그건 전생의 기억!

(앗, 아니, 전생 때도 연애의 연 자도 찾아볼 수 없는 인생이었는데.)

어쨌든 내게는 경험이 없더라도 그런 소재의 만화나 애니메이션, 영화는 본 적이 있다.

(이건 반칙이 아닌가 싶긴 하지만, 물불 가릴 때가 아니지.)

"저기…… 내 얘기가 아니고, 친구의 친구의 친구한테서 들었던 얘기인데, 괜찮을까요?"

〈친구의 친구의 친구의 얘기라니……. 왠지 엄청 멀게 느껴져서 흥이 떨어지긴 하지만, 뭐, 상황이 이러니 뭐든 좋아. 한 번 해봐.〉

실제 체험은 아니지만, 전생 때 봤던 이야기라고는 차마 할 수가 없으므로 잘 둘러대서 정령에게 제안해봤다. 그러자 약간 불안한 분위기를 풍기면서도 정령이 승낙해줬다.

"어험…… 이건 친구의 친구의 친구의 얘기인데…… 어느 고등학교 농구부에——."

"콜록콜록."

우선은 배경부터 설명해야겠다 싶어서 나는 기억을 더듬으면서 별생각 없이 입을 열었다. 그러자 튜테가 헛기침하는 바람에 생각이 끊어져 이야기가 중단됐다.

"괜찮아, 튜테?"

"아, 예, 죄송합니다, 아가씨. 얘기를 잘라버려서."

〈애애, 그 고등? 농구부? 그게 뭐야?〉

튜테를 걱정하고 있으니 정령이 신기해하며 질문했다. 내 얼굴에서 핏기가 싹 가셨다.

튜테가 왜 이야기를 끊었는지 이해가 됐다. 속으로 감사하면서도 잘 얼버무려야 한다는 생각에 초조해진 나머지 머릿속이 뒤죽박죽됐다.

〈음~, 나도 속세 일에 어두워서 모르는 게 많긴 하지.〉

"앗, 그건 신경 쓰지 마요. 방금 그 얘긴 취소. 이게 아니라 딴 얘기를 해야 했는데. 방금 건 잊어주세요."

〈어? 그래? 왠지 신경이 쓰이지만, 뭐 상관없나…….〉

(안 돼, 안 돼. 하마터면 현대를 배경으로 한 학교 스토리를 그대로 털어놓을 뻔했어. 현대풍 이야기 말고, 더~ 판타지스러운 이야기로 하자.)

"어음, 딴 얘기인데…… 회사의 노예처럼 혹사당하는 어느 직장 여성이 사고로 넘어──."

"콜록콜록!"

내가 머릿속에서 확 떠오른 이야기를 시작하자마자 튜테의 '당장 멈추라는 의미'가 담긴 헛기침이 또 작열했다.

〈회~사 노예? 넘어졌다……고?〉

정령이 질문하자 나는 스스로가 너무 바보 같아서 뺨을 때려주고 싶어졌다.

"아, 아아아, 아무것도 아니에요! 잘 생각해보니 이건 연애담이 아니었어요. 이야~, 깜빡깜빡, 아하하하하하핫……."

이대로 계속 떠들어대면 제 무덤을 크게 파버릴 것 같아서 나는 체념하고서 항복의 백기를 흔들 듯 웃으며 얼버무리려고 했다.

(끄으으응, 이야기 설정을 적당히 바꾸려고 해도 금세 떠오르질 않아. 어휘력이 부족한 자신이 한스러워어어어어…….)

"큭, 소녀가 셋이나 있건만 꼴사나워라……."

"그, 그렇게 말하는 셰리 씨야말로 한번 말해 봐요, 셰리 씨가 요오오오오오!"

내가 방금 한 이야기를 어떻게든 덮으려고 내심 땀을 삐질삐질 흘리면서 웃고 있으니 무례하게도 셰리 씨가 실망한 얼굴로 망발을 내뱉었다. 나는 화제를 돌리기 위해 그쪽을 덥석 물었다.

"아니~, 난 붙잡힌 몸이라서."

〈아냐~, 상황이 이러니 누구든 좋아. 내 욕구가 불완전 연소 상태거든.〉

"어?"

셰리 씨가 뻔히 보이는 핑계를 대면서 회피하려고 했지만, 이미 반쯤 체념한 정령이 그렇게 말했다.

셰리 씨는 장수하는 종족인 엘프이므로 나와 비교조차 할 수 없을 정도로 인생 경험이 풍부하겠지. 그 오랜 인생 속에서 연애를 한두 번쯤 경험했을 법도 하다.

참고로 그녀는 전 세계를 여행하고 있는 마공기사. 다양한 나라에서 수많은 사람과 접촉해왔으니 기대가 크다.

그래서 정령의 말을 듣고서 어째선지 굳어버린 셰리 씨에게 나는 기대 어린 시선을 보낼 수밖에 없다.

엘프의 연애담…… 들어보고 싶지 않나요~.

〈어서 어서, 들려줘, 들려줘♪〉

"맞아, 맞아. 셰리 씨는 우리보다 어른이고, 오랜 시간을 겪어 왔으니 연애도 다양하게…….""

"핫핫핫, 섣부른 생각이야, 정령도, 메어리 짱도. 장수하는 종족이니 연애 경험도 풍부할 거라고 꼭 단정할 수는 없어. 오히려 오랜 시간을 살다 보면 연애관이 드라이해지기 마련이야."

〈그 말인즉슨…….〉

"연애담 따윈…….""

"없다! 도구 제작과 무작정 여행, 최고!"

"〈…………〉"

나와 정령이 채근하자 셰리 씨가 어째선지 우쭐댔다. 나와 정령이 조심스럽게 묻자 셰리 씨가 시원스럽게 웃으며 단언했다.

한동안 정적이 흘렀다.

바람이 나무들을 어루만지는 소리만이 공간을 지배한다.

〈어~음…… 왠지, 미안.〉

(크아아아아아아아앗!)

예, 올해 가장 큰 대미지를 입었습니다아아아앗.

나는 물리적으로 대미지를 입지도 않았는데도 가슴을 부여잡으며 윽, 하고 신음했다.

"괴, 괴로워……. 볼멘소리를 듣는 것보다 사과를 받는 게 엄청 괴로울 줄은 생각지도 못했어."

뭐가 괴롭냐고? 시련을 부여한 장본인에게 동정을 받는 것보다 괴로운 것은 없다. 더욱이 인간이 아닌, 즐거움을 최우선으로 여기는 장난꾸러기 정령에게 말이다.

〈역시 연애란 그 사례가 몇 안 되는 귀중한 경험이네. 그러니 모두 그 달콤한 꿀에 혹하고 마는 거야.〉

"꿀이라……. 뭐, 남이 연애담을 털어놓으면 왠지 마음이 들뜨고 두근거려서 계속 듣게 되지."

〈그거 알아아아~. 좋았~어. 기왕 이렇게 됐으니 사랑을 동경하는 동지끼리 사랑에 관해 여러모로 대화를 나누자고! 자자, 내 처소로 어서 와♪〉

정령이 절실한 느낌으로 말하자 나는 왠지 알 것 같다는 투로 말장구를 쳐줬다. 그랬더니 마음에 든 모양이다.

손짓하듯 나무가 흔들리더니 근처 수풀이 움직였다고 해야 하나, 뒤로 물러섰다고 해야 하나, 어쨌든 사람 하나가 지나갈 수 있을 만한 길을 쏴아아아아, 하고 만들어갔다. 정령이 자신의 처소로 오라고 했으니 아마도 이 길을 곧장 가면 정령의 본체(?)와 만날 수 있겠지.

"이봐, 이보라고, 이젠 날 좀 풀어다오오오오오오오오……."

셰리 씨의 목소리가 마치 도플러 효과처럼 울렸다. 길 양옆에 있는 나무들이 그녀를 연달아 패스하면서 안쪽으로 데리고 가버렸다.

"……뒤쫓아가도 괜찮을 것 같네요."

"그, 그러게. 근데 왠지 아침까지 수다를 떨 것 같은 분위기인데 괜찮으려나?"

"아가씨, 일정이 다급한 여행도 아니니 괜찮지 않을까요? 게다가 여기서 거부했다가 정령님께서 떼를 쓰거나, 토라져서 심술을 부리기라도 하면 따로 행동하고 있는 마기루카 님 일행한테도 피해가 미칠지도 모릅니다."

사피나의 말에 내가 무심코 속내를 내비치자 튜테가 뒤에서 조언을 해줬다. 나는 맞는 말이라며 혼자서 고개를 끄덕였다.

"그도 그러네. 좋아, 가자."

나는 맨 먼저 열린 길로 들어갔다. 그 모습을 보고서 튜테와 사피나가 뒤따랐다.

***

지름길로 온 덕분인지 우리는 예상보다 일찍 몹시 거대한 나무 아래에 도착했다. 그러고는 가만히 서서 상황을 살폈다.

왜냐면 먼저 온 손님들이 있기 때문이다.

어디선가 본 적이 있는 것 같은 검은 괴한들.

아니, 막연한 '감'은 아닌가? 저 옷차림을 최근에 본 적이 있으므로 나는 저들을 확실히 알고 있다.

검은 복색은 어디서든 볼 수 있긴 하지만, 저 무리의 중심인물로 추정되는 자가 기묘한 가면을 착용하고 있었으니까.

그리고 나는 저 가면을 최근에 본 적이 있다.

지난번에 마경(魔鏡) 사건으로 학원에 묵었을 적에 한밤중에 숨어들어 나에게 싸움을 걸었던 그 가면남과 닮았다.

"앗, 저 사람, 내 가슴이 '철판' 같다고 폭언을 일삼았던 사람 아닌가? 가면이 똑같아."

"……아가씨, 그게 아니라 '습격당했던 걸' 언급하셔야 하지 않을까요?"

내가 속에 담아뒀던 서러움을 중얼거리자 뒤에서 딴죽을 거는 튜테.

참고로 사피나는 현재 길에서 벗어나 셰리 씨와 함께 있다. 셰리 씨는 이 부근에서 해방되어 땅에 착지하자마자 차마 전하기가 꺼려지는 상태에 빠졌다. 그래서 외곽에서 사피나가 그녀의 등을 쓰다듬어주는 중이다.

결코 경계하여 산개한 게 아닌데…….

"주변에는 보이지 않습니다. 하지만 지하로 떨어졌든가 도망친 흔적은 있었는데 어떻게 할까요?"

우리가 숨어서 지켜보고 있는 걸 눈치채지 못했는지 검은 괴한이 가면남에게 말했다. 무슨 내용인지는 전혀 이해되지 않지만…….

지금 아무것도 모르겠지만 딱 하나 확실한 것이 있다. 이대로 발각되지 않고 이 상황을 조용히 넘겨야 한다는 것이다. 분위기로 보아하니 얽혀서는 안 될 것 같은 느낌이 팍팍 전해진다.

"알겠다……. 난 그 소녀를 찾겠다. 너희는 뒷정리하고서 속히 철수해라. 그분이 오시기 전에 기란이 몬스터한테 습격을 받았다고 둘러대고."

"예……. 역시나 그 소동은 녀석이 독단으로 벌인 모양인지 알도 갖고 나갔습니다. 게다가 현재 마력을 불어넣은 상태이니 곧 부화하겠지요. 그 후에는 그 녀석이 처리하지 않을까……."

검은 괴한이 말하자 가면남이 아무 말 없이 몇을 데리고서 그곳을 떠났다. 이대로 보내도 될는지 약간 의문이 들긴 하지만, 상황도 잘 모르면서 무작정 관여할 수는 없다. 나는 상황을 조금만 더 지켜보자며 숨을 죽이고 있었는데…….

〈애애, 난 이제부터 소녀들이랑 함께 걸스 토크를 하면서 즐거운 시간을 보낼 생각이야. 너희들, 걸리적거리니까 얼른 어디로든 가주지 않을래?〉

어디선가 들려오는 목소리가 남아 있는 두 검은 괴한들에게 말했다.

(바, 바보. 그런 소리를 하면 근처에 누가 있다는 걸 알아차릴 거 아냐!)

정령의 말에 내심 조마조마하면서 나는 몸을 숙여 기척을 감추려고 했다.

"이, 이봐, 정령이 뭐라고 하는데?"

"그냥 내버려 둬. 괜히 상대해줬다가는 짜증 날 정도로 질문 세례를 퍼부을 거다."

정령의 말을 들은 체 만 체 검은 괴한들이 제자리에서 각자 작업을 벌이기 시작했다. 대화를 들어보니 정령과 접촉한 게 처음은 아닌 것 같다. 바로 그때 주변 나무들이 바람에 나부끼듯 와글거리기 시작했다.

〈썩 가버리라고 했잖아아아아아, 이 녀석들아아아아아아!〉

아, 망했다. 내가 여기서 속히 벗어나려고 한 순간, 정령의 격앙된 목소리가 울려 퍼졌다. 그 분노에 호응하듯 땅 울림이 벌어졌다. 나무들이 와글거리면서 검은 괴한들을 향해 기다란 나뭇가지를 채찍처럼 휘둘렀다.

(본성은 착할 텐데, 아마 그거겠네. 성미가 급하고 제멋대로 구는 점이 옥에 티라고 할 수 있으려나.)

"젠장, 평상시에는 이토록 호전적이지 않은데 오늘따라 왜 이러는 거야?"

"누구랑 무슨 대화를 나눈다고 했던 것 같은데? 혹시 누군가가 우리를 공격하게끔 정령을 부추긴 건가?"

(아뇨, 아닙니다. 그럴 생각은 추호도 없습니다. 저 아이가 제멋대로 이성을 잃은 것뿐입니다.)

검은 괴한들이 정령의 채찍질을 피하고서 주변을 경계하며 말을 주고받았다. 나는 숨은 채로 그 내용에 딴죽을 걸었다.

"어라아? 속이 좀 편안해졌나 싶더니만 이번에는 큰일이 벌어졌네. 너희들은 먼저 온 손님이냐? 이봐, 보아하니 정령을 화나게 만든 것 같네. 풋풋풋, 안 된다구, 정령을 발끈하게 해서는."

어이쿠, 이 소란스러운 국면에서 셰리 씨가 등장했다아아아아.

(그게 아니고 부주의하게 난입해서는 상황도 모르고 부채질을 하고 있잖아. 아니, 당신도 초장부터 정령을 분노케 하지 않았던가?)

하고 싶은 말은 많지만, 어쨌든 지금 나는 만화 속 한 장면처럼 입을 쩍 벌린 채 그녀를 쳐다보고 있겠지. 그만큼 아연실색했다고 스스로 느끼고 있다.

"셰, 셰리 씨, 지금은 나오면 안 된다니까요."

어째선지 거들먹거리고 있는 셰리 씨 뒤에서 안절부절못하고 있는 사피나가 보인다. 뭐, 그녀에게 셰리 씨의 멍청한 짓을 말리도록 맡기는 건 잔인한 처사겠지.

"에, 엘프다! 역시 네놈이 정령을 부추겼구나!"

그리고 예상대로라고 해야 하나, 엘프와 정령의 관계성에서 자연스럽게 도출되는 오해가 사태를 발전시켰다. 나는 그저 하늘만 올려다볼 수밖에 없었다.

"왜 저 사람은 스스로 소동 속으로 돌격하는 걸까."

"본인의 가슴에 대고 한 번 물어보시는 건 어떨까요?"

"이 입이니? 뼈아픈 소리를 하는 입이 이 입이구나~."

"아퍄, 아퍄요, 아갸씨이."

하늘을 보며 물어봤더니 뒤에서 튜테가 선선히 뜨끔한 소리를 했다. 나는 튜테의 귀여운 양쪽 뺨을 쭉 늘어뜨렸다.

"설마, 저 엘프의 동료인가? 큭, 생각했던 것보다 대응이 빠른데."

"어쩔래? 엘프가 여기에도 있다는 건 그것도……."

우리를 두고서 저쪽만 자기들끼리 분위기를 타고 있다. 검은 괴한 중 하나가 어느 방향을 순간 힐끗거렸다.

뭘 봤나 궁금해져서 나는 밝은 눈으로 그쪽을 쳐다봤다. 그곳에는 드러누워서는 꿈쩍도 하지 않는 중년 아저씨가 있었다.

그 순간 그 아저씨가 들고 있는 가방 같은 게 우둘우둘 융기하더니 그 크기가 점점 커졌다.

이윽고 가방이 크기를 견뎌내지 못하고 찌지지직 찢어지더니 안에서 그로테스크한 고깃덩어리가 출현했다.

"뭐, 뭐야, 저거?"

어느 영화에서 등장했을 법한 징그러운 몬스터 알처럼 생긴 그 물체에 내 시선이 꽂혔다. 크기는 한 20cm쯤 되려나? 제법 크게 부풀어 올랐다.

다행인 점은 저쪽이 셰리 씨의 충격적인 언동에 정신이 팔려서 숨어 있는 우리의 존재를 아직 알아차리지 못했다는 것이다. 불행한 점은 셰리 씨와 사피나의 시선이 검은 괴한들에게 쏠려서 멀리 떨어진 곳에 있는 아저씨를 미처 발견하지 못한 것이다.

(여긴 저들한테 맡겨두고서 난 저 위험해 보이는 물체를 바로 없애버리는 게 좋을까?)

"근데 은밀히 이동하고 싶지만, 지금 움직였다가는 발각될 것 같은데 말이야."

〈얘얘, 뭐 하고 있어?〉

어떻게 행동할지 중얼거리며 고민하고 있으니 어디선가 목소리가 들려왔다.

"잠깐, 바보…………, 으읍!"

너무 놀라서 목소리가 커질 뻔했으나 뒤에 있던 튜테가 내 입을 막아버렸다. 가까스로 위기에서 벗어난 나는 튜테의 손이 치워지자 작은 목소리로 인근 나무에 대고 항의했다.

"말 걸지 마. 들통나면 어쩌려고."

솔직히 정령이 어디 있는지 몰라서 방향이 맞는지 다소 의문이 들긴 하지만, 아무도 없는 허공에 대고 말하는 것보다 틀리더라도 대상물이 있는 쪽으로 항의하는 편이 더 그럴싸하겠지.

〈괜~찮아. 너희들 언어로 속닥거린다고 표현하나? 나도 그러고 있으니까 저 녀석들 귀에는 안 들려.〉

"배려, 고마워."

원리는 모르겠지만 나는 솔직하게 감사했다.

다시금 검은 괴한들 쪽으로 시선을 돌렸다. 정령의 목소리를 듣지 못했는지 여전히 셰리 씨와 사피나를 경계하고 있었다.

"나 저 녀석들 몰래 뒤쪽으로 가고 싶은데, 숨으면서 움직일 수 있는 길이 끊어져 있고, 수풀이 바스락댈 것 같아서 못 움직이겠어."

〈흐~음, 저 무례한 작자들한테 뭔가 해주려는 속셈이구나. 재밌을 것 같아, 거들어줄게♪〉

정령이 말하자 나무들이 몸을 쓱 피하는 듯한 느낌으로 내가 지정한 지점까지 이어지는 작은 공간을 만들어줬다. 아무것도 없는 곳에는 우리가 몸을 숨길 수 있을 만큼 풀이 자라났다.

(이, 이게 정령수의 힘인가? 말하는 투는 꼭 어린애 같은데 그 힘은 경악스럽네.)

나는 감탄하고서 들키지 않도록 네 발로 살금살금 이동했다. 그런데 도중에 치맛자락이 풀에 스쳐서 화들짝 놀랐는데, 누가 조화라도 부렸는지 그 풀은 흔들리지도, 아무 소리도 내지 않았다.

"배려, 고마워."

"아가씨, 뜬금없긴 하지만⋯⋯ 조금 더 주의해주세요."

"하지만, 나 잠행은 젬병이야. 바로 발각돼서 완력으로 밀어붙이는 게 나의 저스티스인데."

"무슨 말씀을 하시는지 잘 모르겠지만, 자랑거리가 아니라는 것만은 알겠습니다."

뒤에서 튜테가 신랄하게 말하자 나는 툴툴거리면서도 앞으로 나아간다. 이렇게 이동하는 동안에 아마도 소리 같은 게 마구 났을 테지만, 풀과 나무 여러분들의 노력 덕분에 발각되지 않았다.

"우릴 봤으니 하는 수 없지. 한꺼번에 처치하도록 할까."

우리가 이러쿵저러쿵 떠드는 사이에 검은 괴한이 셰리 씨와 사피나에게 상투적인 대사를 던지고서 무기를 뽑았다. 그에 반응하여 사피나가 도에 손을 대고서 셰리 씨 앞으로 나섰다.

상대의 자세로 보아 숙련자 같은 분위기가 느껴지지만, 사피나의 실력이라면 고전할 리가 없겠지.

사피나도 당황하지 않았다. 내가 숨어서 무언가를 하고 있을 거라고 짐작했는지 저들의 시선을 붙들어두려고 애쓰고 있다.

"사피나가 저렇게 늠름해지다니……."

"아가씨…… 왜 어머니라도 된 것처럼 쳐다보고 계시는 건가요?"

"아니, 어머니가 아니라 언니 정도로 해주면 안 될까?"

저쪽과 이쪽에 흐르는 긴장감에 차이가 있는 것 같긴 하지만, 뭐, 그건 일단 제쳐두고…….

"큭큭, 저항해봤자 소용없다. 우리한테는 그게 있으니까."

미리 대비를 해놨다는 듯이 검은 괴한이 그 고깃덩어리를 가리키며 그 존재를 어필했다. 그 물체는 어느새 어른이 웅크리고 있는 것만큼 커졌다.

그리고 세리 씨와 사피나가 놀라는 중에 때마침 고깃덩어리 안에서 날카로운 손톱이 달린 팔이 푹 튀어나왔다.

"그갸아아아아아아앗!"

그 녀석이 기괴하게 울부짖고서 고깃덩어리 안에서 모습을 드러냈다. 그 모습은 여태껏 봐왔던 몬스터와 닮은 구석이 하나도 없었다. 얼핏 도마뱀처럼 보이지만 다리가 여섯 개나 있고, 관절도 거미처럼 생겼다. 꽤나 모호하고도 기이한 형태였다.

굳이 말하자면 지난번에 봤던 합성수(合成獸)와 분위기가 흡사한지도 모르겠다.

가방에 담길 만한 알에서 몸길이가 2m나 되는 성체 몬스터로 급격하게 성장하다니, 이런 사례를 지금껏 본 적이 없다.

저토록 급격하게 성장했으니 노화도 빠르게 진행되지 않을까?

그러나 이로써 내가 해야 할 일이 확정된 듯하다.

"후후훗, 놀랐나? 자아——."

"갈가리 찢어라, 소닉 블레이드 5연격!"

스파파파파팟!

""어?""

분위기가 최고조에 달하여 몬스터가 다시금 포효를 내지르려고 한 순간, 내 마법이 무정하게 산산조각을 내버렸다.

그 광경을 보고 검은 괴한들이 어벙한 소리를 내더니 무슨 일이 벌어졌는지 이해가 안 된다는 듯 굳어버렸다.

〈푸하하하핫, 저 얼빠진 얼굴 좀 봐, 재밌어♪〉

"젠장, 정령한테 힘을 빌린 건가! 성가신 상대군."

입이 근질거렸는지 정령의 말이 이 일대에 울려 퍼졌다. 그 소리에 검은 괴한들도 정신을 차렸다.

그러나 사피나는 그 한순간의 빈틈을 놓치지 않았다.

모두가 놀란 상황에서 오직 사피나만이 냉정하게 상대와의 거리를 좁혀간다.

사피나가 재빠르게 발도 공격을 가하자 검은 괴한이 단검으로 가까스로 받아냈다. 그러나 화염이 도신(刀身)을 휘감는 것까지는 예상하지 못했다.

"으아, 뭐야, 이 무기는?"

화염이 단검을 타고 검은 괴한의 팔로 옮겨붙었다. 그가 황급히 떨어져 몸에 붙은 불을 마구 털어냈다.

나머지 한 괴한이 호응하고자 달려가려고 했지만, 내가 가만히 놔두지 않았다.

"어스 월."

"크헉!"

검은 괴한이 발을 내디딘 순간, 눈앞에서 느닷없이 토벽이 솟아났다. 마음이 퍽 다급했던지 괴한이 벽과 정면으로 충돌했다.

이런저런 사건 때문에 사피나와 연대하여 싸울 기회가 많았기에 이 정도쯤은 서로 말하지 않아도 왠지 알 수 있다.

"에잇, 여자애라서 얕잡아봤다. 정령까지 편을 들어주고 있으니 성가시게 됐어. 빌어먹을!"

괴한이 욕설을 퍼부으면서도 다시 공격을 가할 줄 알았는데, 소지하고 있던 연기 구슬을 꺼냈다. 주변이 연기로 자욱해진다.

"큭!"

연기가 몸을 휘감으려고 하자 사피나가 힘껏 발을 내딛고서 허공을 향해 발도했다. 바람 마법을 부여한 일섬이 연기를 가로로 가르며 날아갔다.

그러나 이미 검은 괴한들은 사라진 뒤였다. 감쪽같이 달아난 모양이다.

"물러설 때를 잘 아네. 상대는 상당한 프로야. 사정을 모르니 깊숙이 쫓지 않는 편이 나을 것 같아."

"그, 그러네요……."

상대를 부추겨놓고서 시종 관전만 했던 셰리 씨가 젠체하며 말하자 왠지 부아가 치밀었다. 그러나 그보다도 나는 한 가지 가능성을 발견해내고서 부들부들 떨고 있었다.

"아가씨, 왜 그러세요?"

모두와 합류하지 않고, 숨은 채로 부들부들 떠는 내 모습이 이상했는지 튜테가 걱정스레 말을 걸었다.

"튜테, 이거, 이거야."

"예?"

"방금 검은 괴한들, 날 보고서 쓸데없는 오해를 하지 않았어! 그보다도 내 존재 자체를 인식하지 않았어. 하지만 내가 손을 놓고 가만히 있었던 건 아니잖아. 즉, 방금 난 모두를 도우면서도 공기처럼 존재감을 드러내지 않았다구우우! 이거야, 바로 이거야. 난 이 패턴을 기다리고 있었다고오오오!"

이번 결과를 통해 여태껏 겪어왔던 패턴을 뛰어넘는 새로운 가능성을 찾아냈다. 나는 만세를 외쳤다.

"……잘됐네요, 아가씨. 그런 걸 보고 '암약(暗躍)'이라고 하는지도 모르겠지만……."

그리고 나는 새로운 가능성에 크게 기뻐한 나머지 튜테가 중얼거리는 소리를 듣지 못했다.

# 09 성녀?

물방울이 뺨을 타고 흐르는 감촉에 시타는 으으, 하고 소리를 흘리며 눈을 서서히 떴다.

처음에 시야에 들어온 것은 어두운 바위 천장이었다.

지금 자신이 바닥에 쓰러져 있다는 걸 깨닫기까지 약간 시간이 걸렸다. 현 상황을 확인하기 위해 고개를 돌렸다.

"오, 정신을 차린 모양이네."

근처에서 소년의 목소리가 들리자 몽롱했던 시타의 의식이 확 깨어났다. 반사적으로 목소리가 들린 반대쪽으로 몸을 굴린 뒤 상체를 일으켜 상대를 확인했다.

"오오, 그렇게 움직이는 걸 보니 괜찮은 것 같네. 이야~, 수많은 덩굴에 칭칭 얽힌 채로 매달려 있는 걸 리리가 찾아냈을 때 어찌나 놀랐던지."

조금 떨어진 곳에 서 있는 소년이 위기감이 전혀 느껴지지 않는 웃는 얼굴로 시타에게 말했다.

얼핏 보아하니 인족인 것 같다. 나이는 열서너 살? 무장한 것을 보니 전사인 듯했다.

저 사람의 말이 맞는다면 그때 지하로 떨어지면서 운 좋게도 덩굴에 휘감긴 바람에 다치지 않은 듯하다. 그리고 리리라는 누군가가 발견해서 저 사람이 내려준 걸까?

문득 시타는 다쳤던 다리가 응급 처치되어 있음을 깨달았다.

"아, 그거, 학원에서 일단 배우긴 했는데 솜씨가 서툴러서 말이야. 아파?"

"어, 앗, 으으응, 괜찮아. 도와줘서 고마워. 내 이름은 시타. 넌?"

상대가 전혀 경계심을 보이지 않자 시타도 덩달아서 평소처럼 대했다.

"내 이름은 자하. 굳이 감사 인사를 하고 싶다면 맨 먼저 발견한 저 녀석한테 해줘."

자하라고 이름을 밝힌 소년이 엄지로 어느 방향을 척 가리켰다. 그쪽으로 시선을 돌리니 조금 떨어진 곳에서 땅바닥을 기어다니는 벌레를 흥미진진하게 쳐다보고 있는 한 고양이…… 아니, 자세히 보니 귀엽게 생긴 어린 설표였다.

시타를 더욱 놀라게 한 것은 그 설표에게서 느껴지는 거대한 마력이었다. 주변에 서식하는 동물 따위와는 비교조차 할 수 없을 만한 마력이 느껴져 시타는 저 설표가 일개 동물이 아님을 직감했다.

"고, 고마워. 으음…… 리리, 짱? 군?"

"여자애라고 들었어."

시타가 난처해하며 자하의 눈치를 살폈다. 이내 그가 그 이유를 짐작하고서 선선히 대답해줬다.

자기 이름이 들렸는지 리리가 벌레를 쫓다 말고 이쪽을 쳐다봤다.

그런데 이내 시선을 다른 방향으로 돌리자 시타도 덩달아 고개를 그쪽으로 돌렸다.

"아무래도 깨어난 것 같군."

어두운 동굴 천장에서 새어 나온 빛이 비치고 있는 곳을 바라보고 있으니 저 너머에서 금발 소년이 모습을 드러냈다.

얼핏 보니 자하라는 남자애와 달리 전사라기보다는 귀족 같은 품격이 느껴졌다.

"마기루카 양, 눈을 뜬 것 같아."

그 남자애가 시타를 확인하더니 뒤를 돌아보며 누군가를 불렀다.

그러자 무언가 커다란 물체가 그를 향해 사뿐사뿐 다가왔다.

"!"

그 광경을 본 순간 시타는 숨이 멎고 가슴이 크게 쿵 뛰었다.

내리쬐는 한 줄기 빛 속에서 나타난 커다란 하얀 표범.

그 크기에 놀란 것이 아니라 마력, 신성함에 압도됐다. 얼핏 보기만 했는데도 평범한 짐승이 아니라 신수임을 알아차렸다.

그리고 최고의 절정은 그 등에 단아하게 앉아 있는 한 소녀였다.

──신수와 소녀.

시타의 시선이 그 조합에 꽂히고 말았다.

그야말로 최근에 읽었던 이야기에 등장하는 '그 사람'을 방불케 했다.

"백은의…… 성녀님……!"

놀라고 감동한 나머지 시타는 무심코 그 말을 작게 흘렸다. 아무도 듣지 못했는지 대꾸해주는 이가 없었다. 무심코 그 말이 나오긴 했지만, 그녀가 금발임을 깨닫고서 시타는 조금 냉정해졌다.

아닌가? 아니, 자신이 읽었던 책은 역사가 아니라 어디까지나 이야기다.

백은의 성녀가 실존할지도 모른다는 이야기는 소문일 뿐 정확한 정보는 아니다.

가령 실재 인물을 모티브로 삼았을지라도 외모 등 상세한 정보는 변경됐을지도 모른다. 혹은 백은의 성녀의 백은은 저 하얀 신수를 가리키는 것일 수도 있다.

여하튼 눈앞에 신수와 그 위에 타고 있는 소녀가 있다는 것만은 명백한 사실이다.

엄격하고도 신성한 신수가 아무나 자기 등에 태울 리가 없겠지. 그렇다면 등에 앉아 있는 저 소녀는 일개 소녀가 아니라 신에게 선택받은 자가 아닐까? 시타는 멋대로 착각에 빠졌다.

뭐, 신수라고 해야 하나, 스노우에게 특정한 인물만이 자기 등에 탈 수 있다는 고집이라고 해야 하나, 자격 요건 따윈 없긴 하지만…….

그러던 중에 소녀와 눈을 마주쳤다. 그녀가 부드럽게 미소를 짓자 시타는 어째선지 동경하는 사람과 만난 것처럼 심장이 크게 두근거렸다. 옷매무시를 황급히 가다듬기 시작했다.

"다행이에요. 주변을 둘러보느라 곁에 있어 주지 못해서 미안해요. 혹 자하가 무례한 발언을 하지 않았나요?"

"이봐, 그게 무슨 소리야. 실례야."

"하지만 당신, 남녀 따지지 않고 불쑥 다가가잖아요. 남자애는 괘념치 않겠지만, 여자애는 무례하게 여기기도 해요. 기억해두도록 해요."

"아, 아아아아, 아뇨, 당치도 않아요. 저, 전 시타라고 합니다. 이번에 도와주셨는데 뭐라 감사 인사를 드려야 좋을는지."

시타는 두 사람이 자신 때문에 불필요한 말다툼을 하기 전에 황급히 대답했다. 그러나 눈앞의 소녀를 멋대로 성녀라고 착각하여 황송한 나머지 존댓말이 나오고 말았다.

"그렇게 어려워하지 말아요. 연하를 상대하듯 편하게 행동해도 괜찮답니다."

시타가 딱딱하게 굳어 있으니 소녀가 마치 어느 친구를 보는 듯한 눈빛으로 긴장을 풀어줬다. 시타는 창피해져서 심호흡을 한 번 하고서 마음을 가라앉힌다.

"저, 저기! 당신이 그 백은의 성녀님인가요?"

아니, 마음이 가라앉을 리가 없다.

공상일지도 모르지만, 동경하는 그 성녀가 지금 눈앞에 있다. 그렇게 생각하니 시타의 마음이 차분해지기는커녕 오히려 폭주

하기 시작했다.

마기루카 일행도 초면인 사람이 느닷없이 그렇게 물어볼 줄은 생각지도 못했는지 어리둥절한 얼굴이 되었다.

"어험…… 아뇨, 난 그런 호칭으로 불리는 사람이 아니에요. 날 마기루카라고 불러줘요. 이쪽은 레이포스 님, 그리고 신수 스노우 님, 저쪽은 리리 님이에요."

시타를 제외한 모두가 황당해하는 중에 마기루카만이 담담하게 자기소개를 했다.

시타는 순간 자기 생각이 틀렸나 싶었다. 그런데 주변 사람들이 '무슨 소리를 하는 거야?' 하고 의아해한다기보다 '어떻게 그걸 알고 있지?' 하고 경악하는 느낌이었다. 그래서 어쩌면 정체를 숨기고 있을지도 모른다며 시타는 더 단단히 착각에 빠져들었다.

그러고 보니 이야기 속에서도 성녀가 정체를 철저히 숨기려고 애쓰고 있다는 묘사가 있었다.

뭐, 사실 마기루카 일행은 메어리가 주장한 '스노우와 함께 있으면 성녀로 착각한다'는 이론이 엉뚱한 곳에서 증명될 뻔해서 놀랐을 뿐이지만…….

"시타 씨, 실례인 줄은 알지만 왜 이곳에 그런 상태로?"

레이포스도 끼어들어 억지로 화제를 돌리려고 했다. 시타에게는 지극히 당연하다고 할 수 있는 질문이었기에 대답하지 못할 이유는 없다.

"아아아아앗, 맞아. 나, 쫓기는 중이었어요!"

성녀라는 놀라운 존재와 맞닥뜨린 바람에 나머지 일들을 의식 밖으로 밀어냈던 시타가 비로소 자신의 처지를 다시 인식했다.

"쫓기다니? 누구한테?"

시타가 목소리를 뒤집으며 말하자 근처에 있던 자하가 반응했다.

"몰라. 근데 왠지 상대는 날 아는 눈치인 것 같……."

너무나도 자연스럽게 물어봤기에 시타도 스스럼없이 대답했다. 그러나 이내 아무 관계도 없는 사람들을 위험에 빠뜨릴 수도 있음을 깨닫고서 말끝을 흐렸다.

"미, 미안. 곰곰이 생각해보니 이대로 있으면 너희들까지 위험해질 거야. 도, 도와준 보답을 하고 싶지만, 다음 기회에."

시타는 마기루카 일행에게서 떠나려고 했다.

"그런가요? 역시 발견된 장소에서 멀찍이 떨어지길 참 잘했네요. 하지만 여기서 느긋하게 수다를 떨고 있을 여유는 없는 것 같네요."

"그러게. 메어리 양 일행이 오길 기다려봤지만, 합류할 수 있을 것 같지 않으니 우리도 움직이는 편이 나으려나."

"하지만 길을 모르는데. 일단 시타를 따라갈까?"

시타가 걸어가자 어째선지 그 뒤를 따르며 마기루카 일행이 의논을 벌이기 시작했다.

"어, 저기……, 다들, 내 얘기 들었어?"

"예, 물론이에요."

시타가 당혹해하자 마기루카가 웃으며 대답했다.

"그럼…… 리리 님, 어서 가죠."

그대로 마기루카는 주변을 마구 탐색하고 있는 리리에게 출발하자는 뜻을 전했다. 그러자 리리가 그녀 쪽으로 타다다닷, 하고 달려와서는 그녀의 무릎 위로 뛰어올랐다.

신수의 등에 타고서 어린 신수를 부린다. 그 광경을 눈으로 보고서 시타는 마기루카가 어째서 그런 행동을 했는지 직감했다.

그건, 성녀이니까…….

곤란에 처한 사람을 두고 볼 수가 없다. 그야말로 한 폭의 그림과도 같은 행동을 주저 없이 당연하다는 듯 실행하는 그 모습에 시타는 그녀를 향한 동경을 더더욱 키워나갔다.

그러므로 성녀 일행의 행동에 이러쿵저러쿵 토를 더 달았다가는 눈치 없는 사람으로 보일까 봐 고맙다고 인사한 뒤 그대로 길을 나아갔다.

"참고로 묻겠는데 시타는 본인이 어디로 가고 있는지 알고 있어?"

"뭐, 이대로 지상으로 나가 숲을 벗어나는 길 정도는……. 앗, 새삼스럽긴 한데, 다들 왜 여기에?"

뒤에서 자하가 묻자 시타는 앞을 보면서 무심하게 대답했다. 혼자가 아니라서 안심이 됐는지 타인을 신경 쓸 여유가 생겼다.

그래서 시타는 상대가 어떤 사정인지 물어봤다.

"아는 엘프한테 카이로메이어 길잡이를 부탁했는데, 어떤 이유로 정령수의 광석을 채집하러 온 거랍니다."

"아는 엘프 말라고요?"

마기루카의 대답 속에서 동족이 나오자 시타는 무심코 되물었다.

"예, 셰리라는 여성입니다만."

"엇, 그 사람, 마공기사이고 방랑벽이 있고 엄청난 트러블메이커인 그 셰리 말인가요?"

"아, 예. 아마도 그 셰리 씨가 맞을 거예요. 지인?"

시타가 놀라며 자신이 아는 셰리의 특징을 말하자 마기루카도 어떻게 대답해야 좋을지 모르겠다는 듯 미묘한 표정으로 대답했다.

"뭐, 모르는 사이는 아니지. 그 사람이 내게 여러모로 신세를 졌으니까. 주로 말썽을 부려서……."

그 이외에도 외부 정보나 동경할 만한 소재도 제공해줬건만 맨 먼저 떠오른 것은 그녀가 저지른 말썽이었다. 시타는 쓴웃음을 지었다.

셰리의 이름이 나와서 놀라긴 했지만, 시타를 놀라게 한 또 다른 이유는 마기루카 일행이 카이로메이어로 향하고 있다는 사실이었다.

파르거가 보낸 편지에 백은의 성녀가 카이로메이어를 방문할지도 모른다고 확실히 적혀 있었다.

그리고 이 타이밍에 눈앞에 있는 사람이 카이로메이어로 향하고 있다.

이건 이제 확정된 거 아닌가?

기쁨과 흥분에 겨워서 무심코 물어볼 뻔했다. 그러나 상대도 정체를 감추고 있는 느낌인지라 눈치껏 꾹 참기로 했다.

"카이로메이어라면 나도 안내할 수 있어. 왜냐면 난 거기 있는 대서고탑의 사서장이니까."

상대가 경계심을 풀 수 있도록 먼저 자신의 신분을 밝히며 에헴, 하고 가슴을 활짝 편 시타.

역시나 이 폭로에 놀랐는지 세 사람이 시타를 쳐다봤다.

"카이로메이어의 사서장······이 왜 이런 데에 있는 거지?"

자하가 당연하다면 당연하다고 할 수 있는 질문을 우쭐대고 있는 시타에게 던졌다.

"타하핫······ 부끄럽지만 트러블이 좀 생겨서 조사차 왔더니만 이상한 패거리한테 얽힌 바람에······."

카이로메이어의 불상사라서 역시나 자세히 설명할 수가 없었다. 책임자로서 당당하게 할 소리가 아니므로 시타는 쓴웃음만 지을 뿐이었다.

"잠시만요, 시타 씨."

바로 그때 마기루카가 갑자기 제지했다.

"왜, 왜 그래? 지상으로 나가는 길은 저 앞인데."

놀란 시타가 발걸음을 멈추고서 마기루카를 쳐다봤다. 그녀는 왠지 심상치 않은 표정으로 앞쪽을 보고 있었다. 자세히 보니 그녀를 태우고 있는 신수도 낮게 으르렁거리며 경계하고 있다.

무언가가 있나 싶어서 시타는 다시금 진행 방향을 살펴봤다. 그러나 아무것도 없는 듯했다.

"어서 나와요. 숨어 있는 거 다 알아요!"

마기루카의 목소리가 동굴에 울리자 어둠 속에서 무언가가 꿈틀 움직였다.

"지상으로 나가는 길이 여기뿐이라서 잠복하고 있었건만…… 감이 상당히 예리한 녀석이 다 있구만."

어둠 속에서 하얀 가면이 드러나자 음침한 분위기가 더욱 고조되었다. 그가 이쪽을 향해 말을 걸었다.

시타는 기척을 전혀 느끼지 못했다. 만약에 혼자였다면 잠복에 걸려서 붙잡혔을지도 모른다. 시타는 새삼 마기루카와 신수를 쳐다봤다.

역시 성녀. 신수와 서로 마음을 통하고 있기에 가능한 기술일지도 모른다며 시타는 감격했다. 그러나 실은 메어리와 달리 마기루카는 스노우와 대화를 나눌 수가 없으므로 그런 재주는 부릴 줄 모른다.

가장 먼저 경계한 것은 리리와 스노우였다. 마기루카는 그저 가까이에서 그 모습을 보고서는 무언가가 있다는 낌새를 느꼈을 뿐이다.

평소에 메어리와 스노우의 대화(라기보다 메어리가 혼자서 떠들어대긴 했지만)를 객관적으로 지켜봐 왔고, 메어리에게서 스노우가 어떤 존재인지 익히 들었던지라 자연스럽게 분위기를 감지했을 뿐이다.

어서 나오라는 말도 시타의 현재 처지를 고려하여 그저 던져본 것이었다. 만에 하나 틀렸더라도 그저 착각이었다고 말하면 그뿐이라서 생각을 실행에 옮긴 것에 불과하다. 마기루카는 본인의 착각이길 바라긴 했지만…….

"너희들이냐? 시타를 쫓고 있다는 패거리가?"

자하가 검과 방패를 들고서 맨 앞으로 뛰쳐나왔다.

"이건 예상치 못하긴 했지만, 뭐, 언젠가는 벌어질 일이라고 해야 하려나."

에두르듯 말하긴 했지만, 오래전부터 은밀히 자신을 노리고 있었던 것 같아서 시타는 몸을 부르르 떨었다.

"누, 누구야, 너희들은!"

"글쎄……. 찬란했던 옛날 카이로메이로를 복원하려는 자들이라고 해둘까."

"찬란했던 옛날?"

가면남은 본인들의 정체를 순순히 밝히지는 않으면서도 정보를 아예 주지 않는 것은 아닌, 모호한 대답을 했다. 시타는 고개를 갸웃거렸지만, 그가 현재 가진 책을 보고서 그 생각을 접었다.

"그건 그렇다 치고. 오르트아기나서를 어서 돌려줘!"

"이거? 이건 우리의 목적을 달성하기 위해 요긴하게 쓰일 물건이라서 그럴 수가 없군. 비로소 다음 단계로 넘어갈 수가 있게 됐다. 게다가 너도 이 책과 세트로 데려갈 작정이니 책을 걱정할 필요는 없다!"

가면남이 투척 나이프를 마기루카 일행에게 던졌다.

그만한 기습 공격쯤은 경계의 끈을 놓지 않았던 자하가 방패로 쉽게 튕겨냈다.

그러나 그 순간 지금껏 모습을 드러내지 않았던 다른 검은 괴한들이 어느새 거리를 좁혀 습격해왔다. 어쩐지 가면남이 말을 길게 끄는 것 같다는 느낌이 들긴 했다. 모든 시선을 자신에게로 집중시키기 위한 술책이었다.

그리고 현재 그들은 시타가 아니라 주변에 있는 마기루카 일행을 노리는 듯하다. 아마도 시타를 제외한 나머지를 죽일 작정이겠지.

그러나 마기루카 일행도 그 의도를 눈치챘는지 그다지 놀라지 않았다.

"그럴 줄 알았다고! 마기루카, 자기 몸은 알아서 지켜. 스노우가 곁에 있으니까."

"애초부터 알아서 할 생각이었지만, 왠지 그 말투가 거슬리네요."

"자자, 둘 다, 지금은 전투에 집중하도록."

자하는 일행들 가까이에서 적들의 공격을 차분하게 방패와 검으로 견제했다. 레이포스는 검과 마법으로 지원했다.

마기루카도 신수와 함께 무난하게 나머지 자들을 상대하고 있다. 그들의 몸놀림과 가벼운 대화가 여유를 드러내고 있는 듯했다.

결국 모두를 자기 일에 끌어들이고 말았다며 시타는 한탄했다. 그러나 이런 상황에 익숙한 듯한 그들의 모습을 보고서 생각을 고쳐먹었다.

역시 성녀와 기사.

분명 성녀와 함께 수많은 사건을 남몰래 해결해온 것이 틀림없다.

시타는 그렇게 멋대로 해석했다.

설마 기습이 실패로 끝날 줄은 예상치 못했는지 검은 괴한들이 동요하며 일단 거리를 벌렸다.

"……과연, 기억이 났다. 저 금발 소녀가 왠지 낯이 익더니만. 너, 그 '마법 소녀' 뭐시기 중 하나지?"

"크헉!"

양측이 노려보고 있는 긴박한 분위기 속에서 가면남이 무언가를 떠올리고서 내뱉은 그 발언에 어째선지 마기루카가 대미지를 입은 것처럼 신음하며 가슴을 부여잡았다. 그리고 무슨 영문인지 소년들은 걱정하기보다는 쓴웃음만 흘리고 있었다.

"왜, 왜 그래? 마기루카 씨. 괜찮아?"

"괘, 괜찮……진 않지만, 걱정할 필요는 없답니다."

그토록 여유를 보였던 마기루카가 흐트러진 모습으로 고개를 폭 숙이자 시타가 당황하여 걱정했다. 왜 마기루카가 귀까지 새빨개졌을까. 마법 소녀란 대체……? 성녀의 다른 명칭인가?

시타는 불경하게도 이런 상황에서도 호기심이 동했다. 물어보고 싶어서 좀이 쑤시기 시작했다. 그러나 역시나 지금은 안 된다며 꾹 참았다.

"그렇다면 저기 있는 금발 소년은 알디아 왕국의 레이포스 왕자렸다……. 설마 그 건 때문에 여기까지 쫓아올 줄이야……. 큭, 완벽하게 철수한 줄 알았더니만 역시나 꼬리가 잡힌 건가……."

"엥, 레이포스, 왕자……. 에에에에에엥! 왕자니이이이임!"

이미 절박함이 어디론가 날아간 시타가 화들짝 놀라서 왕자 쪽을 봤다.

카이로메이어 출신이자 엘프인 시타는 인족의 왕권제도와는 인연이 없었기에 왕이나 왕자가 얼마나 대단한 존재인지 잘 와닿지 않았다. 그러나 책에 등장하는 왕자라는 포지션을 동경해왔다고 해야 할까, 특별한 감정을 품고 있다.

이른바 백마 탄 왕자님 같은…….

신수와 마음을 주고받는 아름다운 성녀. 그 옆에서 그녀를 지키는 일국의 왕자. 그야말로 어느 연애 이야기에 나올 법한 꿈의 조합이다.

"음, 잠깐만……. 이 조합에 어째서 자하 씨가 있는 거야?"

"뜬금없이 무슨 엉뚱한 소리야?"

"미, 미안. 나, 입 밖으로 내뱉었어?"

시타에게는 나쁜 버릇이 있다. 자신의 세계에 푹 빠지면 무심코 생각을 입 밖으로 내뱉고 만다. 자하가 어이없다는 듯 실눈을 뜨고서 당연한 반응을 보였다.

"큭, 왕자라……. '우리'의 계획을 몇 번이나 저지해온 성가신 상대로군."

시타와 자하가 묘한 만담을 벌이고 있는 와중에 검은 괴한들도 동요를 감추지 못하고 선뜻 다음 행동에 나서지 못하고 있다.

"거기서 뭘 하는 건가요!"

바로 그때 동굴 안에서 여성의 목소리가 울렸다.

모두가 일제히 그쪽으로 고개를 돌렸다. 지상으로 이어지는 방향에서 한 엘프가 이쪽으로 달려오고 있었다.

"앗, 레이첼!"

"쳇, 시간이 다 됐나……. 퇴각이다."

달려오는 여성이 레이첼임을 알고서 시타는 기뻐했고, 가면남은 초조한 기색이 역력했다.

가면남과 괴한들이 재빨리 다음 행동에 나섰다. 레이첼이 시타 곁에 도착했을 즈음에 그들은 완전히 모습을 감췄다.

***

레이첼과 합류한 뒤 서로 사정을 설명하고, 자기소개를 하면서 지상으로 나왔다.

"그랬군요……. 우선은 이 장난꾸러기 사서장이 민폐를 끼쳤으니 사죄부터 드려야겠네요."

"아뇨, 아뇨, 우리도 길잡이 역할을 맡아줘서 고마운 마음입니다. 떨어진 일행과 금세 합류할 줄 알았는데 좀처럼 오질 않아서 어디로 가야 할지 난처해하던 차였거든요."

사건의 전말을 들은 레이첼이 먼저 마기루카 일행에게 고개를 깊이 숙였다. 그러자 마기루카도 감사 인사를 했다. 레이첼은 그런 마기루카를 다시금 봤다.

지금은 스노우라 불리는 커다란 설표, 아니, 아마도 신수로 추정되는 동물에서 내려 자그마한 신수, 리리를 두 팔로 안고 있다. 리리는 싫어하는 기색 하나 없이 아주 편안한 분위기다. 스노우 역시 그녀에게서 떨어지지 않고 늘 지켜주고 있는 듯하다.

사실 스노우는 마기루카를 지켜주기 위해서 곁에 있는 게 아니다. 마기루카와 떨어져 있는 모습을 우연히 메어리가 보기라도 하면 나중에 성가시게 괴롭힐 게 뻔하기 때문이다. 그러나 사정을 모르는 두 사람의 눈에는 그렇게 비칠 만도 하다.

"얘, 시타. 혹시 마기루카 씨는……."

"쉿~……. 그 이상은 비밀이야, 레이첼. 본인은 부정하고 있으니까 모르는 척해주자."

레이첼이 자신의 추측을 확인하려고 옆에 있는 시타에게 귓속말을 하자 그녀가 검지를 입에 대고서 더는 말하지 말라며 주의했다.

"그나저나 마기루카 씨 일행은 이제 어쩔 셈이야? 뭣하면 우리가 카이로메이어까지 안내해줄까? 아니, 보답도 할 겸 꼭 안내해 주고 싶은데."

무언가를 눈치챈 레이첼을 입막음하고서 시타가 마기루카에게 물어봤다. 이곳에서 만난 것도 인연이니 바로 헤어지고 싶지 않다는 심정이다.

"그게 말이죠. 아까도 말했다시피 따로 행동하고 있는 동료가 있어서 속히 합류하지 않으면 무슨 짓을 저지를지……가 아니라 걱정이 되네요."

시타가 제안하자 마기루카가 조심스럽게 대답했다. 그 말속에 물음표가 떠오르는 단어가 들린 것 같은 기분이 들었지만, 흘려 버리기로 했다.

〈오~, 오~, 있다, 있다♪ 야호~, 그쪽에 마기루카라는 애 있니이~?〉

서로 앞으로 어떻게 할지 생각에 잠겼을 때, 조용한 숲에서 웬 목소리가 들려왔다.

마기루카 일행이 무슨 일인가 싶어 두리번거리자 시타가 "정령이에요" 하고 차분하게 알려줬다. 그러자 안도하며 마기루카 일행도 경계를 풀었다.

〈애들아, 내가 물었잖니?〉

"앗, 예, 예. 마기루카 씨라면 이쪽에 있어요."

이 숲의 정령은 성질이 급하기로 유명해서 시타는 황급히 그녀를 소개했다. 정령이 갑자기 지명하다니 '역시, 성녀'답다. 시타는 묘한 이유로 감탄하면서도 생각이 무심코 입 밖으로 나오지 않도록 꾹 참았다. 현재 시타의 머릿속에는 성녀 필터가 장착되어 있어서 뭐든지 그쪽으로 결부시키고 싶어 한다.

"으음…… 제가 마기루카인데, 무슨 용건인가요?"

〈용건이라고 해야 하나, 말을 전해달라고 부탁을 받아서 말이야……. 메어리 일행은 이제부터 나랑 함께 주야장천 수다를 떨 예정이야. 너희들은 어쩔 거야?〉

정령의 말을 듣고서 시타의 머릿속에 딱 한 가지 생각이 떠올랐다. 가여움이었다.

자신도 처음에 정령의 권유를 받고서 따라갔다가 이틀 밤낮을 샜던 좋은 추억이 있다.

그래서 이 대목에서 그 메어리라는 아이에게는 대단히 미안하지만, 성녀님에게 도움의 손길을 내밀기로 했다.

"마기루카 씨, 거절하는 게 좋아."

"하지만 메어리 님 일행과 합류해야만……."

"아니, 합류해서 인원수가 늘어나면 더더욱 놔주질 않을 거야. 그치, 레이첼?"

"그러네. 예전에 시타를 데리러 갔을 때 나도 수다에 끼게 됐지. 더욱이 우리를 찾으러 온 사람들까지……. 머릿수가 늘면 늘수록 해방되기까지 시간만 지연될 뿐이야. 그 사람들을 위해서라도 인원을 더는 늘리지 않는 편이 최선이라고 생각해요."

역시나 마기루카가 시타의 조언에 이의를 제기했다. 그러나 레이첼도 말을 보태면서 설득력이 높아지자 그녀도 우물거렸다.

"정령님. 저희는 이 사람들을 카이로메이어까지 안내해주고 싶은데…….."

〈흐~음, 그쪽은 그쪽대로 볼일이 있구나. OK, OK, 전해둘게. 그럼 이만♪〉

그러나 정령의 심기를 거슬리지 않으면서도 거절할 수 있는 말이 떠오르지 않아서 우선 속을 슬쩍 떠봤더니 어머나 세상에, 정령이 흥미가 없다는 듯 선뜻 받아들이고서 바람처럼 떠나버렸다. 실제로는 떠나가는 모습이 눈에 보이지 않았지만…….

"""…………"""

너무나도 갑작스러운 전개에 남겨진 모두가 어안이 벙벙해져서는 침묵했다.

"어, 어음…… 상황이 멋대로 전개됐는데 어떻게 할까? 역시나 철회한다고 전해야 하나?"

설마 이토록 선선히 받아들일 줄은 생각지도 못했던지라 시타도 당혹스러워하며 마기루카 일행을 봤다.

"아니, 그럴 필요는 없을 것 같군. 그 아이라면 괜찮을 거야. 그보다도 우리가 가세하면 상황이 더 꼬일 것 같아. 남은 일은 광석 채집인데, 그것도 저쪽에 맡기도록 할까. 정령과 만났으니 결국에는 그쪽에서 채집하게 될 테니까."

"그것도 그러네. 뭐, 떠넘기는 느낌이긴 하지만, 어떻게든 해줄 테지. 메어리 님이라면."

시타가 말하자 왕자와 자하가 대답했다. 두 사람은 초조해하거나 걱정하는 기색이 전혀 보이지 않았다. 그 메어리라는 아이를 상당히 신뢰하고 있구나 싶어서 시타는 조금 흥미가 생겼다.

"그렇긴 하지만…… 저쪽에는 셰리 씨가 있는데요?"

""………….""

마기루카의 그 한 마디에 두 사람의 그 신뢰가 미묘해졌다.

그러나 시타 역시 그녀를 옹호해줄 수가 없을 것 같아서 달리 할 말이 없었다.

걱정거리가 다소 있긴 하지만, 여기서 멍하니 있어봤자 소용없으므로 시타 일행은 카이로메이어로 가기로 했다.

시타는 아직 만난 적이 없는 메어리라는 아이에게 속으로 사죄하면서…….

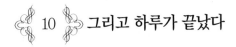 ## 10 그리고 하루가 끝났다

"광석, 채집했습니다. 이 정도면 될까요?"

"글쎄. 뭐, 너무 많이 채집하면 정령이 언짢아할지도 모르니까 뭐라 타박하기 전에 끝내두도록 하자."

조용한 동굴 안에서 사피나와 내 목소리만 울렸다.

지금 우리는 정령의 양해를 구해 지상에서 다시 지하로 내려가 광석을 채집하다가 작업을 막 마친 참이다.

(어라, 이상하네. 낮에 이 숲에 도착했는데 아직도 낮이라니, 무슨 조화람?)

답은 간단하다. 밤을 새웠기 때문이다.

마기루카 일행이 걱정돼서 정령에게 알아봐달라고 부탁했더니 저쪽은 저쪽대로 누군가의 안내를 받으며 카이로메이어로 가게 됐다고 한다. 정령이 자세히 묻지 않았기에 사정을 거의 모르는 것이나 마찬가지다.

뭐, 무사히 카이로메이어로 가고 있다고 하니 나중에 현지에서 합류하면 된다. 아무 문제도 아니다.

문제가 있다면 우리가 얼마나 일찍 여기서 탈출할 수 있느냐다.

그렇게 발버둥 치다가 밤을 지새우고 말았다.

(나도 애를 썼어. 정령의 푸념이라고 해야 하나, 이야기에 옳지, 옳지, 하고 말장구를 쳐주면서 만족시키려고 애를 썼건만. 세

리 씨가 술이라도 마시지 않으면 못 해먹겠다는 말을 꺼낸 시점부터 상황이 혼돈 속으로 빠져버렸지.)

물론 우리는 술을 갖고 있지 않으므로 그 요구가 각하될 줄 알았더니 정령이 방문자로부터 봉납 받은 술들이 여럿 있다면서 꺼낸 것이 실수였다.

나는 잘 모르겠지만, 개중에는 고급주나 희귀한 술도 있어서 셰리 씨가 해롱해롱 취할 때까지 계속 마셔댔다.

처음에는 망상 연애담으로 이야기꽃을 피웠는데, 어느새 '남자들이 보는 눈이 없다느니, 내가 이렇게 잘났는데, 라느니' 하고 푸념을 늘어놓는 분위기로 바뀌었다. 그리고 마지막에는 '리얼충은 폭발해버려라!'로 끝을 맺었다.

참고로 '리얼충'이라는 단어는 내가 알려줬습니다, 예.

정령은 그런 셰리 씨의 이야기에 격하게 감정이입을 했다. 셰리 씨가 흥분할 때마다 덩달아 숲이 술렁이기도 하고, 진동하기도 하는 등 민폐도 이런 민폐가 없었다. 졸려서 죽겠는데도 가슴을 졸이면서 그 둘을 지켜봤던 지난 밤은 참 좋은 추억…… 아니, 떠올리고 싶지도 않다.

뭐, 그날 밤에 불현듯 떠오른 생각이 있다면 혹시 모 흡혈귀 만취 사건은 셰리 씨가 원인이 아닐까? 하는 새로운 가설.

그리고 마기루카 일행과 합류하지 않은 게 유일한 다행이라는 것 정도?

아아, 딴 애를 데리고 오라느니, 술안주로 삼을 만한 이야기를 제공하라느니 정령이 점점 성가신 존재로 변해갔다. 참석자가 더 늘어났다면 시간을 더 연장할 기세였다.

어쨌든 광란의 연회가 끝난 뒤 현재 우리는 평화로운 숲에서 조용히 광석 채집에 매진하고 있다. 아아, 평화란 좋구나.

참고로 광석을 채굴하는 데 셰리 씨가 건네준 특제 공구를 사용하고 있다. 우리도 가볍게 다룰 수 있을 만한 크기의 정과 망치로 사피나가 능숙하게 광석을 깡깡 캐내고 있다.

(어? 왜 나는 손을 놓고 있느냐고? 그야 내가 손을 댔다가 자칫 공구가 망가질까 봐서. 예, 거들먹거릴 대목이 아니죠, 반성합니다.)

내 사정은 제쳐두고, 일단 이곳에 온 목적은 달성했으니 잘 됐다. 뭐, 얼마나 필요한지 본인에게 확인해보면 될 일이긴 하지만, 그게 가능하다면 고생하지도 않았겠지.

왜냐면 그 당사자인 셰리 씨가 이곳에 없기 때문이다. 짐작한 대로 현재 그녀는 혹독한 숙취에 시달리는 중이다.

자업자득이라고 할 수 있지만…….

뭐, '술이란 참 무섭네요'라는 말 이외에는 달리해줄 말이 없는지라 튜테에게 간호를 맡겨두고서 쉬도록 내버려 뒀다.

"자, 셰리 씨가 부활하는 대로 우리도 카이로메이어로 가도록 할까."

"그래야죠. 마기루카 씨 일행을 카이로메이어까지 안내해주고 있다는 그 엘프 분들이 누구일지 궁금하기도 하고요."

"그에 관한 정보가 너무 없어서 곤란하긴 하네. 뭐, 정령한테 전언을 부탁한 행위부터가 무례하게 비치긴 할 테지만."

철수 작업을 마치고서 우리는 왔던 길을 되짚어 튜테 일행이 있는 정령수 앞으로 돌아가면서 향후 이야기를 나눴다.

〈근데 말이야.〉

"으아, 깜짝이야……."

사피나와 둘이서 대화를 나누고 있으니 느닷없이 누군가가 끼어들어서 무심코 목소리가 커졌다. 이제는 슬슬 익숙해지고 싶건만 방심하고 있으면 심장에 나쁘다. 사피나도 익숙하지 않은지 몸을 흠칫 떨더니 들고 있던 물건을 떨어뜨릴 뻔해서 허둥댔다.

〈너희들을 습격했던 패거리와 닮은 무리가 그 마기루카라는 아이들도 습격했어.〉

우리의 반응을 딱히 괘념치 않고 정령이 말을 이어나갔다. 그러나 그 내용은 금시초문에다가 심상치 않았다.

"엇, 처음 듣는 소리인데. 마기루카 일행은 괜찮아?"

〈괜찮지 않을까? 중상자는 없는 듯 보였고.〉

"그 사람들은 우릴 노렸던 게 아니었네요. 굳이 따지자면 우린 봐서는 안 될 것을 봤기 때문에…… 입막음을 하려고 습격했던 것 같고요."

"근데 말이야. 나, 그 녀석들 중에 하나는 본 적이 있어. 그 합성수 사건에 가담했던 녀석인 것 같아."

"합성수 사건……. 아아, 가짜 메어리 님 사건 말이군요. 그때

도와드릴 수가 없었던지라 자세히는 모르지만요."

"아냐, 사피나, 합성수 사건이라고 해야지. 그 명칭이 중요하니까 잘 못 말하면 안 돼."

"아, 예, 합성수 사건이었죠."

내가 이야기를 도중에 끊으면서까지 억지를 부렸는데도 사피나는 전혀 난처해하지 않고 바로 정정해줬다. 응응, 착한 아이구나~.

〈오호, 오호, 그게 뭐지? 재밌을 것 같은걸.〉

"자자, 잡담은 이따가 하기로 하고, 어서 튜테 일행 곁으로 돌아가자."

다만 흥미를 품어서는 안 되는 존재가 흥미진진해서는 되물었기에 나는 이야기를 억지로 전환했다. 그러고는 빠른 걸음으로 튜테가 있는 곳으로 돌아갔다.

돌아가니 셰리 씨가 어느새 부활했다. 무언가를 조사하고서 돌아온 참이었다.

"어라, 셰리 씨. 이제 괜찮아?"

"핫핫핫, 엘프를 얕보면 못 써. 이런 때를 대비하여 선인께서 만들어준 약을 달여서 마시면 순식간에 회복하지."

셰리 씨와 만나자마자 내가 의아해하며 묻자 아까 전까지 숙취에 나자빠져 있던 글러먹은 엘프 씨가 젠체하며 말했다.

"그럼 우리한테 채굴을 시키기 전에 마셨어야지. 아니, 괴로워하며 데굴데굴 구르기 전에 마셨으면 좋았을 텐데."

"핫핫핫, 엘프는 얕보면 못 써. 바로 이 순간까지 까맣게 잊고 있었다아! 튜테 짱이 약 같은 게 있으면 좋았을 텐데, 하고 말한 순간에 떠올랐지!"

(아니, 그건 엘프가 아니라 너만의 특징이잖아. 모든 엘프의 명예를 실추하는 발언이라고, 그건.)

"그래서 약재료를 채집하러 간 김에 마음에 걸리는 의문을 조사하고 왔는데."

"마음에 걸리는 의문?"

"우릴 습격하려고 했던 몬스터 근처에 있던 그 아저씨 말인데⋯⋯."

"아, 예⋯⋯."

셰리 씨가 조금 거북해하며 말문을 열자 나도 덩달아 긴장했다. 왜냐면 어제 셰리 씨가 쓰러져서 꼼짝도 하지 않았던 그 아저씨를 살펴보러 간 뒤에 접근하지 말라고 우리를 막았기 때문이다.

조치하기에는 이미 늦은 것 같았지만, 이렇다 할 외상은 발견하지 못했단다.

그 사람은 다시 조사한 걸 보면 무언가 중대한 사실을 알아차린 걸까? 나는 침을 꿀꺽 삼키며 짧게 대답하고서 셰리 씨가 다음에 무슨 말을 할지 두근거리는 마음으로 기다렸다.

"그 사람, 자세히 보니 내 지인이었어. 교류를 별로 하지 않았고, 가증스러운 녀석이라서 지금까지 까맣게 잊고 있었어. 이야~,

왠~지 뭔가가 마음에 걸리더니만, 이제야 후련하네."

"어, 아, 하아…… 그래서?"

"그뿐."

"…………."

응, 뭐, 그 아저씨가 지인이었다는 사실은 놀랄 일이긴 하지만, 하룻밤이 지나서야 알아차리다니 그 사람도 슬퍼하지 않을까? 뭐, 셰리 씨이니까…… 하고 말하면 모든 게 설명이 되니 참 신기한 일이지만.

"앗, 그래, 그래. 그 사람, 기란이라고 하는데 카이로메이어에서 상인으로 활동하던 인물일걸."

내가 침묵하자 무슨 압박을 느꼈는지 셰리 씨가 추가 정보를 알려줬다. 의외로 유력한 정보라서 나는 그녀를 어이없게 쳐다보던 시선을 거뒀다.

"카이로메이어, 말인가요……. 설마 이런 데서 목적지인 카이로메이어와 관련된 사건에 휘말리다니……. 그나저나 카이로메이어의 상인이 어째서 여기서 그렇게 된 걸까요?"

"뭐, 진부한 발상이지만, 봐서는 안 될 것을 우연히 목격한 바람에 그 패거리한테……, 그런 전개가 아닐까?"

셰리 씨가 알려준 정보를 듣고서 사피나가 나에게 의문을 던졌다. 나는 개인적으로 당연하다고 여기는 전개를 상상해봤다.

〈칫칫칫, 어설퍼, 어설프구나. 난 그런 끈적끈적한 전개는 아니라고 생각해. 아마도 기란이라는 남자가 패거리가 원하던 금서를 카이로메이어에서 무단으로 반출하여 내용을 열람하려다가 실패하여 책의 영향을 받아 목숨을 잃은 게 틀림없어. 그리고 녀석들은 그자가 그 몬스터한테 습격당해서 죽은 것처럼 꾸미고 싶었지. 그 광경을 너희들이 목격했고…… 내 추리는 그 정도?〉

"오오~, 굉장히 세밀하네. 역시 정령, 마치 모든 걸 다 보고 있었던 것 같은 추리야."

"아가씨. 마치, 가 아니라 정말로 보고 있었던 게 아닐까요?"

정령이 우리의 대화에 끼어들어 자신만만하게 추리한 내용을 들려주자 나는 아무런 의심도 없이 감탄하며 박수를 쳤다. 그러자 뒤에서 튜테가 조언해줬다.

"…………엥, 진짜로?"

〈에헷♪ 들켰다.〉

내가 묻자 천연덕스럽게 대답하는 정령.

만약에 그녀가 눈앞에 실체로 존재했다면 나는 뾰로통해진 얼굴을 새빨갛게 물들이며 그녀의 가슴을 투닥투닥 두드렸겠지.

근처 나무를 때리면 되지 않을까 싶었지만, 그래서야 애꿎은 나무에 주먹을 날리는 조금 별난 사람처럼 비칠 것 같아서 꾹 참았다.

뭐, 더욱이 그러다가 나무를 분쇄해버리기라도 하는 날에는 모두를 볼 낯이 없고…….

"……저기, 확인차 묻겠는데요. 정령님께서는 그 몬스터를 아시나요? 혹시 이 숲에 서식하는 몬스터일까요? 고대의 숲에 드나든 게 최근이라서 잘 모릅니다."

튜테가 토라진 나를 달래주고 있는 동안에 사피나가 정령과 이
야기를 진행했다. 그녀라고 해야 하나, 그녀의 가문은 고대의 숲
과 관계가 깊으므로 장래를 위해서 여러 지식을 쌓아두고 싶겠지.

〈자연의 섭리를 무시한 것 같은 그런 괴물, 난 몰라. 보고만 있
어도 왠지~, 오싹해지더라.〉

"참고로 말해두겠지만 이 숲 출신인 나도 처음 봤어, 그 몬스
터는."

사피나가 질문하자 정령이 대답했다. 그리고 그 말뜻을 이해하
고 있는 셰리 씨도 덧붙이듯 대답했다.

역시나 엘프는 물론이고 정령마저도 그 몬스터를 모르는 모양
이다.

그러나 정령이 이 거대한 고대의 숲을 모조리 파악하고 있는 것
은 아니라서 그 몬스터가 절대로 서식하지 않는다고 단언하지는
못한 듯하다.

정령의 말에 따르면 정령수의 영역이라 불리는 공간은 정령이
깃들어 있는 거대한 나무의 뿌리가 미치는 범위를 가리킨다고
한다.

그리고 정령은 그 뿌리를 통해 영역에서 벌어지고 있는 일을 파
악하기도 하고, 영역에 들어온 자와도 대화를 나눌 수가 있는 듯
하다. 또한 뿌리가 뻗어 있는 영역에 자란 풀과 나무를 조종할 수
도 있는 듯하다. 그건 이미 치트야, 치트.

그렇다고 해서 정령에게 무언가 특별한 사명 같은 게 있는 것도 아니다. 매일매일 여유를 주체하지 못한다고 하는데.

(부, 부러워……. 나도 유유자적 살아가고 싶어, 나도 말이야아아아.)

이야기를 되돌리겠다. 그런 정령이 오랜 세월 동안에 본 적이 없을 정도로 희소한 그 몬스터 알을 수수께끼의 집단은 주저 없이 음모를 꾸미는 데 사용했다. 그런 사실로 미루어보아 그 알이 희소할 가능성이 열어진다.

그렇게 생각하니 그 몬스터가 인위적으로 만들어진 생물, 합성수가 아닐까, 하는 의혹이 역시나 짙어진다.

우리 역시 합성수와 전혀 무관하지는 않고, 그 가면남이 내가 아는 그 무례한 녀석이라면 더더욱 아무 관계도 없다고 하기가 어렵다.

"이번에는 우연히 운이 나빴을 뿐이니 괜히 개입하지 않는 편이 좋을 것 같긴 하지만, 의식은 해두는 편이 나을지도 모르겠네. 우우우우……."

(아아, 신님. 전 그저 여행이나 하면서 조사나 할 생각이었는데요. 왜 이렇게 된 거죠?)

잊어버린 것 같은데, 나는 졸업 연구 테마를 찾기 위해서 카이로메이어까지 가려는 것이다. 그런데 구린내가 풀풀 나는 사건에 휘말리고 있다. 현 상황을 인식하고서 무심코 침울해하고 있으니…….

"괜찮아요, 아가씨. 무슨 일이 생기더라도 이번에는 암 약……이 아니라 은밀히 처리하겠다고 말씀하셨잖아요? 은밀히 요, 은밀히."

"응? 으, 응……, 그러네. 은밀히 말이지, 은밀히."

내가 낙담한 것을 짐작했는지 튜테가 작은 목소리로 기운을 북 돋웠다. 그러나 왠지 걸리는 단어가 들린 것 같아서 나는 순간 당 황했다.

"뭐, 연구 테마를 찾든 뭘 하든 무대는 카이로메이어가 되겠구 만. 우리도 어서 가도록 할까."

〈에엥~, 벌써 가는 거야?〉

셰리 씨가 바람직한 느낌으로 이번 사건을 마무리 짓고서 출발 하자는 분위기를 조성하자 정령이 푸념했다.

〈부럽네, 부러워. 나도 여행을 가고 싶어어어어, 바깥세상을 보고 싶어어어어!〉

또 정령이 떼를 쓰기 시작했네…… 하고 받아들일 수도 있겠지 만, 나는 그녀의 말을 듣고서 문득 가슴이 옥죄는 듯한 느낌을 받 았다.

그녀는 정령수라는 대단히 커다란 존재다. 자신의 영역 안에서 는 뭐든지 가능하고, 주변 생물들도 추앙하고 있다.

그러나 그녀는 이곳에서만 활동할 수 있다.

그녀가 아는 세계는 여기뿐이다.

이곳에서 벗어날 수 없다는 한스러움. 다양한 것들을 보고 싶다는 욕구. 그것은 내 오래된 기억에 새겨져 있는 커다란 상념이다.

그래서 나는 자연스럽게 이 말을 내뱉는다.

"그럼 같이 갈래?"

역시나 정령도 그 대답을 예상하지 못했는지 떼를 쓰는 그녀를 따라 흐느적거리던 나무들이 뚝 멈췄다.

"응, 왜 그래? 나, 무슨 이상한 소리라도 했나?"

〈아니, 이상한 소린 아니지만. 그 대답은 예상 밖이었어. 음~, 그런가? 따라가지 뭐!〉

그렇게나 뜻밖이었나 싶어서 모두를 둘러봤더니 셰리 씨는 눈이 동그래졌고, 사피나와 튜테는 감탄했다고 해야 하나, 감격했다고 해야 하나 그 눈동자에서 '역시!' 하고 놀라워하는 감정이 배어 나왔다. 나는 멋쩍어져 헤헷, 하고 웃었다.

〈근데 어떻게?〉

"어?"

결심했는지 정령이 부끄러워하고 있는 나에게 물었다. 나는 어벙한 목소리를 냈다.

〈난 어떻게 여기서 움직이면 되는 거야? 설마 이 거대한 나무째로 이동하라는 소린 아니겠지?〉

"아니, 이런 때 흔히 보이는 패턴이 있잖아. 빛이 이렇게 파아~, 하고 뿜어진 뒤에 정령수 안에서 미소녀가 등장한다든가."

〈그게 대체 무슨 패턴이야. 그런 게 가능할 리가 없잖아.〉

애니메이션과 만화에 크게 영향을 받아서 그 패턴은 내 안에서 왕도처럼 굳어져 있다. 그래서 의심조차 하지 않았던지라 정령의 그 대답에 나는 "엥, 못하는 거야?" 하고 경악하면서 어찌할 바를 모르고 굳어버렸다.

"앗, 과연, 그런가."

"그런가, 라니?"

내가 곤란해하고 있으니 셰리 씨가 손뼉을 짝 치고서 혼자 납득한 표정을 지었다. 나는 무심코 물었다.

"역시 메어리 쨩, 착안점이 남들과 다르구만. 요컨대 미소녀는 제쳐두고서라도 다른 개체를 마련하라는 얘기구만."

"응? 으, 응."

셰리 씨가 다 알겠다는 얼굴로 묻자 의도를 전혀 모르면서도 일단은 고개부터 끄덕이는 글러먹은 나.

"정령수는 그 영역에서 자란 풀과 나무를 수족처럼 부릴 수 있지. 즉, 분신이나 마찬가지 아냐. 그걸 우리가 갖고 가면 감각을 공유하면서 여러 가지를 볼 수 있지 않을까? 뭐, 엄밀히 따진다면 본인이 따라나선다고 할 수는 없긴 하지만."

사피나도 모르겠다는 듯 고개를 갸웃거리고 있자 셰리 씨가 설명해줬다. 나는 남몰래 고개를 끄덕였다.

〈그렇구나~. 발상의 전환이다, 이 말이지. 확실히 그 방법이라면 가능하려나……. 뭐, 해보지 않으면 알 수 없겠지만, 시도할

만한 가치는 있을 것 같네.〉

정령도 이해했는지 나무들이 기뻐하며 술렁이기 시작했다.

〈그러네…… 내 분신이 되어야 하니 더욱 깊이 이어져 있는 녀석으로……. 응, 정령수의 묘목을 가져가.〉

"아니, 아니, 아니, 그건 너무 귀중해서 갖고 다닐 수가 없어. 게다가 너무 크다니까."

정령과 셰리 씨가 대화를 나눴다. 그 가치를 전혀 모르는 나는 에헤, 하고 남 일처럼 바라볼 수밖에 없었다.

사피나는 왠지 아는 눈치였다. 내가 고개를 갸웃거리고 있으니 그 묘목이 어른만큼 크다고 알려줬다.

"확실히 우리가 갖고 다니기에는 너무 크네. 더 작은 건 없을까?"

"그러네요, 꽃 같은 건 어떨까요?"

〈꽃이라, 꽃은 시들기 쉬우니 오랫동안 가지고 다닐 수 없지. 역시나 나도 생명력을 잃은 식물까지 어떻게 할 수는 없으니까.〉

나와 사피나가 의견을 제시하자 정령이 대답해줬다. 문제가 좀처럼 풀리지 않아서 고민하기 시작했다.

"마음 같아서는 인간보다 몸집이 작으면서 스스로 달릴 수 있으면 참 좋겠는데 말이야……. 내 바람에 꼭 맞는 그런 생물이 있을 리가 없으려나."

〈아아아아앗! 있을지도 몰라. 잠깐만 기다려!〉

내가 혼잣말처럼 중얼거린 바람을 듣고서 정령이 무언가 떠올랐는지 외치고서 금세 조용해졌다.

기다리라고 해서 순순히 제자리에서 기다리기를 몇 분.

근처 수풀이 부스럭부스럭 소리를 냈다.

〈오래 기다렸지. 가지고 왔어.〉

"우냐아아아아아아아앗!"

정령의 목소리와 함께 수풀에서 씩씩하게 등장한 그 물체를 보고서 나는 비명을 질렀다.

녀석의 이름은 '맨드레이크 아종.'

나에게 트라우마를 심어준 상대다.

그러므로 나는 비명을 지른 뒤에 튜테 뒤에 숨어서 고양이처럼 으르렁거렸다.

"왜 저러는 거냐? 메어리 짱은?"

"아가씨께서는 맨드레이크 아종 때문에 호된 꼴을 당한 적이 있으셔서……. 뭐, 자업자득인 부분도 없진 않지만……."

내 사정을 모르는 셰리 씨가 의아해하며 묻자 나를 대신하여 튜테가 대답했다. 그런데 여전히 꼭 한 마디를 더 붙이는 튜테. 현재 나는 한창 위협 중이므로 딴죽을 걸 여유가 없었다.

〈왜 그래, 메어리. 이거라면 네 바람에 딱 맞는 생물이잖아? 자자, 어서 보라고~ ♪〉

"후샤아아아아아아앗! 이쪽으로 오지 마아아아앗!"

내가 아무리 질색해도 일부로 그러는 게 아닐까 의심이 들 정

도로 정령이 쫓아다녔다. 그때마다 나는 소리를 지르면서 이리저
리 도망쳤다.

(어, 거짓말, 농담이지? 저걸 데리고 여행하라고? 어라라, 이
상하네. 이 대목에서는 미소녀가 등장해야 하는 거 아닌가? 신
님? 제발, 거짓말이라고 해줘요.)

⚜ 11 ⚜ 카이로메이어에서

정령수의 영역에서 벌어졌던 그 사건 이후로 시타는 무사히 카이로메이어로 돌아왔다. 마기루카 일행을 환영한 뒤 괜찮은 여관을 잡아주는 등 일행들의 편의를 적극적으로 봐주기로 했다.

누가 뭐라 해도 자신을 구해준 일행이다. 모처럼 카이로메이어를 방문해줬으니 기분 좋은 여행이 되길 바란다.

시타의 그 생각은 진심이지만, 그 속에는 마기루카라는 성녀를 향한 동경도 살짝 섞여 있다.

또한 마기루카 일행이 불편해하지 않고 자유롭게 돌아다닐 수 있도록 씨족장인 양아버지와 토마스 사제도 소개해줬다. 그때 마기루카와 스노우를 보고서 무슨 말이 나오기 전에 '그녀는 백은의 성녀가 아니라고 부정하고 있으니 굳이 언급하지 말아요' 하고 못을 박아뒀다.

뭐, 그 넘겨짚은 배려 때문에 되레 씨족장과 사제가 일행들을 더욱 의식하게 됐음을 시타는 몰랐지만…….

그러나 들떠 있을 수만은 없는 상황이다.

왜냐면 오르트아기나서가 정체불명의 집단에 도난당했다. 아니, 정체불명은 아니고, 옛 카이로메이어 시대를 복원하려고 하는 집단이라고 그 가면남이 말했다.

그렇다면 그 집단은 이 카이로메이어와 인연이 있는 자들이 틀림없겠지.

현재 그 발언을 바탕으로 씨족장과 레이첼은 물론이고, 사제와 마기루카 일행까지 모여서 대화를 나누는 중이다.

어째서 사제와 마기루카 일행이 동석했느냐면 사제 쪽은 단순히 기란과 관련이 있어서고, 마기루카 일행은 가면남이 마기루카와 왕자를 보고서 반응한 것으로 보아 전혀 관계가 없지는 않은 것 같다고 시타가 판단해서였다.

그러나 그저 여행객일 뿐인 마기루카 일행을 카이로메이어의 문제에 더 깊숙이 휘말리게 해도 될지 거부감이 들긴 했다. 그러나 일행에게 부탁했더니 흔쾌히 수락해줬다. 이때도 시타의 마음속에서 '역시나!' 포인트가 또 올라갔다는 건 비밀이다.

현재 마련된 자리에 왕자와 마기루카가 앉아 있고, 뒤에는 자하가 서 있다. 자하만 뒤에 서 있는 이유는 어느 때든 바로 대응하기 위해서란다.

뭐, 마기루카가 '함께 의논을 해봤자 당신은 횡설수설할 테니 물어봤자 소용없죠' 하고 놀려댔고, 자하가 '시끄러워' 하고 토라지자 왕자가 '자자, 그만' 하고 달래주긴 했지만.

시타는 그 광경을 보고서 무심코 독자의 입장에서 이런 관계성도 성녀 이야기에 잘 어울릴지도 모른다고 생각하고 말았다.

참고로 신수들은 여기에 없고, 어디론가 돌아다니는 중이다. 시타는 이 역시 어떤 포석인가? 하고 이상한 쪽으로 생각했다.

"……그, 그래서 아버지, 어험……. 씨족장님께서도 조사하신

줄 아는데 어떻게 됐나요?"

뭐, 그렇게 논의가 시작되었다. 시타는 마기루카가 지켜보고 있다는 긴장감에 태도가 묘하게 딱딱해졌다. 카이로메이어 쪽 사람들은 '왜 저러나?' 하고 고개를 갸웃거렸다.

"흠…… 사제님과 함께 기란의 집에 가봤으나 마음이 다급했는지, 아니면 의도적인지 내부가 어지럽혀져 있어서 이번 사건과 관련이 있을 법한 정보를 찾는 데 시간이 걸릴 것 같다."

"그렇군요……. 참고로 관계자들의 행방은 현재 묘연합니다."

다들 성인이라서 현 상황을 빈정거리지 않고 이야기를 진행했다.

"그 집단의 소행일까요? 타이밍이 너무나도 절묘하긴 하네요."

"……시타, 릴랙스, 릴랙스. 너무 긴장해서 말투가 이상해졌어."

인간, 평소에 안 하던 짓을 해서는 안 되는 걸까? 시타는 뒤에서 있는 레이첼의 조언을 듣고서 마기루카 쪽을 봤다. 그녀가 왠지 흐뭇하게 바라보고 있어서 창피해진 시타는 헛기침하며 속내를 감추려고 했다.

"그 집단이라……."

"아버지는 그 집단을 알아요?"

씨족장이 팔짱을 끼고서 중얼거리자 창피한 모습을 계속 보일 수는 없다며 시타가 평소처럼 행동했다.

"아아, 집단이라고 해야 할까, 조직이라고 해야 할까. 내가 어렸을 적에는 소문만 나돌았을 뿐 실재하는지조차 알 수가 없었지. 허나 시타의 아버지, 선대 사서장 시절쯤부터 그 존재가 서서히 드러나기 시작한 것 같군."

"그들은 옛 시대를 되돌리겠다고 했는데, 카이로메이어의 현재와 과거가 어떻게 다릅니까? 여긴 8계급 마법의 존재를 밝혀냈고, 이 세계의 여러 섭리를 발견해나가는 지식과 탐구의 도시가 아닙니까?"

씨족장의 말을 듣고서 왕자가 질문했다. 외부인이니 얼핏 봐서 뭐가 어떻게 달라졌는지 알아차릴 수가 없겠지.

도시의 모습이나 체제가 바뀐 게 아니다. 달라진 건 우리 카이로메이어의 주민 아닐까……. 시타는 자신이 초래한 무력함을 곱씹었다.

더 자세히 말하자면 시타가 대서고탑을 완전히 장악하지 못했듯, 이곳 주민들은 과거처럼 새로운 발견, 학설 같은 것들을 세계에 발표하지 못하고 있다.

옛날에는 할 수 있었건만 지금은 그러질 못한다.

이 한 마디로 현 상황을 설명할 수 있을 것 같다.

시타는 그 부분을 자기 생각을 섞어가며 왕자 일행에게 설명했다.

"그렇군……. 과거의 지식과 기술을 잃어버렸다……. 실례지만 왜 그렇게 된 거지? 여러 가지를 기록해두는 역사의 필요성을 잘 알고 있을 텐데."

"그것도 잘 모르겠소. 이건 내 주관적인 의견인데, 어느 날을 기점으로 과거의 모든 것을 버린 것 같다……는 느낌이 자꾸만 드네."

왕자가 질문하자 씨족장이 팔짱을 낀 채 고개를 갸웃거리며 신음하듯 대답했다.

"그렇다면 그들은 그 잃어버린 과거 시대를 되돌리려고 하고 있다는 말입니까? 얘기를 들어보니 딱히 몰래 숨어서 할 일은 아닌 것 같습니다만."

"으~음, 듣고 보니 그런 것 같긴 하지만, 은밀히 해야만 하는 뭔가 이유가 있을지도."

"자자, 저들의 속셈 따윈 일단 제쳐두기로 하고, 지금은 당면한 문제부터 해결하는 게 어떻겠습니까? 사서로서 빼앗긴 책을 되찾는다. 이게 가장 중요한 문제가 아닐는지요, 시타 씨?"

왕자와 씨족장의 대화에 끼어든 사제가 화제를 바꿔서 시타에게 물었다. 그러나 시타는 옛날을 회상하고 있어서 곧바로 반응하지 못했다.

"시타?"

"어? 아, 앗, 으, 응, 무슨 얘기를 했지?"

"당면한 목표는 책을 탈환하는 게 아니냐는 얘기를 하고 있었어."

멍하니 있던 시타가 레이첼의 귓속말에 화들짝 놀라 반응했다.

시타가 멍하니 있었던 이유는 왕자가 언급했던 '잃어버린 과거 시대'라는 문구를 예전에도 들어본 적이 있음을 깨달아서였다.

먼 기억. 시타가 아직 선악도 구분하지 못했던 어린 시절, 현재 세상을 떠난 선대 사서장, 즉 시타의 친아버지가 똑같은 말을 한 기억이 있다.

'잃어버린 과거 시대로 되돌려서는 안 돼. 우린 우리의 힘으로 현재를, 미래를 향해 걸어가야만 해.'

왜 하필 지금 그 기억이 떠올랐을까? 시타 자신도 알 수가 없었다. 그러나 아버지가 했던 그 말이 마음에 자연스레 울렸다. 그건 마치 자신이 나아가야 할 방향을 제시하는 듯했다.

"그러네. 우선은 오르트아기나서부터 되찾아야 해! 딴 문제는 그다음이야."

"그렇다면 역시나 '리그레슈'의 동향을 파악하기 위해 그들을 추적할 필요가 있겠네. 저들이 책을 어디로 가져갔는지 알아봐야 해."

시타가 향후 방침을 말하자 레이첼이 뒤이어 이야기를 정리하기 시작했다. 그러나 시타는 이야기를 듣다가 마음에 걸리는 단어가 있었다.

"리그레슈?"

"어? 앗, 그 단체 말이야. 옛날에 그렇게 불렸었다고 아버지가 아니고, 씨족장님께 들었거든."

시타가 마음에 걸린 부분을 묻자 레이첼이 황급히 설명을 덧붙였다. 씨족장을 보니 맞는다는 듯이 고개를 끄덕였다.

"리그레슈라. 우리 학원에서 소동을 일으켰던 자가 설마 카이로메이어와 연관이 있는 자였을 줄이야……."

왕자의 이야기에 흥미가 생긴 시타가 말해줄 수 있는 범위 안에서 정보를 알려달라고 부탁했다. 그러자 왕자가 그들과 합성수가 깊이 연관된 것 같다고 말해줬다.

그 설명 속에 가면남이 언급했던 '마법 소녀'라는 단어가 나오지 않았다. 역시 성녀와 어떤 관련이 있어서 애써 숨긴 게 아닐까? 하고 시타는 엉뚱하게 넘겨짚었다.

"합성수……. 도시를 떠들썩하게 했던 그 수수께끼의 몬스터가 혹시 합성수가 아닐까, 하는 얘기가 나오던 차에. 그 건도 리그레슈가 연루되어 있을 가능성이 있겠군."

왕자의 이야기를 듣고서 씨족장이 복잡한 표정을 짓고서 신음했다.

"저기……, 다른 이야기입니다만, 전하 일행께서는 리규레슈……라고 했던가요? 그들을 쫓아 카이로메이어까지 온 게 아닌 것 같군요?"

신음하는 씨족장을 놔두고서 이번에는 사제가 왕자에게 확인했다.

"예, 어디까지나 공부를 하려고 온 것……인데 설마 이런 일이 벌어질 줄이야……."

사제의 질문에 왕자가 당혹스러운 얼굴로 대답하고서 옆에 앉아 있는 마기루카를 봤다. 그녀는 눈을 감고서 어험, 하고 헛기침을 하고서 진지한 표정을 지었다.

시타는 그 행동을 보고서 이번 방문이 왕자의 생각이 아니라 다른 누군가의 생각에서 비롯되었음을 알아차렸다. 그렇다면 그 누군가는 누구일까? 역시나 성녀님 아닐까? 하고 멋대로 결론을 내렸다. 그렇게 생각한 순간, 시타의 머릿속에서 이야기가 저절로 부풀어갔다.

사제도 무언가 생각할 게 있는지 잠시 침묵한 뒤에 웃으면서 그렇습니까? 하고 이야기를 끝냈다.

향후 방침도 의논을 나눴고, 현재까지의 정보도 공유했기에 일동은 일단 대화를 마치고서 각자 행동하기로 했다. 시타는 자리에서 일어선 마기루카 일행 쪽으로 달려갔다.

"동석해달라는 우리 쪽 부탁을 들어줘서 고마워. 전하 일행은 이제 어쩔 셈이야?"

"글쎄……. 일단 여기서 헤어진 일행이 도착할 때까지 기다려야겠지. 소개해준 여관에 잠시 머물 수 있으면 좋을 것 같은데."

시타가 왕자에게 앞으로 어떻게 할지 물어봤다. 옆에서 보면 왠지 그들의 속내를 살피려는 듯 보이지만, 그저 순수한 호기심에서 비롯된 질문이었다. 그렇게 느꼈는지 왕자도 스스럼없이 대답해줬다.

"그야 물론. 쭉 머물러도 괜찮아. 며칠은커녕 몇 달도 가능해. 비용은 이쪽에서 낼 테니 걱정하지 말고."

흥분하여 도가 지나쳤음을 깨닫고서 시타가 뒤에 있는 레이첼을 힐끗 쳐다봤다. 그녀는 아무 말 없이 고개를 절레절레 젓고서는 무언가가 적힌 서류를 보기 시작했다. 아마도 예산표 아니면 그와 관련된 서류겠지. 시타는 속으로 레이첼에게 감사 인사를 보냈다.

"그렇게까지 오래 걸릴 것 같지는 않지만, 일단 배려해줘서 고마워."

"하지만 메어리 님이잖아? 어디 옆길로 샐지도."

"그럴지도 모르겠네요. 하지만 그녀의 행동에는 으레 의도가 있으니까요."

"그렇긴 하지~."

시타와 왕자가 대화를 나누고 있으니 자하와 마기루카도 끼었다. 그들의 말속에 또 '메어리'라는 이름이 나왔다. 더욱이 마기루카의 의미심장한 발언에 두 사람이 고개를 끄덕이는 걸 보니 시타는 그 메어리라는 수수께끼의 소녀에게도 흥미가 살짝 솟았다.

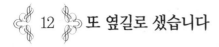

12 또 옆길로 샜습니다

〈세계란 이토록 넓고도 아름다운 것이었구나.〉

대삼림이 펼쳐진 파노라마 풍경을 보고서 온몸을 망토와 후드로 숨긴 수상쩍은 소인이 두리번거리며 말을 흘렸다.

폐쇄된 공간에 있었던 사람이 바깥세상을 봤을 때 내뱉을 법한 대사가 내 가슴을 울렸는데…….

"감동하는 중에 미안한데 이제 좀 멋대로 졸랑졸랑 돌아다니지 마. 길에서 완전히 벗어나서 이제 여기가 어딘 줄 모르겠는데."

정령수가 조종하는, 작은 망토를 걸친 맨드레이크 아종(이름이 기네)에게 온종일 휘둘렸다. 처음에는 '그래, 좋겠네' 하고 나도 함께 감동을 나눴지만, 셰리 씨가 이제 길을 모르겠다고 토로했을 때부터는 정령의 행동을 만류해야겠다는 야박한 생각이 들었다.

〈괜~찮아. 길을 잃더라도 난 살아서 갈 수 있으니까.〉

"넌 괜찮아도 우리가 곤란하다고."

정령이 낙관적으로 깔깔 웃자 나는 실눈을 뜨고서 항의했다.

참고로 왜 망토와 후드로 모습을 가리고 있느냐면 맨드레이크가 터벅터벅 걷고 있는 모습을 다른 사람이 봐버리면 이상한 소동이 벌어질까 봐 우려해서였다.

결코 내가 그 모습을 볼 때마다 고양이로 변하여 언제까지고 으르렁거리기 때문이 아니다…… 아마도.

"뭐, 내가 아는 길에서는 완전히 벗어났지만, 카이로메이어와 반대 방향으로 가는 건 아니고, 일단은 접근하고 있다고 할 수 있으니 괜찮겠지."

낙관적으로 웃는 엘프가 또 하나 있다.

상황이 이 지경이 되니 나도 왠지 자포자기해서 어떻게든 되라는 생각이 든다. 그래서 현 상황을 즐기기로 했다. 현실도피를 한 게 아냐……. 진짜야.

"예이~, 이렇게 됐으니 이 순간을 즐기기로 하자. 하지만 바뀌지 않는 풍경은 물리네. 모처럼 밖으로 나왔으니 오오~, 하고 감탄할 만한 풍경을 보고 싶어."

"오오~, 하고 감탄할 만한 풍경은 대체 뭘까요?"

걱정거리를 내던지고서 내가 개인적인 바람을 말하자 사피나가 고개를 갸웃거렸다.

"글쎄, 관광명소라고 해야 하나, 유적처럼 오래되고 신비로운 장소가 어디 없을까?"

최근에 고대 유적에서 호된 꼴을 당했으면서도 또 그런 소리를 내뱉는 나. 아니, 이건 리벤지야, 리벤지.

〈또~ 그렇게 억지를 부리다니 메어리도 참. 모두를 난처하게 하면 안 · 된 · 다 · 구☆〉

"이거 놔, 튜테, 제발. 저 녀석만은, 저 녀석만은 흠씬 패줘서라도 똑똑히 일깨워줘야겠어."

방금까지도 억지를 부리며 모두에게 민폐를 끼쳤던 장본인이 귀여운 몸짓으로 나를 나무랐다.

내가 주먹을 쥐고서 그녀에게 다가가려고 하자 뒤에서 튜테가 두 팔로 만류한 바람에 행동에 나서지 못했다. 아니, 뭐, 내 힘으로 간단히 뿌리칠 수 있긴 하지만, 그렇게 했다가 튜테가 다치기라도 한다면 나는 자신을 용서하지 못하겠지. 그래서 저항하지 않은 것이다.

〈어머머, 남들이 들어주지 않는다고 짜증을 부리다니 참 어린 애네. 뭐, 하는 수 없지. 이 언니가 들어주도록 할까.〉

튜테에게 붙잡힌 모습을 보고서 내가 투정이라도 부리려는 것처럼 여겼나 보다. 그게 왠지 분해서 나는 들어 올렸던 주먹을 내리기로 했다.

더욱이 어려운 부탁인데도 의외로 정령이 찾아줄 것 같아서 흥미가 그쪽으로 옮겨갔다.

"들어준다고? 대체 누가?"

〈당연하잖아. 이 주변에 서 있는 나무들이 말이야. 그게 아니면 누가 들어주겠니.〉

내가 의아해하자 무슨 당연한 소리를 하느냐는 투로 소인이 어이없다는 몸짓을 보였다.

(아니, 내 상식에 나무가 소원을 들어준다는 비상식적인 선택지는 없는데…….)

그러나 그런 소리를 했다가는 언짢아하든가, 투정을 부리든가,

화를 내든가, 어쨌든 귀찮아질 테니 나는 속으로 담아두기만 했다.

정령이 뿅뿅 튀듯 이동하여 근처에 있는 큰 나무에 뭐라 말을 걸었다.

몇 분 뒤…….

〈오오오, 내가 대체 누군 줄 아느냐. 날 얕보다가는 큰코다칠 수가 있다아아아!〉

왠지 불온한 분위기가 풍기는 듯합니다.

더욱이 저 정령이 손짓하며 우리를 부르고 있다.

〈뭐, 난 마음이 관대하니 촌놈 취급을 받거나 여러 폭언을 듣더라도 금세 화내지 않긴 하지만…… 혈기 왕성한 젊은이들은 쉽게 발끈해서 무슨 짓을 벌일지 알 수가 없잖아.〉

(으음…… 왠지 어디 무슨 이해심 많은 사람처럼 말하면서 우릴 마치 동생처럼 여기고 있는 것 같지 않나? 부, 분명 기분 탓일 거야, 응응.)

〈저 녀석은 썰어버리는 걸 좋아해서 저 칼(?)로 너희들을 일도양단해버릴지도 몰라. 앗, 그래도 내가 말리면 막을 수 있긴 하지만, 저쪽은 그것도 안 통해. 발차기 한 방으로 너희들을 산산조각 내버리는 광전사(버서커)이니까. 지금도 분쇄하고 싶어서 몸이 근질근질한 위험한 아이라고.〉

"이의 있음! 날 사피나보다 더 무시무시하게 묘사했잖아!"

"자자, 메어리 짱. 저건 식물 세계의 교섭술일지도 모르니까 잠자코 있자."

어떤 대화가 펼쳐지고 있는지는 잘 모르겠지만, 내가 정령의 설명에 이의를 제기하자 셰리 씨가 제지했다. 정령은 정령대로 내 이의 따윈 귓등으로도 듣지 않고 대화를 이어나가고 있다.

〈저길 봐, 이미 폭발 직전이야. 옆에 있는 엘프가 억누르지 않았다면 당장에라도 너희들한테 달려들 기세야. 일이 한 번 터지면 난 말릴 수가 없어. 자, 어쩔래? 아직 더 평온하게 살고 싶지?〉

내가 외야에서 으르렁대자 그것마저도 이용하여 내 인상을 더욱 악화시키고 있다. 그러므로 나를 더는 과장되게 묘사하지 않도록 끄으으응, 하고 신음하면서 참았다.

"아가씨, 그 모습이 되레 폭발하기 직전이지만 기다리라고 제지를 당해서 이를 악물고 참아내고 있는 것처럼 비치는데요."

튜테가 내 행동에 딴죽을 걸었다. 어찌할 바를 몰라서 나는 더는 반응하지 않고 가만히 있기로 했다.

〈그래, 그래, 착하네. 처음부터 그렇게 얘기했으면 나도 험한 소리는 안 했을 거 아냐.〉

드디어 이야기가 진전된 모양이다. 무엇이 결정타였는지 생각하고 싶지 않기에 마음을 비우고서 상황을 지켜봤다.

〈흐~음, 비장의 정보라 이 말이지~ 흠흠, 그리 멀지 않은 곳에 비경? 꽤 옛날 시대의 유적이 있다는 거지. 오호~, 사람들도 드문드문 오는 것으로 봐서 꽤 먹힐 것 같다고? 흐~응, 알겠어.〉

"저기, 참고로 묻겠는데, 거기에 흡혈귀 같은 게 있어?"

잘 알려지지 않은 고대 유적이라는 소리를 듣고서 나는 반드시 확인해야만 한다는 사명감에 사로잡혔다.

나와 튜테는 그 질문이 무슨 의미인지 알고 있지만, 다른 사람들은 사정을 잘 모르기에 일제히 고개를 갸웃거렸다.

〈응? 아니, 없대.〉

정령은 내 물음에 흥미가 없는 모양인지 그렇게 대답하고서는 더는 묻지 않고 목적지를 향해 뿅뿅 걸어갔다.

"어떻게 할까요, 메어리 님?"

"기왕 이렇게 됐으니 관광도 할 겸 가보자. 마기루카 일행한테 들려줄 얘깃거리가 생길지도 모르니까. 괜찮겠죠, 셰리 씨?"

"그래, 상관없어. 이런 데에 유적이 있는 줄은 나도 몰랐는데 흥미가 솟네. 진귀한 무언가라도 발견하면 좋겠네."

사피나가 걱정스레 묻자 나는 대답하고서 셰리 씨에게 동의를 구했다. 그러고서 우리는 서둘러 정령을 따라갔다.

그곳은 초목이 울창하게 우거져 있어서 유적이 있다는 사실을 몰랐다면 그대로 지나칠 정도로 풍경에 녹아들어 있었다.

눈길을 끌 만한 건축물도 없고, 모든 것이 풍화되어 무너져 있어서 내가 상상했던 유적과는 상당히 거리가 멀었다.

"……꽤 오래된 것 같네. 이러니 발견하기 어려울 수밖에 없겠네."

〈이~렇게나 시시한 걸 보고 싶었던 거야, 메어리는?〉

"아니, 난 조금 더, 건축물이나 조각상이나 역사가 느껴지는 유물을 기대했는데."

셰리 씨만이 흥분하여 주변을 조사하기 시작했다. 우리는 어찌할 바를 모르고 그런 그녀를 눈을 쫓으면서 대화를 나누고 있었다.

"파르거 군이라면 신나게 조사를 벌였을 테지만, 난 전문 밖이라서 여기가 어딘지 잘 모르겠네. 뭔가 재미난 것이라도 발견하면 좋을 텐데."

"유적에서 재미를 추구하지 말아요. 그런 경우에는 대체로 좋은 꼴을 못 보니까요."

셰리 씨가 인공물로 추정되는 물체에 손을 대면서 그 마초 고고학자 이야기를 꺼냈다. 그러나 흉흉한 이야기도 덧붙였기에 나는 걱정이 되어 당부를 해뒀다.

〈얘얘, 메어리와 아이들아. 여기로 와봐, 여기.〉

언제 이동했는지 정령이 멀리 떨어진 곳, 조금 트인 공간 한가운데서·뿅뿅 뛰면서 우리를 불렀다.

"왜 그래? 뭔가 발견했어?"

할 일이 없어서 내가 일단 그쪽으로 다가가자 사피나와 튜테도 따라왔다.

〈발견했어. 이 자리에서 너희 셋도 뛰어줄래?〉

정령이 기뻐하며 말하자 우리는 서로의 얼굴을 보면서 고개를 갸웃거렸다. 그러나 정령이 또 토라지거나 짜증을 부리지 않도록 일단은 뿅, 하고 뛰어봤다.

아무 일도 벌어지지 않아서 나는 다시금 조금 높이 뛰어봤다. 사피나와 튜테도 나를 따라서 뛰었다.

"이러면 어떻게 돼?"

〈바닥이 뚫려♪〉

"""어?"""

내가 질문하자 정령이 해맑은 목소리로 대답했다. 우리는 뿅뿅 뛰면서 일제히 되물었다. 그러나 당장 아무 일도 벌어지지 않았다.

〈쳇, 안 무너지나? 셋이 모이면 무거우니까 금세 무너질 줄 알았는데.〉

"무겁다고 하지 마! 레이디한테 실례잖아."

정령이 아쉬운지 혀를 차면서 무례하기 짝이 없는 소리를 했다. 나는 무심코 우리에게 장난을 치려고 한 것보다 그쪽을 항의했다.

"뭘 하는 거냐. 나도 끼워줘!"

우리가 어이없어하면서 제자리뛰기를 멈추자마자 셰리 씨가 기둥 같은 물체를 조사하고 있었는지 그 위에서 다이나믹하게 뛰어 우리 사이에 착지했다.

그러자 우리가 서 있던 곳이 와르르 무너져 내렸다.

"튜테에!"

나는 별안간에 곁에 있던 튜테를 끌어안고서 옆으로 몸을 날렸다. 사피나 역시 나와 마찬가지로 반사적으로 그곳에서 재빨리 이탈하는 모습이 시야 한구석에 비쳤다.

그리고 내가 마지막으로 본 것은 저 아래로 떨어지는 소인과 엘프.

(응, 뭐, 자업자득이니까…….)

그러나 걱정이 돼서 황급히 달려가서 구멍 속을 들여다봤다. 그리 깊지는 않아서 셰리 씨는 그저 엉덩방아만 찧고 말았다.

〈왜애애애애애, 내가 떨어지는 거야! 기껏 은밀히 이 지점이 무르다는 정보를 알아냈는데에에에에!〉

떼쟁이 아이처럼 땅바닥에 드러누워 팔과 다리를 바동거리는 정령. 누구에게 그런 걸 물었는지 굳이 안 들어도 알 것 같지만, 뭐 시답잖은 사고에 휘말리지 않아서 다행이다. 나는 주변 나무들을 보며 안도하고서 둘이 떨어진 곳을 내려다봤다.

그곳은 명백히 인공적으로 만들어진 통로였다. 지상처럼 완전히 풍화되지 않고 그 형태가 아직 남아 있다.

"지상에 있던 유적의 지하 버전이라고 봐야 하나?"

"아따따따……. 으~음, 그런 것 같네. 어라, 이건?"

내가 구멍을 들여다보며 소감을 말하자 셰리 씨가 엉덩이를 매만지면서 주변을 둘러보다가 무언가를 발견한 모양이다.

"왜 그래요?"

"아니, 이 벽에 새겨져 있는 암호 같은 걸…… 어디선가 본 것 같은데……. 으~음, 뭐였더라? 카이로메이어에서 봤던가?"

셰리 씨가 벽을 쳐다보면서 음~, 하고 고개를 갸웃거리고 있다. 그녀의 건망증은 새삼스러울 게 없기에 크게 괘념치 않고 아래로 내려가기로 했다.

내려가 보니 그곳은 지하 통로 중간인 듯했다. 외길이라서 어딘가에 지상으로 이어지는 출입구가 있을지도 모르겠다.

〈좋아, 이쪽으로 가보자. 왠지 수상쩍은 냄새가 풍겨.〉

정령이 한쪽으로 나아갔다. 그러나 그녀의 발언을 듣고서 나는 발을 떼지 못했다.

"괜찮을까요? 정령님, 방금 이상한 소릴 했는데요."

내가 떨떠름한 표정을 하자 사피나가 걱정스레 물었다. 그러나 기껏 여기까지 왔으니 앞으로 나아가고 싶다는 호기심도 들긴 한다.

〈와아~! 오, 이게 뭐야, 이상한 게 있어!〉

그리고 정령이 놀란 목소리를 듣고서 호기심과 불안감 사이에서 흔들리던 마음속 저울이 호기심 쪽으로 기울었다.

"정령이 걱정되고, 혼자 내버려 둘 순 없으니까. 어쩔 수 없어, 그래, 어쩔 수 없이 보러 가볼까."

일단은 정령을 위해서라며 자신을 정당화한 뒤 나는 정령의 뒤를 쫓았다. 사피나와 튜테도 그런 내 마음을 짐작했는지 아무 말 없이 서로 쳐다본 뒤 나를 따라왔다.

"그래서 뭐가 있다는 거야?"

조금 설레는 마음으로 정령이 있는, 방으로 추정되는 공간으로 들어간 뒤 나는 그곳의 풍경을 보고서 목소리가 뒤집혔다.

그곳은 유적과는 동떨어진, 무언가 수상쩍은 실험을 벌이고 있는 듯한 시설이었다.

(이 풍경, 어디선가 본 적이 있어. 앗, 그래, 그래. 합성수 사건 때 마기루카를 쫓아서 들어갔던 성채 터 지하 같아.)

"이, 이거…… 대단히 흥미로운 매직 아이템이 많아. 이 유적은 이토록 문명이 발달했던 건가?"

내가 기억을 더듬고 있으니 뒤에서 따라온 셰리 씨가 실내 설비를 보고서 경악했다. 그녀의 발언을 듣고서 나는 그 성채 터에 있었던 물건들이 이곳으로 옮겨졌고, 이곳에 있었던 물건들이 그 성채 터로 옮겨졌을 가능성을 떠올렸다.

그것을 증명하기라도 하듯 실내에 자리하고 있는 장치에 부자연스러운 공간이 여럿 있었다. 원래 있었던 것들을 빼낸 것 같은 느낌이 들었다.

뭐, 그건 제쳐두고서 현 문제가 뭐냐면…….

"……우리, 봐서는 안 되는 것을 본 게 아닐까?"

"그런가요?"

합성수 사건을 잘 모르기에 사피나가 내 말이 잘 와닿지 않는다는 반응을 보인 것도 이상하지는 않다.

셰리 씨는 마공기사로서의 장인혼이 자극받았는지 눈빛을 활활 태우며 매직 아이템을 구석구석 둘러보느냐 내 말을 듣지 못했다. 그것도 모자라서 사피나를 불러서 무언가를 돕도록 하고 있다.

다행히도 이곳에는 아무도 없는 모양이다. 우리가 소란을 떨고 있는데도 아직 아무런 반응이 없다.

기세를 몰아 이대로 탐색을 계속해야 할까, 아니면 이대로 못 본 척 떠나야만 할까. 내 마음속 저울이 또 흔들리기 시작했다.

〈얘얘, 메어리. 여기서 수상한 냄새가 풍기네. 좀 살펴봐.〉

"난 지금 이대로 여길 떠나는 쪽으로 마음이 기울고 있어. 이상한 바람 좀 넣지 말아줘."

〈흐~응, 아~, 그런 태도로 온 거구나. 흠~, 하아~앙…… 아아~아, 몸에 걸치고 있는 걸 좀 벗어볼까~. 하아~, 덥다, 더워.〉

정령이 듣고 싶지 않은 단어를 담아서 제안하자 나는 마음속에서 벌어지고 있는 회의 중간 내용을 들려줬다. 그러자 그녀가 내가 도저히 거역할 수 없을 행동을 일부러 과장되게 과시하기 시작했다.

(아니, 네가 더위라는 개념을 알 것 같지는 않은데.)

그러나 그 트라우마와 또 맞닥뜨린다면 내가 계속 으르렁거리는 통에 이야기가 진행되지 않을 게 뻔하다. 더불어서 내 정신 건강에도 좋지 않다.

따라서 선택지는 하나로 좁혀진다. 나는 하아~, 하고 깊은 한숨을 내뱉은 뒤 무거운 발걸음을 이끌며 정령이 가리키는 곳으로 걸어갔다.

"그래서 여기? 그냥 벽으로밖에 보이질 않는데."

〈그래, 그래, 거기서 냄새가 풍겨.〉

"냄새가 난다고 했는데, 내 코에서는 이렇다 할 냄새가 느껴지질 않는데."

〈칫칫칫, 뭘 모르네, 메어리는. 비유야, 비유. 난 식물이니까 그렇게 표현하는 게 더 그럴듯하잖아. 조종만 하는 내가 냄새를 맡을 수 있을 리가 없잖아. 이 바·보 · 멍·청·이☆〉

"흠씬 때려도 될까요?"

"아가씨, 그걸 용납해줄 수 있을 리가 없잖아요."

결국 나는 정령의 말에 발끈했다. 주먹을 들어 올리려는 나를 뒤에서 만류하고 있는 튜테에게 허락을 구하려고 했지만, 안 되는 모양이다.

〈자자, 멍청한 소리 하지 말고 어서 살펴봐. 자자, 밀어도 보고 당겨도 봐. 그 정도쯤은 바보인 너라도 할 수 있잖아.〉

어째서 저 정령은 쓸데없는 한마디를 덧붙인다고 해야 할까, 내 마음이 부글부글 끓고 있는 것도 모르고 자꾸 화를 북돋는 걸까.

그래서 마가 꼈다고 해야 하나, 냅다 밀어서 아무것도 없으면 큰소리나 땅땅 쳐줄까, 하는 사념이 마음속에서 생기더라도 사람으로서 어쩔 수 없는 일이 아닐까?

그래, 감정을 실어서 있는 힘껏 벽을 밀 수밖에 없었단 말이야, 응응.

그 결과······.

쾅!

무언가가 부서진 것 같은 둔탁한 소리가 난 뒤에 벽에 금이 쩍 가더니 쌍여닫이문처럼 열렸다.

(내, 내내내, 내 탓이 아냐. 나 같은 가냘픈 소녀가 살~짝 밀었을 뿐인데 부서지다니 말도 안 돼……. 틀림없이 저 벽은 무너지기 직전이었던 거야. 응응, 약해져 있던 게, 틀림없어. 그랬길 바랍니다, 제발 부탁입니다.)

범인은 마음속에서 엉뚱한 소리만 늘어놓았다.

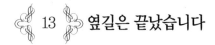# 13 옆길은 끝났습니다

와르르르륵, 하는 묵직한 소리와 함께 내가 민 석벽이 쓰러졌다.

다른 일을 신경 쓰고 있던 사피나와 셰리 씨도 역시나 이 소리를 들었는지 이쪽으로 다가왔다.

"무, 무슨 일인가요, 메어리 님?"

"아, 아니~, 그게 말이야~, 정령이 여기가 수상하다고 해서 살짝, 아주 살짝, 그래, 진짜 살짝 밀었는데 벽이 움직였어."

사피나가 걱정스레 묻자 나는 살짝 밀었다는 변명을 하기에 급급했다.

"여긴 꽤 오래되긴 했지. 벽이 약해졌을지도 몰라. 아까도 바닥이 꺼졌으니 조심하는 편이 좋을 것 같군."

나는 식은땀을 삐질삐질 흘리면서 어떻게든 웃으며 얼버무리려고 했다. 그러자 셰리 씨가 나이스 어시스트를 해줬다.

"그, 그래, 그래. 약해진 상태일 거야. 조심해야겠네, 응응."

그리고 그녀의 말에 재빨리 편승하는 나. 감촉으로 보아 내가 잠금장치를 힘으로 파괴한 것 같지만, 착각이었다고 해두자.

뒤에서 그 광경을 일부 지켜봤던 튜테는 물론 아무 말 없이 나처럼 웃으며 얼버무리고 있다. 정령은 내 힘보다는 새롭게 열린 방에 더 관심이 가는지 그쪽을 보고 있었다.

"앗, 정령님. 새로운 길이 열렸어요. 자자, 어서 보러 가죠, 어서."

〈자, 자자자, 잠깐, 밀지 마.〉

아무도 더는 이 건을 지적하지 못하도록 나는 상황을 억지로 진행했다. 입구에서 내부를 힐끔힐끔 살펴보고 있는 정령과 함께 방으로 들어갔다.

문을 지나 통로를 몇 미터쯤 나아가니 갑자기 널찍한 공간이 나왔다.

무언가 인공 건조물 같은 걸 기대했는데 별다른 건 없었다. 텅 빈 곳인 줄 알았는데 자세히 보니 바닥에 무언가가 군데군데 들러붙어 있는 듯했다.

내부가 어두워서 빛 마법으로 주변을 비춰봤다. 바닥에 있는 물체가 미끈미끈 반짝였다.

물컹한 고깃덩어리 같은 알이 실내에 점점이 흩어져 있었다. 그것은 뭐라고 해야 할까, 영화나 애니메이션에서 봤던 외계생물체의 알과 흡사했다. 그것이 바닥에 점점이 흩어져 있어서 징그러웠다.

"이건……."

그 광경에 제일 먼저 흥미를 보인 사람은 셰리 씨였다. 그녀는 어찌할 바를 모르고 우두커니 서 있는 우리 옆을 지나서 입구 가까이에 있는 알 같은 물체를 살펴보기 시작했다.

"무슨 알인가? 이거 꽤 흥미롭군. 몇 개 챙겨가서 조사해볼까."

"알 도둑이라니 위험해요. 어미라도 있으면 혼쭐이 날 거예요."

"괜~찮아. 몽땅 가져가는 건 아니니까 들킬 리가 없대도."

셰리 씨의 불경한 발언에 내가 주의하자 그녀가 천연덕스럽게 대답했다.

그 순간 그녀의 뒤에서 무언가가 움직이더니 예리한 날붙이 같은 것이 번뜩였다.

"셰리 씨!"

내가 외치자마자 내 뒤에서 사피나가 발도 자세로 뛰쳐나가 셰리 씨를 향해 휘둘러지고 있는 팔 같은 물체를 베었다. 그녀는 이 공간에 들어오고 나서 무언가를 느꼈는지 진즉에 경계 태세를 취하고 있었던 모양이다.

(음~, 역시 사피나. 둔감한 나랑 달리 아주 든든해.)

내가 감탄하고 있으니 사피나의 도에 부여된 화염이 그 물체로 옮겨붙었다. 어두워서 잘 보이지 않았던 물체가 훤히 드러났다.

내가 정령수 근처에서 갈가리 찢어버렸던 몬스터였다.

"어? 여기 출신 몬스터였어, 저거?"

내가 놀라워하며 목소리를 높이는 동안에도 사피나가 움츠린 몬스터에게 맹공을 계속 가했다.

기습을 노렸다가 되레 다치고서 분노한 몬스터가 베이지 않은 손에 달린 예리한 손톱으로 사피나를 가르려고 했다. 자세히 보니 베인 팔이 이미 재생되고 있었다.

저 재생력은 뭐야. 나는 저 재생력을 성채 터에서 봤던 것 같은 느낌이 들었다.

꽤 성가신 적일 것 같지만, 마법을 재차 부여해놓고서 때를 노리고 있던 사피나가 발도하여 순식간에 몬스터의 팔뿐만 아니라 온몸을 베었다. 사피나가 납도한 순간, 내가 마법으로 그랬던 것처럼 그 몬스터가 갈가리 찢어졌다.

사피나의 발도술과 피피가 제작한 마법도는 내 예상보다 상성이 좋은 모양이다. 발도술과 마법도를 능숙하게 사용해내는 사피나를 보고서 새삼 그 재능에 경악했다. 발도술과 마법 모두 내가 계기를 제공하긴 했지만…… 굳이 생각하지 말자.

"셰리 씨, 괜찮아요?"

"아아, 괜찮아, 사피나 짱. 고맙구나."

사피나가 숨을 내뱉은 뒤 주변을 경계하면서 말을 걸자 셰리 씨가 대답했다.

"그나저나 그 몬스터랑 이리도 빨리 재회할 줄이야. 이것도 운명일까?"

"그런 운명, 싫은데요."

셰리 씨가 경계하면서도 넉살스럽게 말하자 나는 일단 딴죽을 걸어뒀다.

왜 경계하고 있느냐면 몬스터의 소리가 안쪽에서 잇달아 들리기 시작했기 때문이다.

알에서 나와 급속도로 성장해가는 모습은 기이했다. 지금껏 봐왔던, 혹은 배웠던 몬스터 중 그 어느 것에도 해당하지 않았다.

그리고 더 안쪽에는 길이가 3m쯤 되는 거대한 고깃덩어리가 있었다. 전체를 휘감고 있는 혈관이 꾸물꾸물 맥동하고 있고, 여러 개나 달린 기이한 눈알로 이쪽을 힐끔힐끔 쳐다보고 있다. 얼핏 보아하니 팔다리가 없어서 스스로 움직이지 못하는 듯하다.

〈저게, 알의 모태(母胎)인 것 같네. 우리 존재를 감지하고서 알을 부화시키려고 하는 것 같아.〉

"윽, 멋대로 들어와서 화가 난 건가?"

〈으으응, 굳이 말하자면 먹이가 제 발로 찾아와줘서 기뻐하고 있는 느낌인 것 같은데. 안심해, 우릴 환영하고 있어.〉

"그건 그것대로 달갑지 않네."

〈하지만 저 모태는 스스로 아무것도 할 수 없는 것 같아. 저런 꼴로 용케도 이 엄혹한 자연에서 연명해왔네. 그 비결을 꼭 듣고 싶어.〉

"아니, 아니, 지금은 그런 걸 궁금해할 때가 아닌 것 같은데."

나는 정령과의 대화를 일단 끊고서 현재 가장 앞에서 경계하고 있는 사피나의 등을 봤다.

"사피나! 모두를 데리고서 밖으로 대피해."

"어, 메어리 님은요?"

"저게 움직이지 못하니 내가 범위 마법으로 이 일대를 깨끗이 쓸어버릴게. 휘말리지 않도록 어서 대피해!"

"알겠습니다!"

알에서 몬스터들이 잇달아 태어나고 있다. 최악에는 몬스터들이 무제한으로 솟아나는 영원한 루프가 벌어질 가능성이 있다.

그렇다면 고위 마법으로 모태와 함께 한꺼번에 쓸어버리는 게 상책이다.

사피나는 내 의도를 짐작하고서 토를 달지 않고 바로 행동했다.

모두가 방에서 나가는 것을 지켜본 뒤 나는 심호흡을 하고서 다시금 표적을 확인했다.

상대는 크기만 클 뿐 꼼짝도 못 하는 모태 하나와 그 권속 몬스터 한두 마리다. 사피나 및 일행들과 함께 싸워도 문제가 없을 만한 숫자이긴 하지만, 상대는 미지의 몬스터다. 무슨 일이 벌어질지 알 수 없으니 보험을 들어둬서 나쁜 건 없겠지.

참고로 그 일을 벌일 존재는 몬스터가 아니라 바로 나다. 내가 워낙 두부 멘탈인지라 상대가 예상치 못한 행동을 벌였을 때 당황한 나머지 사고를 칠 가능성이 있다.

(훗, 내 입으로 말하게 하지 마, 창피하잖아.)

자학적으로 웃으며 상대를 보고 있으니 어머나 세상에. 두 마리쯤으로 알고 있었던 권속 몬스터가 어느새 약 열 마리쯤 불어나 있었다.

엄청난 번식력. 어떤 벌레를 한 마리 발견하면 집 안에 이미 둥지를 튼 것이나 마찬가지라는 말이 떠오르는 전개에 나는 애가 타기 시작했다.

"하지마아아아안, 이럴 줄 알고 모두를 대피시켜놨으니 자질구레한 건 신경 쓰지 않겠어어어! 미안하지만 가차 없이 섬멸……."

상황을 정리하기 위한 시간 벌이라고 해야 할까, 자신에게 당부하기 위해서라고 해야 할까, 어쨌든 내가 외치자 그것을 신호로 몬스터들이 달려들었다.

"버, 버밀리온 노바아아아아아!"

나는 어찌할 바를 몰라서 갑자기 혼란스러워졌다. 그래서 모든 것을 휩쓸어버릴 것 같은 거대한 화염구를 몬스터들에게 던졌다.

그 결과, 밀실에 화염의 바다가 넘실거리고 있습니다.

가차 없다면 가차 없다고 할 수 있을지도 모르겠다. 뭐, 이건 상정해뒀던 상황이니 괜찮다고 해두자. 그런데 화염에 실내가 환해지면서 불타오르고 있는 거대한 고깃덩어리가 어떤 거대한 마도구에 직접 연결되어 있다는 걸 알아차렸다.

그리고 그 마도구에 불을 붙이면서 작은 폭발이 일어났다. 주위 벽에 균열이 일면서 무너지기 시작했다. 그리고 얼핏 나도 읽을 수 있는 '화기엄금'이라는 글자를 본 것 같은데 단순한 착각이었을까?

(아니, 아니, 아니, 여긴 고대 유적인데 내가 읽을 수 있는 글자라니, 그, 그런 게 있을 리가…….)

훗, 이런 착각을 했다니. 내가 어이없다는 듯한 몸짓을 하자 현실을 보여주려는 듯이 커다란 폭발이 일어났다.

(크, 큰일났다아아아아아아아……. 야단났어, 야단났어, 야단났어. 매직 아이템이 있는 줄은 몰랐다고!)

어쨌든 제아무리 둔감할지라도 나는 이곳이 곧 붕괴하리라는 것을 바로 깨달았다. 황급히 힘으로 열어버린 출입구를 지나 바깥에 있을 모두의 곁으로 달려갔다.

몇 분 뒤.

지상으로 나와 모두와 합류했을 즈음에 고오오오오오오, 하는 묵직한 소리가 울렸다.

"휴우~, 위험했어."

"아가씨, 괜찮으세요? 대체 무슨 짓을 저지르신 건가요?"

"튜테. 이런 상황에서는 '무슨 일이 있으셨어요?' 하고 물어봐야지."

한숨을 돌리고서 출입구를 바라보고 있으니 튜테가 조금 이상한 뉘앙스로 말하기에 정정해줬다.

"그럼 저쪽 잘못으로 붕괴했다는 말씀이신가요?"

"아뇨, 제가 저질렀습니다. 죄송합니다."

튜테가 지극히 당연한 논리로 받아치자 나는 즉각 죄를 인정하고서 사과했다.

"하지만, 저 모태가 매직 아이템이랑 연결되어 있을 줄 누가 알았겠냐고."

"그렇군. 장치가 폭발하면서 붕괴했다 이 말이군. 처음에 발견한 장치에서 파생된 걸까? 어쨌든 저게 인공물일 가능성이 농후해진 것 같네. 인공물이라……. 그거 아주 흥미롭군. 샘플도 챙겼으니 카이로메이어에 도착하거든 지인을 통해 조사해달라고 부탁해볼까."

내가 변명 겸 설명을 하자 셰리 씨가 샘플로 챙긴 알과 파편을 바라보면서 흐뭇하게 웃고 있었다. 그 웃음에서 셰리 씨의 매드 사이언티스트로서의 면모가 느껴져서 소름이 돋았다.

(이러니저러니 해도 셰리 씨도 마공기사라서 저런 창작물에 흥미가 있나? 뭐, 이상한 방향으로 구르지 않길 절실히 바라지만.)

〈우와~, 여러 일이 있긴 했지만, 막상 끝나고 보니 가슴이 조마조마 두근두근. 참 즐거웠어. 이게 모험이라는 거지? 자, 다음은 어떤 모험이 기다리고 있으려나. 얼른 다음으로 넘어가자. 이제 어디 가? 어디 가냐고?〉

수상쩍게 후후후, 하고 웃고 있는 셰리 씨에게서 왠지 모르게 거리를 벌리고서 일단 안전하다며 안도하고 있으니 흥분한 정령이 골치 아픈 소리를 또 했다.

"어디고 나발이고, 이젠 옆길도 새지 않고 곧장 카이로메이어로 갈 거야! 자, 모두, 카이로메이어로 렛츠 고오오오오오오!"

내 주위를 뿅뿅 뛰어다니며 재촉하는 정령을 붙잡은 뒤 나는 억지로 다음 목적지를 향해 걸어갔다.

"메어리 짱, 그쪽은 반대야."

곧바로 셰리 씨가 지적하자 창피해하며 발걸음을 돌렸다. 나는 마지막까지 칠칠치 못했다.

제2장 학원편 대서고탑 사건 2

✦ 01 ✦ 드디어 도착했습니다

"우와아아아, 저기가 카이로메이어구나. 탑이 엄청 커~."

거대한 호수 가장자리에서부터 이어지는 거대한 돌다리 끝, 호수 한가운데에 우뚝 서 있어서 멀리서도 보이는 대서고탑의 장관에 나는 소리 높여 감탄했다.

〈흐, 흐~음, 확실히 크긴 크네. 하지만 내 나무가 더 커.〉

"왜 넌 이 대목에서 경쟁심을 드러내는 거니."

〈난 말이야. 고대의 숲의 거대함 순위에서 1, 2위를 다툴 정도로 크다고 자부하고 있으니까. 그건 양보할 수 없어.〉

"그런 순위가 다 있구나……."

나와 함께 우와아아아, 하고 감탄하던 정령이 느닷없이 승부욕을 드러내자 나는 일단 딴죽을 걸어뒀다. 바라건대 이 세상은 넓고, 모르는 것은 많으니 그 마음을 고쳐먹기를.

"이봐~, 수속은 다 끝났어. 안으로 들어가 볼까!"

한발 먼저 문으로 향했던 셰리 씨가 어떤 절차를 마치고 돌아와서는 어서 오라는 듯 우리에게 손짓했다.

예정보다 대폭 늦어졌다. 우리는 드디어 원래 목적지인 카이로메이어에 도착했다.

커다란 문을 지나 우리는 동네 안으로 들어갔다.

"자, 도착한 건 다행인데, 마기루카 일행은 어디에 있으려나?"

"물어보니 여관에 있다고 하니 우선 그쪽으로 가자."

처음 보는 거리에 마음이 들떠서 두리번거리고 있으니 셰리 씨가 앞장서서 걸어갔다. 나는 그 뒤를 따라갔다.

셰리 씨가 카이로메이어에 자주 드나들었던 경험 덕분에 우리는 길을 헤매지 않고…… 아니, 길을 다소 묻긴 했지만…… 어, 어쨌든 여관에 무사히 도착하여 바로 자하와 만날 수가 있었다.

그러나 만나자마자 그가 왠지 다급한 기색을 보여서 마음이 불안해졌다.

"자하 씨, 오래 기다렸지? 어떻게든 합류했네."

"음, 그 목소리는 메어리 님? 왜 후드 같은 걸 뒤집어쓰고 있는 거야?"

내가 말을 걸자 자하가 고개를 갸웃거리며 물었다. 나는 마침 잘 됐다고 생각하면서 후드를 살며시 벗었다.

여기까지 오는 동안에 나는 정령과 수다를 떨다가 이번 여행의 방침으로 세운 남의 눈에 띄지 않고 살금살금 행동한다는 난제에 관해 대화를 나눴다.

타고난 성격 때문에 그렇게 행동할 수가 없었던 나는 기억 속에 있는 영화나 애니메이션에 등장했던 비슷한 인물들을 참고해보려고 했다. 그러나 시청자도 모르는 지점에서 살금살금이 성립했으며, 결과만 보여주고 과정은 보여주지 않았다는 사실만 깨달았을 뿐 전혀 도움이 되지 않았다.

일단 정령이 '네 외모는 이목을 끄니까 나처럼 숨기지 그래?' 하고 조언해줬다. 정체를 어떻게 하면 숨길 수 있을지 나는 감이 잘 오질 않았다. 그러다가 '정체를 숨긴다' = '얼굴을 가린다'라는 일 차원적인 결론에 도달한 나는 정령과 사이좋게 후드를 뒤집어쓰고서 여기까지 오게 됐다.

뭐, 후드를 쓰고 정체를 숨기는 여행을 막상 실행해봤더니 내 속의 낭만을 자극하는 구석이 있어서 그리 나쁘지는 않았지만…….

"뭐, 생각하는 바가 있어서 말이야. 어때, 눈에 안 띄지?"

"……주변 사람들 사이에서 유독 혼자만 모습이 이상한데……. 아니, 아무것도 아냐."

"……그나저나 왠지 서두르는 눈치인데 무슨 일 있어?"

방금 자하가 미적지근하게 대답하긴 했지만, 그래도 나는 만족하고서 곧바로 의문 나는 점을 물어봤다.

"앗, 맞아. 큰일 났어, 메어리 님. 마기루카가!"

자하의 말을 듣고서 내 마음속에 일말의 불안감이 스쳤다.

"마, 마기루카가 왜? 그리고 보니 레이포스 님의 모습도 안 보이는데."

"어, 어쨌든 대서고탑으로 가자, 안내할게!"

본인이 설명을 잘하지 못한다는 걸 자각했는지 자하가 입으로 설명하기보다는 직접 보라는 듯이 우리를 대서고탑으로 안내했다.

***

"마, 마기루카아아아!"

수십 분 뒤 대서고탑 한편에서 내 목소리가 되울렸다.

"……그 목소리는…… 어, 어머…… 메어리 님. 도착했군요."

"마기루카, 무, 무무무, 무슨 일이야?"

내 앞에는 의자에 앉아 책을 읽고 있는 것으로 짐작되는 마기루카가 있었다.

왜 추측하는 표현을 썼느냐면 그 주변을 에워싸고 있는 산더미 같은 책들 사이로 그녀의 모습이 얼핏 보였기 때문이다. 더욱이 그녀의 눈 아래가 거뭇하게 번져있기까지 했다.

"처음에는 괜찮았는데 말이지. 읽어야 할 책의 양이 점점 늘어나더니 마지막에는 이 탑에서 벗어날 수가 없게 됐어."

내가 의아해하자 마기루카의 근처에 있는 왕자님이 그녀를 대신하여 상황을 설명해줬다.

(응, 알지, 알아. 그런 클리셰. 근데 뭐, 이렇게까지 상황이 심각해질 줄은 몰랐지만…….)

"메어리 님이 도착하기 전까지 추천할 만한 책들을 추려볼 작정이었는데 정신을 차려보니 흥미에 꺾여서 그만 탐독하고 말았어요."

책을 치우고서 마기루카가 비틀거리며 안에서 나와서는 가냘프게 미소를 지었다. 나는 한마디 해주려고 했지만, 그 귀여운 몸짓과 나를 위해서 책을 찾아보고 있었다는 말에 그럴 마음이 사라졌다.

일단 마기루카를 튜테에게 맡겨 강제로 여관으로 돌려보내기로 했다. 그리고 입을 연 김에 곁에서 웅크린 채 지켜보고 있는 스노우에게 감사 인사를 하자 그녀가…….

〈뭐, 지켜보기로 약속을 했으니까. 근데 이토록 독서광이었을 줄이야. 솔직히 놀랐어. 근데 리리한테 흥미로운 책을 읽어주니 기뻐하길래 말리려야 말릴 수가 없더라.〉

그렇게 멋쩍어하면서 말하기에 나도 쑥스러워져서 털을 마구 쓰다듬어주려고 했지만, 되레 이목을 끌 것 같아서 꾹 참았다.

어쨌든 마기루카를 성녀로 보이게 하는 계획은 계속되어야만 하기에 스노우와 리리에게 그녀 곁에 있으라고 부탁했다.

물론 이 대화도 주변에서 듣지 못하도록 소곤소곤 나누고 있다. 응, 완벽, 완벽.

그런데 아까부터 누군가가 이쪽을 보고 있는 것 같은 기분이 든다.

나는 왕자님 옆에서 이쪽을 보고 있는, 낯선 엘프 여자애가 있음을 비로소 알아차렸다.

왕자님도 내 생각을 읽었는지 서로를 서로에게 소개해줬다.

시타라 불린 그 여자애는 정령수의 영역에서 그 일당에게 습격당했는데 왕자님 일행이 도와줬다고 한다. 우리가 카이로메이어로 가는 길임을 알고서 안내를 해줬다고 한다.

더욱이 이 대서고탑의 사서장을 맡은 아주 높은 사람임을 알고서 나는 황급히 후드를 벗고서 존댓말로 말했다. 그러자 그녀가 당치도 않다면서 친근하게 대해달라고 부탁했다.

그때 숨을 삼키며 놀라워하는 그녀의 얼굴이 인상적이었다. 후드 속에서 나 같은 여자애가 모습을 드러낸 게 그리도 놀랄 일인가 싶을 정도였다.

그리고 자기소개를 할 때 '아, 당신이 그 메어리 씨인가요? 뵙게 되어 기뻐요' 하고 말했다. '그 메어리 씨'라는 말이 몹시도 마음에 걸렸지만, 초면에 너무 꼬치꼬치 따져서는 안 될 것 같아 웃으면서 흘려버렸는데 과연 정답이었을까?

일단 그대로 우리는 모두 자리에 앉았다. 지금껏 겪었던 일들을 보고하고 정리하는 분위기가 자연스럽게 만들어졌다.

여담이긴 하지만, 셰리 씨와 시타는 서로 아는 사이인 모양이다. 셰리 씨가 말했던 지인은 아마도 그녀인 듯했다. 세상이란 참 넓은 것 같으면서도 좁은 것 같다.

"그랬구나. 기란 씨가 그런 알을 갖고 있었을 줄이야……. 그 남자가 책을 반출한 건 알고 있었지만, 어떻게 반출했는지는 왠지 알 것 같아."

대화를 한바탕 듣고서 시타가 혼자서 납득했다.

"오르트아기나서라고 했던가? 그건 지금 리그레슈의 손아귀에 있겠지. 어떻게 열리지 않는 서고에서?"

이 중에서 시타와 가장 친한 셰리 씨가 우리의 심정을 대변하듯 물었다.

"증거는 없지만, 아마도 평소에 갖고 다녔던 알을 기회다 싶어 그 안에 놔뒀겠지. 시간차를 두고서 부화한 몬스터가 안에서 나올 때 서고 안으로 침입하여 책을 반출했다……. 그렇게 가정하면 그날 탑 안에 몬스터 한 마리가 어떻게 침입했는지 설명이 돼. 뭐, 막상 뚜껑을 열어보면 '뭐야, 그런 거였어?' 하고 여길 테지만, 기란 씨의 무계획성 때문에 꼬리가 밟힐 줄은 리그레슈도 미처 계산하지 못했겠지만."

"잠깐만, 안에서는 열 수 있어?"

"앗, 안에서는 쉽게 열 수 있어. 이거, 비밀이야."

시타가 설명하자 셰리 씨가 의문을 던졌다. 그러자 시타가 난처해하며 작은 목소리로 대답하고서 쉿, 하고 검지를 입에 댔다.

대서고탑의 현 상황을 잘 아는 사람이라면 이 설명으로도 납득할 수 있겠지만, 잘 모르는 내 머리 위에는 아직도 물음표가 떠 있다. 그러나 꼬치꼬치 캐묻는 건 예의가 아닌 것 같아서 그런가 보다, 하고 넘어가기로 했다.

"그보다도 셰리, 그 알 말인데, 도시를 습격한 몬스터를 조사하고 있는 사람한테 넘겨도 될까? 어쩌면 동일한 몬스터일지도 몰라."

"OK, 나도 전문가한테 맡길 생각으로 가져왔으니 잘됐네."

"그나저나 이런 타이밍에 용케도 그런 물건을 손에 넣었네."

"그건 메어, 가 아니라 정령수님 덕분이야. 뭐, 노린 건 아니고 진짜 우연, 우연. 설마 너희들도 찾는 물건이었을 줄이야. 나도 놀랐어."

"흐~음……."

시타와 대화를 나누던 도중에 내 이름이 나올 뻔하자 셰리 씨가 황급히 말을 고쳤다. 훗훗훗, 이럴 줄 알고 사전에 나를 언급하지 말라고 신신당부를 해뒀지. 시타가 이쪽을 힐끗 쳐다본 것 같지만 기분 탓, 기분 탓.

"그, 그나저나 레이첼은 뭘 하고 있나? 안 보이는데."

"리그레슈에 관해 조사하고 있어. 옛날부터 이 도시에 잠복해 있었던 것 같으니 금세 종적을 알아낼 수 있을 것 같다면서."

셰리 씨가 화제를 돌리고자 대화를 이어나가던 중에 모르는 사람의 이름이 나와서 나는 고개를 갸웃거렸다. 그러자 옆에 앉아 있는 왕자님이 레이첼이 누군지 간단히 설명해줬다. 내가 모르는 사이에 카이로메이어에서 소란이 꽤나 벌어졌었나 보다. 하필 그런 때에 방문했으니 이번 사건에 얽힐 것 같다는 예감이 들었다. 나는 어떻게 해야 더욱더 은밀하게 행동할 수 있을지 고민했다.

〈잘 모르겠지만 두근두근 설레는 전개가 벌어질 것 같네 ♪ 얘얘, 메어리, 우린 이제 어쩔까? 뭘 할까?〉

뭐가 그리 기쁜지 사피나의 무릎 위에서 정령이 들뜬 목소리로 나에게 말을 걸었다. 정령이 사피나의 무릎 위에서 안겨 있는 건 그녀가 안고 싶어서가 아니다. 정령이 탑 안을 돌아다니며 소동을 일으키지 않도록 붙잡아두고 있는 것뿐이다.

(어? 왜 내가 직접 하지 않느냐고? 훗, 내가 그런 짓을 했다가

는 무의식적으로 집어 던지고서 계속 으르렁거리는 미래밖에 보이질 않으니까.)

아직도 맨드레이크 아종 알레르기를 극복하지 못한 나는 속으로 우쭐댔다.

"거기, 까불거리지 마. 이 동네를 잘 모르는 우리가 야단법석을 떨면 모두한테 민폐를 끼칠 거야. 우린 얌전히 여관으로 돌아가서 꼭 필요할 때 힘을 빌려주면 되지 않겠어?"

〈에엥~, 모처럼 여기까지 왔는데 시시해~.〉

"시시해도 괜찮아."

이번 사건에 끼어들 마음으로 가득한 정령을 나무라고서 이야기가 다 끝났나 싶어서 모두를 둘러봤다.

그러자 놀란 얼굴로 이쪽을 쳐다보고 있는 시타와 눈을 마주쳤다.

"시타, 왜 그러는 거야?"

"어, 아, 아니, 정령수님이랑 상당히 사이가 좋구나 싶어서 새삼스레 놀란 것뿐이야. 어쩌면…… 앗, 으으응, 아무것도 아냐, 아무것도."

"그, 그래?"

내가 묻자 시타가 무언가를 말하려다가 황급히 얼버무렸다.

논의를 마치고서 모두 제각기 움직이기 시작하자 나는 일단 여관으로 돌아가야겠다며 자리에서 일어서 후드를 뒤집어썼다.

"난 전문가한테 넘겨줄 물건을 넘겨주고 올 테니 너희들은 너희들끼리 행동해줘."

일 중독인지 도착하자마자 행동을 개시하려는 셰리 씨가 그렇게 말하고서 탑 밖으로 걸어갔다.

"난 조금만 더 여기에 있을까 해. 책을 다 읽지 못했으니."

"레이포스 님께서 남으신다면 저희도."

대화를 마치고서 한숨을 돌리니 대량의 책들이 눈에 들어왔다. 마기루카 정도는 아니더라도 내가 원하는 내용이 담긴 책이 있을지도 모른다는 기대감이 부풀어서 어서 살펴보고 싶다는 마음이 들었다.

"아니, 괜찮아. 메어리 양과 일행들은 이제 막 도착했으니 어서 여관으로 돌아가 쉬도록 해."

"맞아, 왕자님 호위는 내가 맡을 테니 메어리 님 일행은 여관으로 돌아가라고."

내 생각과는 정반대로 두 남자가 그렇게 말했다. 나는 떨떠름하게 느끼면서도 일단 이 탑을 나가기로 했다.

그러나 나는 미처 알아차리지 못했다.

지금 내 곁에 튜테도, 마기루카도 없다는 사실을……

더 알기 쉽게 말하자면 사고를 치기 일쑤인 내 체질에 제동을 걸어줄 존재가 없다는 사실을……

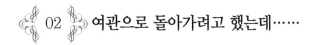

02 여관으로 돌아가려고 했는데⋯⋯

"신이 나서 너무 안쪽으로 들어왔나? 어디가 어딘지 모르겠네."

나는 낯선 골목의 깊은 곳에 우두커니 서 있었다.

간단히 설명하자면 지금 나는 절찬리에 미아 스킬을 발동하는 중이다.

사건의 발단은 이렇다. 여관으로 돌아가던 도중에 기왕 거리에 나왔으니 이 동네를 살짝 둘러보자는 생각이 들었다.

평상시였다면 튜테나 마기루카가 목적이 바뀌었다면서 제정신을 차리게 해줬을 테지만, 공교롭게도 현재 두 사람은 부재중이다. 나와 정령은 아무런 지적도 받지 못한 채 마음 가는 대로 여기저기를 돌아다녔다.

내 모든 행동을 긍정하는 사피나는 우리를 전혀 제지하지 않았다. 정신을 차려보니 인적이 드문 골목에서 '여긴 어디?' 하고 자문하는 신세가 되고 말았다.

"메어리 님, 왜 그러세요? 이 근처에 뭔가 신경이 쓰이는 것이라도?"

내가 발걸음을 뚝 멈추자 사피나가 의아해하며 물었다.

〈그래, 이 부근에 온 뒤로 왠지 주변 사람들이 이쪽을 힐끔힐끔 보는 것 같네.〉

사피나가 질문하자 내가 아닌 정령이 대답하고서 주변을 신경

썼다.

그 말을 듣고서야 비로소 얼마 안 되는 이 동네 사람들이 우리를 볼 때마다 순간 경계하는 듯한 기색을 내비치고 있음을 깨달았다.

후드를 뒤집어쓰고 있는 수상쩍은 2인조가 돌아다닌다면 확실히 조금 경계할 만도 하다. 그러나 어른이라면 모를까 우리 같은 어린애까지 경계하는 건 좀……

그러나 여관으로 돌아가던 도중에 살짝 옆길로 샜다가 완전히 탈선해버렸기에 이제는 슬슬 돌아가는 편이 나을 듯하다.

물론 길을 알고 있을 때의 이야기지만…….

"으~음, 뭐, 슬슬 돌아가도록 할까."

"그래야겠네요."

"구, 궁금해서 묻는 건데 사피나는 돌아가는 길을 알고 있을까?"

"으음, 부끄럽지만 여관 위치는 알지 못합니다. 하지만 큰길로 나가는 길은 알고 있으니 거기서부터 한번 찾아보면……."

내가 질문하자 사피나가 부끄러워하며 대답했다. 나는 '훌륭하다!'고 칭찬하듯 그녀를 부둥켜안고서 마구 쓰다듬었다.

"저, 저기, 으음, 메어리 님?"

"훌륭해, 사피나. 그 방향 감각이 내게도 있었으면 좋겠는데."

"야, 너. 여기서 뭘 하는 거냐."

내가 사피나를 칭찬하고 있으니 멀리 떨어진 곳에서 웬 남자가 말을 걸어왔다.

갑작스러워서 나와 사피나는 경계하며 그쪽을 쳐다봤다. 그러자 나와 정령처럼 후드를 뒤집어쓰고 있는 남성이 주변을 두리번거리며 서 있었다.

얼핏 보아하니 우리를 습격하려는 불한당은 아닌 것 같다.

"집회에서 얘기를 막 들었잖냐. 요즘에 대서고탑 녀석들이 리그레슈를 찾아내려고 냄새를 맡으며 돌아다니고 있으니 한동안은 권유를 자제하라고."

"어, 리그레슈? 집회?"

주변 눈치를 살피며 남자가 속닥거리자 나는 놀라서 되물었다.

"뭐야, 너, 신참이냐? 그런가, 그래서 여기서 권유하고 있었던 거냐. 여긴 권유 활동을 너무 많이 한 바람에 주민들이 경계하고 있어서 다들 발길을 끊었는데."

내 반응을 어떻게 받아들였는지 모르겠지만, 저 후드남은 나와 정령을 신참 권유꾼으로 오해하고 있는 듯했다.

기본적으로 사람이 좋은 건지, 남을 잘 챙겨주는 성격인지 모르겠지만, 내가 걱정돼서 말을 건 모양이다.

덩달아서 이 주변 사람들이 왜 우리를 경계하고 있었는지 그 이유를 알 것 같다.

(아니, 근데 경계심을 살 정도라니 대체 어떻게 권유를 하며 돌아다닌 걸까.)

그리고 한 가지 더 깨달은 게 있는데, 지금 저 남자와 나누고 있는 대화 내용은 나와는 관련이 없는 것 같지만, 방금 막 생긴

내 친구에게는 대단히 요긴한 정보일지도 모른다는 사실이었다.

그래서 나는 괜한 의심을 사지 않도록 뒷손으로 사피나에게만 보이게끔 손짓을 하면서 어서 이곳에서 벗어나라고 신호를 보냈다. 그러자 그녀가 이해해줬는지 황급히 이곳에서 멀어졌다. 남자의 눈에는 당황한 사피나의 모습이 권유꾼으로부터 달아나려는 사람처럼 비쳤는지 가만히 지켜보기만 할 뿐 아무 행동도 하지 않았다.

"응, 뭐, 앞으로는 조심해. 성가신 분란은 일으키지 마. 우린 과격파 녀석들이랑 달리 일을 온건하게 진행하고 싶으니까."

남자가 한숨을 내쉬면서 충고해줬다. 그러나 무슨 소리를 하는지 전혀 모르기에 나는 대꾸도 못 한 채 멍하니 있었다. 그러나 이야기에 맞춰주기 위해서 일단 고개만 끄덕여줬다. 문제는 정령인데, 그녀는 나보다 더 이 상황을 이해하지 못했는지 고개만 자꾸 갸웃거리고 있었다.

"집회에 가서, 얘기를 더 자세히 듣고 싶은데……."

시간을 더 끌었다가는 정령이 쓸데없는 소리를 내뱉어 우리의 정체가 발각될지도 모른다. 그래서 나는 듣고 싶은 정보를 간략히 물어보기로 했다.

"음, 지금이라면 아직 그 다리에 있잖냐. 어쨌든, 눈에 띄는 행동은 자제해."

그 말만을 하고서 남자가 이곳에서 얼른 떠났다. 대신에 사피나가 우리 곁으로 슬며시 돌아왔다.

"과연……. 혹시 메어리 님께서는 이걸 기다리고 있었다……."

"이게 뭘 가리키는지는 모르겠지만, 아마 아닐 거야. 아니라니까."

사피나가 혼자서 납득한 듯한 표정으로 말하자 나는 조건반사로 부정해뒀다.

"그래서 어떻게 할까요? 쫓을까요?"

"으으응, 그 사람은 말단인 것 같으니 그 이상의 정보는 얻어내지 못할 거야. 그보다도 그 다리 밑으로 가는 편이 좋겠네. 지금이라면, 이라고 말했으니 시간이 별로 남지 않았을 거야."

〈다리라……. 이 동네에서 다리라고 하면 출입구 쪽 대교? 왠지 재밌어지는데.〉

"재미없어, 재미없어. 알겠니~? 우린 어디까지나 확인을 하러 가는 거야. 멋대로 굴면 안 돼."

사피나와 의논하고 있으니 정령이 신나게 뿅뿅 뛰면서 끼어들었다. 나는 단단히 못을 박아뒀다.

"일단 정령이 말한 대로 대교로 가보자."

의논을 매듭짓고서 나는 다음 행동에 나서기 위해 걸어갔다. 그리고 이내 문득 떠오르는 바가 있어서 발걸음을 멈췄다.

"궁금해서 묻는 건데, 이쪽이 맞아?"

"으음…… 아마도, 반대일 거예요."

사피나 쪽을 힐끔 봤더니 그녀가 어줍게 대답했다.

아직도 내 미아 스킬이 절찬리에 발동되고 있는 모양이다. 그런 줄도 모르고 앞으로 나아갔더라도 사피나는 분명 말리지 않겠지.

(위험해, 위험해. 똑같은 실수를 되풀이할 뻔했어.)

***

우리는 앞장선 사피나를 따라서 무사히 카이로메이어의 입구이기도 한 대교에 도착했다.

〈도착한 건 다행인데, 다리 아래면 호수 아냐?〉

도착하자마자 방정맞긴 하지만, 대교 난간 위에 서서 주변을 둘러보면서 정령이 말했다.

다리 아래라고 해서 작은 섬이 한두 개쯤 있을 줄 알았는데 얼핏 보니 그런 건 없고, 완전히 호수 위에 다리가 세워져 있었다.

"그렇게 간단히 풀릴 리가 없지. 확인도 하지 않고 우쭐대며 시타한테 알려주러 갔더라면 망신을 당할 뻔했어. 확인이란 참 중요해."

"그 정보가 거짓이라는 건가요?"

"으으응, 그 상황에서 우리한테 거짓 정보를 퍼뜨려봤자 무슨 의미가 있었겠어. 즉, 우리가 장소를 착각했든가, 혹은 간과했거나 둘 중 하나일 거야."

장소가 틀렸다면 이곳 지리에 어두운 우리가 나설 상황이 아니다. 어서 시타에게 알려주는 편이 현명할지도 모른다.

그러나 간과한 것이라면 대체 뭘 놓친 것일까? 현재 모두 감조차 잡지 못하고 있다.

"야, 거기 꼬맹이! 위험하니까 거기서 내려와!"

셋이서 으~음, 하고 고민하고 있으니 또다시 낯선 남자가 말을 걸었다기보다 주의를 했다.

문을 지나면서 봤던 치안대원이다.

〈누가 꼬맹이야! 내 기준에서는 오히려 네가 더 어린애거든!〉

"뭐?"

"아~, 아뇨, 아뇨, 어린애 특유의 호승심을 부리고 있는 거예요. 저희가 떨어지지 않도록 지켜보고 있으니 걱정하지 마세요."

주의하려고 온 상냥한 치안대원에게 정령이 언짢아하며 호통을 치자 나는 황급히 두둔해줬다.

"아니, 뭐, 떨어지는 것도 문제이긴 하지만, 그보다도 이 부근에 또 대형 새 몬스터가 날아다니고 있거든. 뭐, 가능성은 거의 없긴 해도 습격할지도 모르니까."

"새 몬스터요? 어째서 가능성이 거의 없다는 건가요?"

"뭐, 그 새는 육식 몬스터가 아니니까. 주로 과일이나 식물, 앗, 그래, 그래, 마초(魔草) 같은 걸 먹어. 그러니 사람을 습격하지는 않지만, 이따금 그런 것들을 소지한 사람을 습격해서 빼앗곤 하지."

"아하~, 마초 말인가요…… 어, 마초?"

"응, 마초."

나는 고개를 끄덕여가면서 치안대원과의 대화를 즐기고 있었다. 그런데 불온한 단어가 들리기에 무심코 되물었다.

"야단났네, 거기서 빨리 내려……."

나는 정령이 있는 쪽을 돌아보며 외쳤다.

그리고 나는 봤다.

마치 카메라로 사진을 연속으로 촬영하듯 커다란 새 몬스터가 난간 위에 우뚝 서 있는 정령을 확 낚아채는 모습을…….

"""……."""

그 광경을 지켜본 우리는 상황을 받아들이지 못하고 한동안 침묵했다.

〈야아아아아아아아! 무슨 짓이야, 이 빌어먹을 새가아아아아아아!〉

허공에서 울리는 정령의 목소리에 나는 퍼뜩 제정신을 차렸다.

"아아아아아아앗, 정령이이이이이이이이이!"

나는 외치자마자 날아가는 새 몬스터를 쫓고자 달리기 시작했다. 사피나도 뒤를 따르듯 움직였다.

"어, 어쩌죠, 메어리 님!"

"마법으로 격추하려고 해도 몸놀림이 날쌔. 자칫 정령이 맞을지도 몰라."

"그럼 제가! 뒷일을 부탁드릴게요."

"어?"

"액셀 부스트!"

사피나가 그 말만 남기고서 나를 추월하고자 가속했다.

그리고 나는 믿기지 않는 장면을 본 것처럼 눈을 뻐끔거렸다.

이럴 수가. 가속한 사피나가 다리를 따라 날아가고 있는 새 몬스터와의 거리를 좁히더니 커다란 돌기둥을 엄청난 기세로 올라가는 게 아니겠어.

"사, 사피나 씨?"

믿기지 않는 것을 본 것처럼 나는 감탄했다.

그러는 사이에 사피나는 돌기둥 꼭대기를 박차고서 새 몬스터를 향해 뛰어올랐다.

그리고 마법을 부여한 진공의 일섬이 정확하게 새 몬스터에게 적중했다.

도에 베인 새 몬스터는 치명상을 입지는 않았지만, 그래도 놀랐는지 자세가 무너지면서 잡고 있던 정령을 놓쳐버렸다.

너무나도 정교한 기술에 박수를 보낼 뻔하다가 나는 문득 깨달았다.

(어라, 사피나가 호수에 떨어지겠어!)

사피나는 새 몬스터와의 거리를 좁히기 위해서 상공으로 몸을 던졌다.

그리고 그대로 착지하려고 해도 아래에는 호수뿐이다.

그때 나는 사피나의 말이 떠올랐다.

(뒷일을 부탁한다고 했잖아! 내가 사피나를 받아줘야 해.)

그리고 나는 사피나에 이어서 다리 밖으로 몸을 던졌다.

"레비테이션!"

떨어지는 사피나의 손을 잡자마자 나는 바로 부유 마법으로 추락을 저지했다.

멋들어진 연계에 나는 자화자찬하듯 으스대며 사피나를 쳐다
봤다. 사피나는 놀랐는지 눈을 깜빡거렸다.

"가, 감사합니다, 메어리 님."

"으으응, 고마워해야 할 사람은 바로 나야."

"저기, 그건 그렇고 정령님은?"

"앗······."

완벽한 성공에 도취해 무심코 마무리 지으려고 했던 나는 사피
나의 지적과 아래쪽에서 들려오는 풍덩, 하는 소리에 제정신을
차렸다.

〈야아아아아아아아아아, 난 무시하기냐아아아아아아!〉

그리고 정령이 힘차게 딴죽을 걸자 나는 가슴을 쓸어내렸다.

우선은 사피나를 다리 위로 데려가 내려놓은 뒤에 정령을 회수
하러 다시 다리 아래로 내려갔다.

다리 아래에서 멋들어진 자세로 이쪽으로 헤엄쳐오는 정령을
보고서 왠지 기시감이 느껴졌다.

(맨드레이크는 다 저런가? 아니면 식물의 특성인가? 뭐, 어느
쪽이든 상관없나.)

문득 떠오른 생각을 지우고자 머리를 가로저으니 정령이 다가
왔다.

〈메~어리······. 감히 이 몸을 무시하다니 배짱이 두둑하네~.〉

내가 다가가자 헤엄을 멈추고서 회수되기를 기다리면서 원망

을 늘어놓는 정령.

"미안, 미안, 사피나한테 정신이 팔려서 깜빡 잊은……게 아니라 망각했어."

〈그거 굳이 고쳐서 말할 필요가 없잖아아아아!〉

단어를 잘못 선정한 것 같아서 얼버무리려고 엉겁결에 떠오른 단어로 바꿔봤는데 그다지 차이가 없어서 정령이 발끈한 것 같다.

양쪽 주먹을 쳐들고서 항의를 해대는 정령을 달래면서 나는 고양이처럼 그녀의 목덜미를 붙잡고서 호수 밖으로 끄집어냈다.

그러자 고양이처럼 바동거리던 그녀가 꼼짝도 하지 않았다.

"왜, 왜 그래? 갑자기 얌전해져서."

〈아니, 가까이 와보고서 비로소 알아차린 건데, 저 다리 아랫부분…… 저길 보고 있으니 왠~지 싱숭생숭하네. 위험한 냄새가 풀풀 풍겨.〉

(냄새…… 앗, 예, 예, 마력 말이지.)

정령이 커다란 아치 하나, 호수에 접한 한편을 가리키자 나는 그쪽을 응시했다. 그러자 석벽 부분이 어른거리는 게 보였다.

(그렇구나…… 다리 아래라는 건 그런 뜻이었어……. 이건 찾아내기 힘들겠네.)

"사피나아아아아! 수상한 걸 발견해서 잠깐 보고 올게. 넌 거기서 기다리고 있어!"

나는 다리 밖으로 고개를 내밀고서 내려다보고 있는 사피나에게 큰 소리로 말했다. 그러고는 그대로 정령을 붙잡은 채로 목표

지점으로 두둥실 뜬 채로 이동했다.

그곳에는 우연이라고 해야 할까, 의도적이라고 해야 할까 돌출부가 있어서 착지할 수가 있었다.

그리고 내가 흔들리는 공간에 손을 대자 석벽이 쓰윽 사라지더니 그 안쪽에서 문이 나타났다.

〈앗, 메어리, 방금 뭘 한 거니?〉

"이게 바로 핸드 파워야."

정령이 놀라서 묻자 나는 의미를 알 수 없는 단어를 구사하며 얼렁뚱땅 얼버무리려고 했다. 지금껏 함께 여행하면서 겪은 바에 따르면 이 정령은 이런 상황에서 말을 흐리면 오히려 재밌어하며 물어보는 경향이 있다. 그래서 나는 딱 잘라 말하고서 더는 말을 보태지 않기로 했다.

〈핸드 파워?〉

"그래, 핸드 파워."

〈핸드 파워…….〉

"응, 핸드 파워. 모두한테는 비밀이야."

〈…………응…….〉

내가 끝까지 얼버무리자 그 박력에 눌렸는지 정령이 더는 묻지 않았다.

그런 대화를 주고받으면서 나는 문을 열고서 내부를 힐끔 살펴봤다. 어두워서 잘 보이지는 않지만, 구조가 간단한 방인 듯했다. 자재 창고로 쓰이던 흔적이 보였다.

(뭐야, 그냥 방…… 일 리가 없지. 그렇다면 굳이 숨길 필요도 없는걸.)

이곳에는 무언가가 있다. 나는 정령을 바닥에 내려놓고서 내부를 탐색하기로 했다.

〈캄캄하네. 근데 왠지, 금단의 냄새가 풀풀 풍겨.〉

내가 풀어주자 정령이 신나게 어두운 실내로 들어갔다.

"지금 내부를 밝힐 테니까 멋대로 행동하지 마. 네가 먼저 움직여서 잘 됐던 적이 없으니까."

〈무례하네, 내가 누군 줄── 뿅.〉

내가 빛 마법으로 실내를 밝히자마자 이쪽을 보면서 안으로 나아가던 정령의 모습이 슥 사라졌다.

환해지고 나서야 비로소 안 것인데, 내부 바닥 가운데에 구멍이 나 있었다. 정령이 뒤를 보며 나아가다가 구멍 안으로 쑥 빠진 모양이다.

(끄아아아, 잠깐 정찰하고서 뒷일을 시타한테 맡기려고 했더니 저 정령이이이! 대체 날 어디까지 휘말리게 할 셈이냐고오오오!)

나는 머리를 싸쥐면서도 차마 내버려 둘 수가 없었기에 구멍을 통해 아래로 내려갔다.

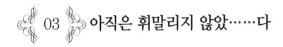

03 아직은 휘말리지 않았……다

"땅바닥에 처박혀 있었으면 완벽했을 텐데."

〈뭐가 완벽이야! 그게 떨어진 사람한테 할 소리냐아아아아!〉

아래로 내려간 뒤 만화 속 한 장면처럼 엎어진 채로 땅바닥과 키스하고 있는 정령을 발견하고서 내 입에서 나온 첫 말이 그것이었다.

정령이 벌떡 일어서 나에게 항의했다.

"괜찮아 보이네. 자, 얼른 돌아가자. 더 발을 내디뎠다가는 성가신 일에 휘말릴 것 같으니까."

나는 어이없다는 듯 한숨을 내쉬면서 위로 돌아가려고 했다. 그러자 무슨 생각인지 정령이 더 안쪽으로 터벅터벅 달려가는 게 아닌가.

〈무슨 소리야. 여기가 리그레슈의 집회장인지 아직 확인하지 못했잖아. 확실히 알아봐야지.〉

"아니, 아니, 수상한 분위기가 풍기니까 정답이겠지."

〈뭘 모르네. 어쩌면 다른 조직이 쓰는 곳을 우연히 발견한 걸지도 모르잖아. 그렇게 되면 체면을 구기는 건 바로 너야.〉

"그렇구나, 근데 진짜 속내는?"

〈여기까지 와서 아무것도 하지 않고 돌아가다니 재미없어……앗.〉

정령이 뜬금없이 진지하게 말하자 나는 말장구를 쳐주면서 슬쩍 속내를 떠봤다. 그러자 저 바보가, 아니, 솔직한 아이가 속내를 술술 내뱉었다.

〈큭, 내게 유도 심문을 하다니. 제법이네, 메어리. 무서운 아이.〉

"아니, 아니, 이 정도로 유도되는 네가 더 무서워."

진심인지는 모르겠지만 일단 정령의 말에 딴죽을 걸면서도 일리가 있는 것 같기도 해서 그대로 안쪽으로 나아갔다.

자연 암반을 목재로 보강한 통로는 갱도처럼 길었다. 마치 동굴을 탐사하는 것 같은 착각이 들 즈음에 그 풍경이 확 변했다.

도중에 우연히 발견한 것인데 자연 암반 일부가 회벽돌로 변한 지점이 있었다. 그곳이 파괴되어 안쪽으로 이어져 있었다.

안을 신중히 확인하면서 들어가니 유적 같은 곳이 나왔다.

불현듯 벽에 새겨진 무늬가 카이로메이어에 오기 전에 들렀던 그 지하 유적과 비슷하다는 걸 깨달았다. 그 유적도 카이로메이어와 관련이 있는 듯하다.

그러나 이곳에는 이상한 장치 같은 건 없었다. 벽 쪽에 가로로 길쭉한 상자가 많이 놓여 있다.

그건 마치 석관 같았는데…… 아니, 아무리 봐도 관이 맞는데, 누군가가 내부를 뒤졌는지 곳곳마다 뚜껑이 열려 있었다. 차마 들여다볼 용기가 나질 않아서 무시하기로 했다.

"여긴 옛 지하 묘지 같은 곳인가……. 혹시 지금도 사용되고 있나?"

〈내가 아는 엘프는 숲으로 되돌아간다는 의미에서 땅에 매장하는 걸로…… 앗, 카이로메이어 엘프는 다르던가?〉

내가 소박한 의문을 던지자 정령이 대답해줬다.

(나도 엘프를 잘 모르니까 장례 방식이 다양할지도 몰라……. 하지만 카이로메이어 엘프가 다른 엘프에 비해 수명이 짧다고 해도 우리 인간보다는 훨씬 길겠지. 옛날부터 이 지하 전체를 묘지로 써왔다면 대체 얼마나 많은 엘프가 세상을 떠났던 걸까.)

정령의 의견이 조금 마음에 걸려서 깊이 생각해보려고 했다. 그런데 저 앞에 불빛이 보여서 나는 숨을 죽이고서 그쪽에 집중하기로 했다.

"대체 무슨 소립니까? 대서고탑 관계자들이 우릴 경계하고, 찾고 있다니요?"

저 불빛 쪽에서 목소리가 들려왔다. 나는 귀를 기울이면서 천천히 천천히 다가갔다.

"최근에 탑 안에서 발견된 오르트아기나서를 우리 리그레슈가 훔쳤다고 짐작하고 있거든요."

질문한 쪽은 남성이고, 대답한 쪽은 목소리가 뭉쳐서 분명치는 않지만, 여성인 듯했다.

왜 목소리가 뭉쳐서 들렸는지는 그곳에 은밀히 도착하고서 밝혀졌다.

그 방에 우리와 비슷한 색깔의 후드와 망토를 걸치고 있는 여러 어른과 아이들이 있었다. 그들은 앞에 있는 어느 인물을 보고 있었다. 다들 등을 돌리고 있어서 내가 그 속에 슬쩍 섞여들더라도 아무도 눈치채지 못할 것 같다.

다들 이야기에 집중하고 있는 듯했다.

그리고 모두의 시선을 한데 받는 그 중심인물은 위아래 모두 새하얀 양복을 입고 있고, 하얀 망토를 걸치고 있다. 그리고 그 얼굴에는 검은빛이 감도는 수상쩍은 가면을 착용하고 있다.

목소리가 뭉쳐서 들렸던 이유는 아마도 저 가면 때문이겠지.

그 인물을 보고서 맨 먼저 떠오른 생각이 있었다. 색깔은 다르지만, 전체적인 모습이 그 가면남과 비슷한데 그들과 관련이 있는 걸까? 섣부른 억측일까?

"오르트아기나서가 도난당했다……. 아니, 그 책이 드디어 발견됐군요."

"예, 들은 바에 따르면 사서장과 관계자들이 서고 문을 여는 데 성공한 뒤에 책을 발견했다고 합니다. 근데 그날 밤에 기란이 빼돌렸다고 하더군요."

"기란이, 어떻게? 아니, 그보다도 그 녀석은 우리랑 관계가 없는데 왜 우리가 훔쳤다고?"

"현재 기란에게서 그 책을 빼앗아 소유하고 있는 세력이 검은 자들이기 때문입니다. 게다가 그들은 사서장을 납치하려고까지 했다고……."

"큭, 그 과격파 놈들. 책을 되찾은 것까지는 그렇다고 쳐도 사서장까지……. 왜 맨날 일을 크게 키우는 거야."

가면녀가 대답하자 남자가 볼멘소리를 내뱉었다.

들어보니 저 조직에는 파벌이 있는 것 같다. 으레 있는 신중파와 과격파가 다투고 있다는 느낌일까?

그러고 보니 이곳을 알려줬던 사람도 온건파라는 소리를 했던가?

어쨌든 이로써 이곳에 리그레슈가 있다는 건 확인했으니 이대로 뒤로 돌아서 뒷일을 시타에게 맡기는 게 상책이겠지.

(이거 잘 풀릴 것 같아! 난 아직 저지르지 않았어. 이대로 사피나 곁으로 돌아가기만 하면.)

나는 초조한 마음을 억누르면서 몰래 이곳을 뒤로———.

할 수가 없었다.

느닷없이 방과 이어져 있는 두 출입구에서 검은 괴한들이 떡하니 나타났다.

"이거 이거, 여러분. 오늘은 집회가 있다는 소리를 못 들었는데 무슨 의논들을 벌이고 있는 건가?"

검은 괴한들이 들어와서 포위하자 가면남이 빈정거리며 무리 안에서 나타났다.

"어째서, 당신이 여기에……!"

"훗훗, 우리의 아지트 위치를 대서고탑 녀석들한테 슬쩍 흘리면 내가 붙잡히든가, 책을 탑으로 되돌릴 수 있다고 생각한 모양인데,

안타깝지만 너희들이 아는 그곳은 진짜 아지트가 아냐. 지금쯤 그 방에 남겨둔 단서를 토대로 녀석들이 이리로 오고 있겠지."

"뭐라……."

가면녀가 놀라서 말하자 가면남이 제대로 속였다며 흐뭇해하는 투로 대답했다.

(야야야야, 야단났네. 혹시 제대로 휘말린 건가요, 나?)

놀라서 동요하고 있는 사람들 사이에서 아마도 다른 이유로 초조해하고 있는 나.

"그렇다면 왜 이곳에? 설마 그 사실을 미리 알려서 달아나게 할…… 생각으로 온 건 아니겠군요."

"제대로 봤군. 오르트아기나서를 입수한 지금, 너희 학자들은 이제 쓸모가 없어졌으니 이만 퇴장해주십사 부탁하려고 왔지."

그 말을 신호로 검은 괴한들이 각자 무기를 꺼냈다.

"대서고탑 녀석들한테는 궁지에 몰린 리그레슈 일원들이 자살했다느니, 내부에서 다툼이 벌어져서 전멸했다느니 그럴듯하게 전해두지. 그리고 오르트아기나서는 영원히 행방이 묘연해진다……. 그러니 안심하고 죽어다오."

"어리석기는…… 사서장은 당신의 존재를 알고 있습니다. 당신이 없다면 전멸했다고 여기지 않을 텐데?"

"그건 어디까지나 가면을 쓴 나를 알고 있는 거지, 정체까지 아는 건 아냐. 너희들 시체 중에 하나에 가면을 씌워두면 끝나겠지. 그 녀석들은 어수룩하니까 말이야."

긴박한 분위기 속에서 홀로 비웃는 가면남.

그런 와중에 나는 포위하고 있는 남자들의 위치를 정확히 파악하는 데 매진하고 있었다.

"훗훗훗, 아무리 네가 우수할지라도 이렇게 많은 자를 지키면서 홀로 싸우는 건 벅차겠지. 뭐, 그걸 노리고 오긴 했지만 말이야. 아아, 그래, 그래, 지금쯤 이곳 정보가 사서장한테 알려졌을 테니 곧 이리로 당도하겠지. 우리 손바닥 위에서 놀아나는 것도 모른 채 말이야."

"네 이노오오오옴!"

가면남이 사서장 이야기를 꺼낸 순간, 냉정했던 가면녀가 격노했다. 그것을 신호로 검은 괴한들이 움직이기 시작했다. 그리고 가면남은 크게 웃었다.

"개틀링 에어 블릿!"

나는 위치를 파악한 검은 괴한들에게 일제히 공격을 가했다.

무수히 많은 진공탄이 거의 동시에 검은 괴한 4명에게로 쏟아졌다. 그들은 무슨 일이 벌어졌는지도 모른 채 저 멀리 날아가서는 꼼짝도 하지 않았다.

순식간에 벌어진 일이었다.

"……아니?"

그 광경을 보고서 비웃던 가면남이 웃음을 거뒀다. 그는 무리의 최후미에 있는 나를 보고 있었다. 그걸 눈치챘는지 모두 뒤를 돌아보며 물러섰다. 나와 가면남 사이에 공간이 생겼다.

"누, 누구냐, 네놈은!"

후드를 쓰고 있어서 나인 줄 모르는 건지 호통이 들려왔다. 방금 그 여유는 어디로 갔담?

"어라, 지난번에는 다짜고짜 나이프를 던졌는데 이번에는 아니네."

나는 유일하게 드러난 입꼬리를 씨익 올리고서 의미심장하게 말해봤다.

"나이프를 던졌다……? 헉, 그, 그 목소리는…….”

내 대답을 듣고서 정체를 알아차렸는지 남자의 음색이 어두워졌다. 상대가 바짝 경계하고 있기에 나는 정답을 알려주듯 후드를 천천히 벗었다.

"너, 넌 머리가 맛이 간 마법 소녀!"

"커헉!"

그리고 나는 마음에 커다란 대미지를 입고 말았다.

04 책 탈환

　메어리가 정신에 대미지를 입기 조금 전, 시타는 대서고탑 밖에 나와 있었다.

　조금 전 레이첼이 보낸 심부름꾼이라고 밝힌 남자가 리그레슈의 집회 장소를 찾아낸 것 같다고 보고하러 왔다.

　예상보다 빨라서 '역시 레이첼' 하고 감탄하면서 합류하기로 했다. 그리고 오르트아기나서를 되찾기 위해 곧장 행동에 나섰다.

　시타는 중앙로를 걷다가 여관 근처에서 신수를 대동하고 있는 금발 소녀와 흑발 메이드를 발견했다.

　"마기루카 씨, 안 쉬어도 되겠어?"

　시타가 말을 걸자 마기루카가 이쪽을 보고서 다가왔다. 왠지 불안해하는 듯한 기색이다.

　"시타 씨, 메어리 님 일행은, 아직 탑에 있나요?"

　"전하랑 자하 씨는 탑에 남았고, 메어리 씨랑 사피나 씨는 함께 여관으로 돌아간 걸로 아는데?"

　조금 불안해 보이는 마기루카의 물음에 답하다가 시타는 불온한 생각이 불현듯 떠올랐다.

　"설마, 두, 두 사람이 아직도 안 돌아온 거야?"

　"……역시 돌아오는 도중에 둘이서 행동을 벌이기로 했나 보군요. 큰일 났네요, 튜테."

시타는 그 말을 듣고서 속을 태웠지만, 메어리의 행동을 잘 알기에 이내 냉정을 되찾은 마기루카가 뒤에 서 있는 메이드 튜테에게 말을 걸었다.

"예, 아마도 아가씨의 행동에 사피나 님이 이의를 제기할 리가 없을 테니 질질……."

두 사람이 작은 목소리로 속닥거려서 잘 듣지는 못했지만, 아마도 메어리가 뭘 했는지 짐작 가는 바가 있는 듯했다.

시타는 문득 메어리와 처음 만났을 때를 떠올렸다.

후드를 벗었을 때 봤던, 아름답게 휘날리는 은발이 몹시 인상 깊었다. 그것은 책에 적혀 있는 '백은의 성녀'의 모습과 딱 들어맞았다. 그녀가 무슨 행동을 할 때마다 자꾸만 눈길이 가서 쓴웃음을 지었다.

돌이켜보니 후드를 쓰고 있었을 때 신수에게 말을 걸었던 것처럼 보였고, 무엇보다도 그 정령수를 여기까지 데려온 것도 모자라서 아주 친하게 대화를 나눴기에 놀라움을 감출 수가 없었다.

그런 그녀가 지금, 여관으로 돌아가지 않고 사피나와 함께 종적을 감춘 듯하다.

"큰일이야. 뭔가 바람직하지 않은 사건에 휘말려서 돌아오지 못했을지도. 어서 찾아야 해."

"그래요. 예기치 않은 사건에 발을 내디뎠을지도 몰라요. 어서 찾아야 해요."

시타가 걱정해서 다급히 마기루카에게 말하자 그녀도 찬성했다.

그런데 왠지 뉘앙스가 다른 것 같은데 기분 탓일까?

어쨌든 지금은 리그레슈를 찾는 것보다 메어리 일행을 찾는 게 급선무겠다 싶어서 수색 대상을 바꿨다. 그러자 이내 문 앞에 있던 치안대원이 두 사람의 정보를 알려줬다.

"사피나 씨!"

"앗, 마기루카 씨. 그리고 시타 씨도."

마기루카는 그대로 대교를 나아가다가 치안대원이 알려준 대로 다리 중간에 서 있던 사피나를 발견하고는 말을 걸었다.

사피나가 합류하고서 들려준 이야기를 정리하자면 메어리가 리그레슈 집회장 정보를 입수하고서 바로 그 입구를 찾아낸 듯하다. 어디까지나 추측이기에 확인하기 위해 그녀가 홀로 잠입했다고 한다.

아까 보고를 받은 바에 따르면 카이로메이어 밖에 있는 다 쓰러져가는 다리 잔해 아래라고 했다. 그런데 이렇게 가까이에, 더욱이 도착하자마자 곧장 다른 입구를 찾아냈을지도 모른다니. 메어리의 역량에 놀라움을 감출 수가 없었다. 동시에 그 재능에 두려움조차 느껴졌다.

그녀가 보여준, 터무니없을 정도로 신속한 상황 판단 능력과 비밀리에 움직이는 모습이 외교석상에서 몇 번 만났던 레리렉스 왕국의 '얼음의 마녀'를 방불케 했기 때문이다.

그리고 보니 황금의 공주 이야기에도 백은의 성녀라 불리는 소녀가 신의 계시를 바탕으로 모두를 은밀히 이끌었다고 적혀 있었다.

이야기를 읽었을 때는 '우와, 대단해' 하고 놀라면서도 어디까지나 허구에 불과하다며 흘려버렸지만, 설마 현실에 그걸 해내는 인물이 있을 줄은 몰랐다. 놀라움을 감추지 못하는 것도 당연하다.

"좀처럼 돌아오지 않는 걸로 보아 안에서 무슨 일이 벌어지고 있는지도 모르겠군요. 우리도 내려가죠."

시타가 다른 생각을 하고 있으니 마기루카가 제안했다. 시타는 바로 수긍하고서 행동에 나섰다.

부유 마법으로 내려가 보니 이런 곳에 문이 있는 게 아닌가.

이곳에 몇 년씩이나 살았으면서도 문의 존재를 전혀 알아차리지 못했다. 시타는 메어리의 통찰력에 더욱 감탄했다.

문이 크지 않아서 신수는 튜테와 함께 다리에 남아 있기로 하고, 시타와 마기루카, 사피나가 안으로 들어가기로 했다.

마치 메어리의 인도를 따르듯 그녀의 뒤를 쫓던 시타는 지하로 내려가 안쪽으로 들어갔다. 그리고 전투가 벌어지는 현장과 맞닥뜨렸다.

"메어리 씨!"

가면남과 대치하고 있는 메어리를 보고서 시타는 목청껏 외치지 않을 수가 없었다. 그래서 모두의 시선이 그쪽으로 쏠렸다.

"말도 안 돼. 예정보다 빨라, 너무 빨라. 게다가 왜 그쪽에서 온 거냐. 원래는 우리가 그랬듯 반대쪽에서 왔어야 했는데⋯⋯."

"시⋯⋯, 사서장이 어째서 일부 사람밖에 모르는 후문 쪽에서⋯⋯."

시타를 보고서 가장 놀란 사람은 가면을 쓴 두 사람이었다. 그리고 두 사람은 뭔가 눈치챈 듯한 얼굴로 동시에 메어리를 쳐다봤다.

"시타. 지금 리그레슈를 양분하고 있는 두 파벌이 싸우는 중이야."

모두가 주목하는 상황에서 뒤늦게 시타 일행이 왔음을 알아차린 메어리가 현 상황을 간략하게 설명했다. 왠지 모두의 시선을 자신이 아닌 시타 쪽으로 돌려보려는 느낌인데 기분 탓이겠지.

"아. 옛. 어, 파벌?"

"아마도 가면남의 뜻을 따르는 자와 그렇지 않은 자가 있겠죠. 그 두 세력이 지금 다투고 있는 거고요. 메어리 님한테 적의를 드러내고 있는 건 저 가면남뿐. 이미 쓰러뜨린 거나 마찬가지예요."

메어리가 설명해줬는데도 워낙 갑작스러워서 상황을 제대로 파악하지 못한 시타 옆에서 마기루카가 자기 나름대로 해석을 해줬다.

"……과연. 즉 가면남은 지금 아군이 없다……."

마기루카의 말을 듣고 상황을 다시금 살펴봤더니 그렇게 보이는 것도 같다. 시타는 상황을 대강 파악했다.

다시 가면남을 보니 시타 뒤에 서 있는 마기루카와 방금까지 대치했던 메어리를 번갈아 보고 있었다.

"……또 저 2인조인가……. 저 꼬맹이들이 내 계획을 망칠 줄이야. 역시 배후에 알디아, 아니, 왕자가…… 본국에 연락도……."

가면남이 뭐라고 중얼거렸다. 그러나 어쨌든 현재 가면남은 혼자고, 자신과 일행들이 메어리를 도와주러 달려온 것만은 확실하다. 시타는 가면녀와 벌벌 떨고 있는 권속들은 적이 아니라고 멋대로 판단했다.

어째선지 처음 봤을 때부터 저 가면녀는 적처럼 느껴지질 않아서 시타는 문득 의아해했다. 더불어서 가면녀를 제외한 나머지는 겁을 먹은 것으로 보아 비전투원인 것 같다.

그야말로 시타에게는 절호의 기회. 이 역시 신이 이끌어주신 걸까?

"뭔지 잘 모르겠지만, 마침 잘 됐어! 오르트아기나서를 얼른 돌려주실까!"

"……흥, 이거? 사서장님께서 이 책을 받아서 뭘 어쩌려고? 넌 이게 뭔지 알기는 아나?"

처음에는 초조함을 감추지 못했던 남자가 냉정을 되찾았는지 비아냥거리면서 그 책을 품속에서 꺼냈다. 그러고는 보란 듯이 과시했다.

"어? 고, 고대 카이로메이어가 남긴 유일한 책이잖아. 그게 있으면 내 고민거리인 대서고탑의 모든 문을 열 수 있을지도……."

가면남이 예상치 못한 질문을 던지자 시타는 무심코 솔직하게 대답하고 말았다.

"대서고탑의 모든 문이라……. 하아, 몰라도 한참 모르는군. ……이 책에 어떤 가치가 있는지 전혀 몰라. 정말로 넌 아버지로

부터 아무 말도 듣지 못했군…….”

시타의 대답을 듣고 낙담한 가면남이 한심하다는 듯 한숨을 내뱉었다. 도중에 아버지라는 단어가 나와서 시타는 발끈하기보다 깜짝 놀랐다.

“그리고 뭐? 고대 카이로메이어라고? 하핫, 웃기네. 고대 카이로메이어에 지혜 따위 없다! 모든 건 오르트아기나, 그자가 내려준 은혜이니까아아아아!”

시타가 아버지에 관해 언급하려고 했더니 가면남이 터무니없는 발언을 해서 그 생각이 싹 날아갔다.

“……오르트아기나가 사람 이름이었어……?”

“그래. 난 마력도, 지식도 부족해서 아주 조금밖에 열람하지 못했지만, 그래도 그 생각이 옳았음을 확신했지.”

“열람이라니, 기란 씨는 실패했는데 넌 어떻게?”

“그 녀석은 이게 고대 카이로메이어의 엘프가 쓴 책이라고 오해했으니까. 크큭큭, 그 반대야. 이 책은 너희들이 함부로 읽지 못하도록, 엘프 방식으로 읽으려고 하면 함정이 작동하거든.”

“우리가, 읽지 못하도록?”

숨을 쉴 수 없을 정도로 가면남이 놀라운 이야기를 연달아 내놓았다. 진위야 어쨌든 간에 카이로메이어 주민으로서 흘려들을 수 없는 이야기였다. 그렇기에 어째서 그가 갑자기 여기서 이런 이야기를 하는 것인지 그 진의를 시타는 눈치채지 못했다.

“시타, 귀를 기울이면 안 돼! 저건 시간을 벌려는 속셈이야. 어서 책을 회수해!"

"어, 응."

가면남의 속셈을 가장 먼저 알아차리고서 두 사람의 대화에 끼어든 사람은 놀랍게도 가면녀였다.

신기하게도 시타는 그녀의 말에 아무런 의심도 하지 않고 바로 대답하고서 행동에 나서려고 했다. 그래, 그건 마치 늘 곁에 있는 언니의 조언 같았다. 목소리가 뭉개져서 그리 단정할 수는 없지만······.

"쳇, 쓸데없는 소릴. 뭐, 좋아, 부화하기까지 시간은 벌었으니까!"

가면남이 커다랗게 부풀기 시작한 알을 시타를 비롯한 사람들 앞에 던졌다.

"앗, 그건 그 유적에 있었던 알!"

"큭큭큭, 너희들한테 이걸 쓰게 될 줄은 미처 예상하지 못했지만, 뭐······ 뭐, 뭐라? 유적에 있었다······고?"

한 방 먹었다며 비웃으려고 했던 가면남이 메어리의 말을 듣고 놀라서는 의심쩍어했다.

그러는 사이에 그 알이 비대해지더니 부화했다. 안에서 본 적이 있는 그 괴이한 몬스터가 나왔다.

"그 몬스터 소동은 너희들이 벌인 짓이란 거지? 유적에 있던 모태에서 그 알을 꺼내 온 거야?"

"모태의 존재를 어떻게······. 설마, 우리의 진짜 아지트에······."

"표정을 보아하니 모르는 모양이네. 여기 있는 메어리 씨가 이미 그 유적을 붕괴시켰고 모태도 처분했어. 아쉽게 됐네?"

"모태를 처분했다고? 말도 안 돼. 그 문을 열었다는 건가? 그건 열화판이라고는 해도 서고탑과 구조가 비슷해서 내가 가진 열쇠로밖에 열 수가 없을 텐데!"

"어? 진짜? 그거 어떻게 연 거야?"

이제는 보기만 해도 넌더리가 나는 가면남이 희한하게 당황해했다. 시타가 우쭐대며 말을 더 이어나가자 우습게도 남자가 놀라서 더욱 흐트러졌다. 그런데 가면남이 중간에 흘려들을 수 없는 단어를 내뱉었다. 시타가 남자와 메어리를 번갈아 보자 그녀가 고개를 엉뚱한 방향으로 돌리고서 시선을 회피했다.

"……자, 잠그는 걸 깜빡한 게 아닐까……. 사, 살짝 밀었는데 그냥, 열려버렸어……."

어째선지 메어리가 말을 우물거렸다. 그녀의 진의가 보이지 않았다. 그러나 정말로 문이 잠겨 있지 않았을 가능성도 있기에 그럴 수도 있겠다며 납득하기로 했다.

"시타! 눈앞의 적한테 집중해!"

"어?"

시타는 가면남이 당황한 모습과 메어리의 대답에 신경이 쏠려 있었다. 그러나 가면녀가 다시 질책하자 현 상황을 다시금 확인했다.

어느새 몬스터가 크게 성장했다.

이야기를 듣긴 했지만, 자연계에서는 있을 수 없는 성장 속도다. 시타는 바짝 긴장하여 숨을 삼켰다.

시타는 가면녀 쪽을 힐끔 쳐다봤다. 그녀는 이미 멀리 떨어져 자신의 권속들을 속속 대피시키고 있었다. 이대로는 가면녀를 놓치고 만다. 그러나 그렇게 생각하는 머리와는 달리 마음속에서는 난처하다거나, 어서 쫓아가야 한다는 다급한 감정이 솟지 않았다.

지금은 어쨌든 눈앞에 있는 몬스터를 쓰러뜨리고서 가면남에게서 책을 되찾는 게 급선무다.

다 함께 몬스터를 처리한 뒤에 가면남을 상대하게 되나? 아니면 몬스터와 남자가 함께 공격을 가해오려나? 시타는 여러 가능성을 떠올리며 어떻게 행동할지 생각했다.

"몬스터는 나랑 사피나가 쓰러뜨릴게! 시타와 마기루카는 저녀석한테서 책을!"

이번에는 메어리가 지시를 내렸다. 행동 방침이 단숨에 정해졌다.

"큭, 설마 전력을 분산할 줄이야······."

예상치 못했는지 가면남이 나직이 한탄했다. 그쪽을 보니 남자가 몬스터에게서 멀어지고 있었다. 아마도 몬스터를 방패 삼아서 달아날 작정이었겠지. 그렇다면 메어리가 즉석에서 내린 판단은 정답에 가깝다. 그녀는 그의 속셈을 진즉에 읽어내고서 지시한 게 틀림없다.

메어리의 기대에 부응해야만 한다는 생각으로 시타는 뒤따라

온 마기루카를 쳐다봤다. 설령 책을 되찾지 못하고 지지부진할지라도 메어리 일행이 몬스터를 쓰러뜨릴 때까지 가면남을 붙잡아두는 것이 자신들의 사명이라고 기합을 불어넣었다.

"사피나, 완전히 성장하기 전에 속공으로 끝내주자."

"옙, 아이템을 사용할게요!"

"훗, 얕잡아봤군. 저 녀석은 지금까지 얻은 실험 결과를 바탕으로 더욱 강력하게 만든 합성수다. 꼬맹이 둘이서 쓰러뜨릴 수 있을 것 같나, 큭큭큭."

어지간히도 자신 있는 몬스터인가 보다. 가면남이 메어리와 사피나를 보고 비웃었다. 그러고 보니 도시에 출몰한 몬스터를 둘이서 상대하려다가 고전했다는 보고를 받았었다. 반면에 쉽게 쓰러뜨렸다는 보고도 들어왔다. 아마도 그 차이는 급격한 성장에서 비롯된 거겠지.

그렇다면 아무리 강화된 합성수일지라도 시간을 끌며 차근차근 싸워나가는 방식이 유효할 것이다. 그러나 그랬다가는 가면남을 놓칠 가능성이 크다. 그 사실을 알기에 저 남자가 여유를 부리고 있는 거겠지.

"간다! 나인 블레이드!"

""크로스!""

자, 과연 어떻게 대처할까? 마기루카를 제외한 두 사람이 지켜보는 앞에서 메어리와 사피나가 예상에서 한참 벗어난 행동을 취했다.

순식간이었다.

끼잉, 하고 공기를 찢는 소리가 울리더니 몬스터가 산산조각이
나서 날아가버렸다.

"마, 말도 안 돼……. 성채에서도 그랬고…… 대체 뭐냐, 너희
들은!"

"프리즈 애로우!"

가면남과 시타가 경악하며 굳어 있으니 유일하게 이 광경을 예
상했던 마기루카가 냉정하게 공격을 가했다.

완전히 무방비 상태였던 남자가 혀를 차면서 치명상을 피하고
자 별안간에 회피했다. 그러나 타이밍이 절묘했는지 완전히 피하
지 못하고 얼음 화살이 몸을 스친 바람에 자세가 무너졌다.

"젠장……."

"시타 씨!"

마기루카가 부르자 이내 시타가 들고 있던 검을 뽑아 남자와의
거리를 좁혔다.

일섬.

시타는 완전히 제압한 줄 알았지만, 역시나, 라고 해야 할까?
남자는 시타의 공격을 즉시 팔로 막아냈다.

선혈이 흩날리는 중에 남자가 들고 있던 책도 허공에 내던져
졌다.

"이놈드으으으을! 내가 너희들 같은 하등종 따위한테에에에!"

자신의 의도대로 일이 전혀 풀리지 않아서 부아가 치밀었는지 가면남이 지금껏 유지했던 냉정을 잃고서 격노했다. 그러고는 팔을 부여잡은 채 뒤쪽으로 펄쩍 뛰어 거리를 벌렸다.

시타는 가면남을 경계하면서 떨어진 책을 주웠다.

그 순간 눈앞이 흔들리더니 지금 있는 곳이 아닌 어떤 이공간으로 옮겨진 것 같은 착각에 빠졌다.

그리고 고개를 천천히 들어보니 거대한 실루엣 하나가 자신을 내려다보고 있었다.

책을 처음 만졌을 때도 봤던 그 정체 모를 거대한 실루엣에 시타는 등골이 오싹해졌다. 이대로 거대한 실루엣에 먹혀들 것만 같았기 때문이다.

"시타!"

얼마나 넋을 놓고 있었는지 시타는 알지 못했다. 그러나 어눌한 목소리가 그녀를 현실로 끌어당겼다.

그리고 시타의 눈에, 바로 근처에서 가면남과 가면녀가 단검과 검을 맞부딪치고 있는 모습이 비쳤다.

가면남이 우두커니 서 있는 시타에게 위해를 가해서라도 책을 빼앗으려고 했는데 가면녀가 사이에 끼어든 걸까.

"다행이야……. 그 책에 빨려들지 않도록 정신 바짝 차려요."

"……으, 응."

습격이 저지되자 가면남이 거리를 벌렸다. 그의 뒤쪽에서 여러 사람이 다가오는 소리가 들려왔다. 그들이 검은 괴한임을 금세 알아차렸다.

시타는 메어리 덕분에 뒷문에서 들어왔기에 몰랐지만, 원래 그녀를 속여서 붙잡아두기 위해서 정문 근처에 잠복했던 별동대가 이리로 달려온 듯하다.

"굼뜨기는. 대체 어디서 뭘 하고 있었던 거냐, 이 팔푼이들!"

평소와 다르게 냉정을 잃은 가면남이 달려온 동료들에게 욕설을 내뱉었다. 그는 애써 쿨한 척 굴고 있었지만, 냉정을 한 번 잃으면 저 정도밖에 안 되는 인간이겠지.

"놓칠까 보냐!"

"잠깐, 시타 씨."

이대로 그를 놓칠 수 없다며 시타가 앞으로 나가려고 하자 마기루카가 만류했다.

시타가 다급하게 마기루카의 얼굴을 보니 그녀가 냉정하게 고개를 가로젓기만 했다.

자신이 냉정을 잃었음을 자각한 시타는 참고 있던 숨을 내뱉고서 상황을 확인했다.

주변에서 검은 괴한들의 인기척이 완전히 멀어졌다. 어느새 가면녀의 모습까지 사라져버렸다. 아무래도 리그레슈 일원을 한 명도 붙잡지 못한 듯하다. 그러나 처음 목적은 리그레슈를 체포하는 게 아니라 책을 탈환하는 것이었다. 그 목적을 이뤘으니 나쁘지 않은 성과다.

시타는 들고 있는 책을 조심스레 바라봤다. 이제는 착각이 일어나지 않았다. 그 광경은 대체 뭐였을까? 하고 시타는 고개를 갸웃거렸다.

어쨌든 이번 건이 무사히 성공리에 끝난 것도, 가면남의 계략을 철저히 쳐부순 것도 모두 메어리 덕분이다. 시타는 그녀에게 감사를 표하고 싶어서 두리번거리며 찾았다.

그러자 메어리는 후드를 다시 뒤집어쓰고서 그곳에서 얼른 벗어나려고 했다.

마치 이곳에서 살금살금 달아나려는 것처럼 보이는데 아마도 기분 탓이겠지. 그녀는 다음 수를 생각하고서 벌써 행동에 나선 게 틀림없다.

메어리는 이야기에 등장하는 그 백은의 성녀…… 아니, 신수가 마기루카를 따르고 있으니 어쩌면 이야기로는 전해지지 않은 성녀를 이끄는 그 이상의 존재일지도 모른다.

어쨌든 그 사람이 지금 남몰래 자신을 이끌어주려고 하고 있다.

그렇다고 해서 그녀에게만 의지한 채 가만히 서 있을 수만은 없다.

내가 해야 할 일은 내가 한다. 시타는 그런 결의를 새롭게 다지고서 떠나가는 메어리의 등을 향해 다시금 고개를 숙였다.

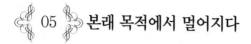

05 본래 목적에서 멀어지다

〈얘, 왜 달아나고 있는 거야?〉

"따, 딱히 달아나는 거 아니거든……. 소동이 끝난 것 같아서 여관으로 돌아가려고 생각했을 뿐이거든."

〈그럼 다 함께 돌아가는 편이 좋지 않니?〉

"아아~, 아아~, 안 들려, 안 들려."

뭐가 뭔지 알 수 없는 상황 속에서 그럭저럭 최선을 다했더니 사건이 무사히 끝나서 안도한 것도 잠시. 결과는 바람직하긴 하지만, 아무래도 내가 먼저 이곳에 잠입했기 때문에 이번 소동이 벌어진 게 아닐까, 하는 생각이 자꾸만 들었다.

더욱이 누군가가 나로서는 설명하기가 난처한 사건, 주로 유적 붕괴 화재 사건에 관해 추궁했다가는 정체가 들통날 것 같아서 속히 이곳에서 도주, 아니, 철수, 그게 아니고…… 어쨌든, 여관으로 돌아가서 마기루카와 튜테와 여러모로 논의하고 싶다는 게 솔직한 심정이다.

내가 가면녀와 권속들이 달아난 후문을 향해 나아가고 있으니 문득 맞은편에서 인기척이 느껴져 멈춰 섰다.

그곳에 한 여성 엘프가 서 있었다.

시타와 비슷한 옷을 입고 하얀 머리를 포니테일로 묶은 씩씩해 보이는 언니였다. 그녀도 나를 보고 놀랐는지 경계하고 있다.

맞은편에서 왔다기보다 이곳에서 무슨 짓을 벌이고 있었던 것처럼 느껴진다. 그러나 어쨌든 불필요한 전투는 피하고 싶다.

그녀가 시타와 동일한 복장인 걸로 보아 관계자임이 확실하다.

"저, 저기, 전 수상한 사람이 아닙니다. 전 메어리라고 하는데요. 으음, 알디아 왕국에서 와서, 어어, 시타랑 친구라고 해야 하나 저기⋯⋯."

상대방이 너무 경계해서 나는 적의가 없음을 보이기 위해 손을 들고서 항복 포즈를 취했다. 그러고는 상대의 경계심을 풀기 위해서 머릿속에 떠오른 말들을 그대로 내뱉었는데 그만 횡설수설하고 말았다.

옆을 보니 정령도 나를 따라서 항복 포즈를 취하고 있다.

〈나, 난 얘랑 관계없어. 얘가 꼬드겨서 여기로 온 거야.〉

"야, 듣기 거북한 소리 좀 하지 마. 굳이 원인을 따지자면 네가 멋대로 구는 바람에⋯⋯."

"어, 아, 그, 그래요⋯⋯. 다, 당신이 메어리 씨인가요? 시타한테서 들었습니다. 도착하셨군요."

정령이 느닷없이 배신하자 나는 가만히 두고 볼 수 없어서 항의했다. 그러자 여성이 안도한 듯 긴장을 풀면서 말을 걸어왔다.

왜 처음에 당혹스러워했던 걸까? 왠지 내가 상상과는 다른 행동을 해서 당혹해한 것처럼 보이는데⋯⋯.

"앗, 소개가 늦었습니다. 전 사서장인 시타의 보좌관을 맡은 레이첼이라고 합니다. 잘 부탁드려요."

레이첼이 공손하게 자기소개를 마치고서 도망치듯 내가 왔던 쪽으로 달려갔다. 시타가 걱정돼서 저러는 걸 테니 억지로 붙잡아두면 안 되겠지.

그리하여 처음에는 동네를 잠깐 구경할 작정이었는데 들뜬 나머지 정신없이 싸돌아다니다가 미아가 되었고, 실수를 만회하려고 조사에 나섰다가 음모 속에 발을 꽤나 깊숙이 담그고 만 사건이 무사히 막을 내렸다.

***

여관에서 마기루카, 튜테와 정보교환이라고 해야 할까, 내가 얼마나 사고를 쳤는지 점검해보는 모임을 마치고 이튿날.

나는 원래 목적한 대로 레포트용 소재거리나 자료를 찾기 위해서 대고서탑에서 신세를 지게 됐다.

이곳 관계자들이 어제 사건에 관해 나에게서 여러모로 이야기를 듣고 싶어 했지만, 내가 아는 건 셰리 씨도 이미 다 아는 것이었다. 새롭게 들려줄 만한 내용이 없어서 일찍 끝나긴 했는데…….

(시타가 꼬치꼬치 캐물을까 봐서 마기루카, 튜테랑 함께 잔뜩 긴장하고 있었는데 아무것도 묻질 않아서 반은 놀랐고, 반은 안도했지.)

이대로 돌아가기가 아까워서 처음 목적을 달성하기 위해서 조사를 막 시작한 참이다. 그런데 책이 워낙 많아서 뭐부터 건드려야 좋을는지.

"일단 마법과 관련된 책부터 살펴볼까?"

"그럴 줄 알고 어느 정도 점찍어두긴 했어요."

연대물부터 새 책까지 수많은 책이 가지런히 늘어선 광경에 알 수 없는 압박을 느끼면서 내가 눈을 이리저리 굴리고 있으니 마기루카가 두 팔로 책 몇 권을 안은 채 다가왔다.

"고마워, 마기루카. 진짜, 살았어."

너무 기뻐서 무심코 포옹을 하려고 하자 마기루카가 사사삭 피하고서 책을 들이밀었다. 그녀가 새빨개진 얼굴로 창피해하는 모습이 어머머 귀여워라…….

곧바로 근처 의자에 앉아 책을 펼쳐봤다. 대부분 내용이 어렵고 글자가 많아서 눈이 아프다. 그보다도 전문용어가 너무 많아서 내용의 절반 이상이 머릿속에 들어오지 않았다.

전생식으로 바꿔서 말하자면 중학생이 대학교나 연구소 수준의 설명을 아무런 예비지식도 없이 들은 느낌이다.

"……저기, 마기루카 씨. 이건 나 같은 학생이 이해하기 어려운 수준 아닌가요?"

"음~, 메어리 님이라면 혹시나 했는데, 어려웠나요?"

"어려운 게 당연하지."

"하지만 어쩌면 이 안에 메어리 님이 원하는 게 있을지도 모르는데요?"

"……내가 원하고 있는 게 그토록 수준이 높았던가?"

"적어도 내가 아는 수준은 아니네요."

".............."

마기루카가 내가 추구하는 게 얼마나 수준이 높은지 새삼스레 깨우쳐줬다. 할 말이 없어져서 일단 다시금 읽어봤지만, 역시나 머리에 들어오지 않았다.

"자신에게 디버프를 거는 게 간단할 줄 알았는데 의외로 어렵구나."

"어렵다기보다 애당초 누가 그런 발상을 하겠어요, 보통. 자신을 봉인하는 행위인걸요."

"봉인이라니, 피피 씨 같은 소리를."

실눈을 뜨고서 글자가 빼곡히 채워져 있는 종이를 바라보면서 한숨을 내뱉었다.

"봉인이 뭐 어쨌는데?"

"빠아아아아!"

뒤에서 마기루카가 아닌 사람의 목소리가 들리자 나는 화들짝 놀라 책을 덮었다. 뒤를 돌아보니 두 엘프가 서 있었다.

시타와 레이첼 씨다.

"뭐, 뭐뭐뭐, 뭐야, 시타랑 레이첼 씨잖아."

"미, 미안. 그렇게 놀랄 줄은 몰랐어. 헉, 혹시 들어서는 안 되는 얘기였어? 봉인…… 성녀……."

"예?"

"앗, 으으응, 아무것도 아냐. 그냥 이쪽 얘기야. 신경 쓰지 마."

내가 황급히 대처하자 시타가 우리를 보고서 뭔가 커다란 오해를 했는지 서둘러 말을 얼버무렸다.

"그, 그보다도 시타 씨와 레이첼 씨는 무슨 일인가요? 우리한테 무슨 용건이라도?"

"오르트아기나서를 열람해보려고 시도하다가 도중에 이 아이가 여러분들을 발견하더니 다짜고짜 뭐에 홀린 사람처럼 흐느적흐느적 이끌려서……."

"자, 잠깐, 언니. 사람을 무슨 꿀에 혹한 벌처럼 말하지 마."

레이첼이 어이가 없다는 투로 대답하자 부끄러운지 시타가 뺨을 부풀리며 토라졌다.

"오르트아기나서…… 읽으시려는 건가요?"

마기루카가 걱정하며 물을 만도 하다. 이미 열람하려다가 실패하여 목숨을 잃은 사람도 있고, 애당초 가면남의 이야기에 따르면 저 책은 엘프들이 읽지 못하도록 보호 장치가 되어 있다고 하잖아. 자칫 잘못하면 목숨을 잃을 수 있다.

내 나름대로 해석해보면 전뇌(電腦) 세계 같은 곳에서 위험한 조직의 메인 서버에 무단으로 접속하여 데이터를 열람하려고 시도한다는 느낌일까. 더욱이 해킹이 발각되면 도리어 공격을 받고서 목숨을 잃을 가능성이 있다. 아마도 그런 느낌이 아닐까 싶다.

"응. 위험할지도 모르지만, 이렇게 위험한 책을 해독하는 건 우리에게는 일상 업무나 마찬가지야. 게다가 그 가면남도 열람했다고 하니 꼭 불가능하지만은 않을 것 같고. 뭐, 개인적으로 왠지 내가 꼭 알아야만 할 것 같은…… 그런 기분이 들어."

결의로 가득한 시타의 모습을 봤더니 내 성격상 '그래, 열심히 해' 하고 넘어갈 수가 없다.

자기 보신 때문이라면 굳이 관여할 필요는 없겠지. 그러나 위험한 걸 알면서도 시도해보려는 친구에게 되도록 힘을 보태주고 싶다. 그런 생각이 들어 우물쭈물하고 있으니 부드러운 시선으로 이쪽을 바라보고 있는 마기루카와 눈을 마주쳤다.

그리고 그녀가 마치 내 마음을 안 것처럼 고개를 끄덕였다.

"아, 저기, 시타. 우리도 동행해도 될까?"

"어, 괜찮겠어? 그야 바라 마지않긴 하지만. 자꾸 의지해도 괜찮은가 몰라."

내가 제안하자 시타가 순간 당혹스러워했다가 기뻐하며 승낙해줬다. 그러고는 이내 또 으~음, 하고 고민하기 시작했다. 참 바쁜 엘프다.

어쨌든 우리는 시타를 돕기로 했다. 잠시 뒤 각자 탑 안을 산책하고 있던 사피나, 자하, 왕자님이 우리 곁으로 다가와서 분위기가 상당히 북적거렸다. 뭐, 주변에서 눈을 감아주겠지.

참고로 정령은 리리의 놀이 상대가 됐다고 해야 하나, 억지를 부려서 현재 시끌벅적 놀고 있다. 뭐, 곁에서 스노우가 지켜보고 있으니 문제는 일으키지 않겠지……. 아마도.

"얘기는 알겠어. 근데 귀하들의 방식으로는 열람할 수가 없지 않나? 어쩔 작정이지? 실례가 아니라면 묻고 싶은데."

합류하자마자 사태를 이해한 왕자님이 곧바로 내가 묻고 싶었던 것을 대변해줬다.

　"그 부분 말인데, 우리가 읽지 못하도록 보호 장치를 걸어뒀다면 마찬가지로 이곳 주민이었을 오르트아기나는 어떻게 책을 읽었을까."

　왕자님이 질문하자 시타가 수수께끼를 내듯 대답했다.

　"단순히 생각하자면 본인밖에 모르는 독자적인 방법을 고안했을까요?"

　"그랬다면 본인을 제외한 그 누구도 책을 펼쳐볼 수가 없었을 터. 그런데 가면남은 열람했지요……. 저흰 그 부분에 해결의 열쇠가 있다고 생각했어요."

　왕자님에 이어 마기루카가 대화에 끼자 레이첼 씨가 그 물음에 답했다.

　"가면남과 시타의 차이점은 뭘까?"

　"그래, 바로 그거야. 그 부분을 해결한 사람이 메어리 씨였지."

　내가 대화를 듣다가 자연스럽게 떠오른 의문을 던지자 기다렸다는 듯이 시타가 나를 거론했다.

　"어, 나? 무, 무무무, 무슨 소리야?"

　"메어리 씨가 쓰러뜨렸던 그 검은 괴한들. 조사해봤더니 그들 대부분이 인족이었어. 카이로메이어는 우리 종족이 주류라서 다른 종족은 물론이고, 다른 엘프족은 아주 적어. 그런 현실에서 그렇게나 많은 인족들이 리그레슈의 과격파에 속해 있었다는 건 아마도 그 가면남도…… 인족."

"이제부터 예로부터 전해져오는 인족의 열람 방식을 시도해보려고 합니다. 시타의 추측이 맞는다면 아마도 성공하겠죠."

내가 시치미를 떼고 있으니 시타와 레이첼 씨가 이야기를 쭉쭉 진행했다. 모두의 시선이 나에게서 멀어졌다.

안도하며 이야기를 들으면서 우리는 시타와 레이첼 씨를 따라 대서고탑에 있는 어느 문 앞에 이르렀다. 그녀가 기묘하게 생긴 열쇠를 주머니에서 꺼내서 근처에 있는 오브제에 꽂자 문이 열렸다.

(저게 시타의 고민거리, 서고탑의 문이구나. 이거 힘들어 보여.)

이야기로는 들었지만, 나는 반쯤 흥미를 느끼며 낯선 광경을 물끄러미 쳐다봤다.

시타가 열쇠를 목에 걸고서 우리를 안으로 이끌었다. 그곳은 밀실이라서 창문도 없다. 가운데에는 독서대가 놓여 있고, 바닥에는 술식(術式) 같은 게 그려져 있었다. 무슨 의식을 치르는 공간처럼 보였다.

"여긴?"

"여긴 저희가 업무상 해봉, 해주 의식을 해야 할 필요가 있을 때 쓰는 시설인데, 지금껏 우리가 사용해왔던 여러 방법이 이 안에 갖춰져 있습니다. 이번에는 인족의 방식을 미리 설정해놨으니 바로 시작할 수 있을 거예요."

내가 소박한 의문을 말하자 레이첼 씨가 설명해줬다. 그동안에 시타는 혼자 가운데에 있는 독서대 앞에 서서 오르트아기나서를 그곳에 둔 뒤 뭐라고 중얼거렸다. 그러고는 익숙한 손놀림으로 열람 의식을 진행해나갔다.

시타의 말에 호응하듯 바닥에 적힌 글자에서 빛이 나기 시작했다. 독서대에 놓인 책에 변화가 일어났다.

책이 빛나더니 그에 맞춰서 시타의 목에 걸려 있는 열쇠도 빛나기 시작했다.

"……이상하네. 대서고탑의 열쇠가 반응한다?"

레이첼 씨만이 그 광경을 보고서 고개를 갸웃거렸다.

그 순간 열쇠에서 빛의 소용돌이가 발생하더니 책 속으로 빨려 들었다.

"뭐야, 이거? 무슨 일이 벌어지고 있는 거야?"

전부 처음 보는 광경인지라 나는 '아아, 저런 식이구나' 하고 놀라워하며 지켜봤다. 그런데 아무래도 우리만 그런 게 아닌 듯하다.

레이첼 씨도 저 광경을 처음 보는 눈치였다.

우리보다 더 놀라워하고 있는 게 그 증거다.

레이첼 씨가 저토록 놀라고 있다면 당사자인 시타 역시 당혹해하고 있는 게 아닐까 싶어서 그쪽을 쳐다봤다.

그리고 비로소 깨달았다. 그녀가 구속 저주에 걸린 것처럼 온몸을 부들부들 떨면서 가만히 서 있었다.

허공을 쳐다보고 있는 그 눈동자에서 빛이 사라졌다.

"시타!"

명백히 이상하다고 생각했을 때, 레이첼 씨가 시타를 불렀다. 그리고 의식을 강제로 해제하기 위해 그녀에게 다가갔다.

팍!

"꺅!"

가까이 접근한 레이첼 씨가 보이지 않는 벽에 튕겨 이쪽으로 밀려 나왔다.

그와 동시에 오르트아기나서의 표지가 멋대로 확 펼쳐졌다.

"……봉인……제1단계……해제……확인……."

억양도, 감정도 없는 시타의 목소리가 방 안에 울렸다.

"레이첼 씨! 이건?"

외부인인 나조차도 완전히 예상치 못한 전개임을 알 수 있었다.

"모르겠어요. 이런 적은 처음이에요!"

"……제2단계……이행……."

빛의 소용돌이가 더욱 격렬해졌다. 그 빛이 점차 하나의 기둥처럼 수렴되더니 그곳에 홀로그램 같은 어떤 풍경이 투영되었다.

"……아……으……."

방금까지 감정 없는 목소리로 말하던 시타의 입에서 가냘픈 신음이 새어 나왔다. 그녀가 더욱 심하게 경련하더니 빛을 잃은 눈동자에서 피눈물이 한 줄기 흘러내렸다.

거부 반응을 일으켰거나, 수용량을 초과했는지 그녀의 몸에 악영향을 끼치고 있다.

"시타아아아!"

레이첼 씨가 비통하게 외치자마자 나는 반사적으로 시타에게로 달려갔다. 그래, 이 광경과 일찍이 마기루카가 리버럴머테리얼에 사로잡혔던 그 광경이 겹쳐 보였기 때문이다.

무슨 일이 벌어졌는지는 모르겠다.

섣불리 대처했다가는 시타에게 커다란 대미지를 입힐지도 모른다.

그래도 나는 움직였다.

그리고 그녀를 안은 뒤에 그곳에서 끌어냈다.

그러자 파아아아앙, 하는 큰소리와 함께 빛의 소용돌이가 확산했다. 의식(儀式)이 강제로 정지되었는지 책이 조용히 덮어졌다.

방금 소동이 마치 거짓말이었던 것처럼 실내가 고요해졌다.

"시타!"

맨 먼저 움직인 사람은 레이첼 씨였다.

나는 시타를 그녀에게 살며시 맡기고서 휴우, 하고 숨을 내뱉었다.

"레이첼 씨, 시타 씨는?"

"괘, 괜찮습니다. 단지 의식을 잃었을 뿐⋯⋯."

마기루카가 묻자 레이첼 씨가 조금 진정이 됐는지 나직이 대답했다.

(그럭저럭 해결됐나…… 그나저나 대체 무슨 일이.)

나는 한숨을 돌리고서 독서대를 쳐다봤다. 마치 아무 일도 없었다는 듯이 책이 조용히 놓여 있었다.

그때 나는 책에 의식이 쏠려 있어서 우리가 아닌 누군가가 문 바깥에서 이 광경을 지켜보고 있었음을 미처 눈치채지 못했다.

"쳇…… 또 저 소녀인가……"

그 소리를 듣고서 나는 황급히 주변을 둘러봤지만 이미 인기척이 사라진 뒤였다.

06 오르트아기나란……

그 사건으로부터 한 시간쯤 지나서 시타가 깨어났다.

사서장실에서 눈을 뜨자마자 가까이서 보고 있던 레이첼이 노도처럼 몸을 마구 확인하는 통에 깜짝 놀랐다. 그러나 불경하긴 하지만 그토록 자신을 걱정해준 언니의 그 마음이 기뻤다.

레이첼이 몸에 이상이 없는지 물었지만, 별문제가 없었다. 굳이 말하자면 책과 마주한 뒤에 자신의 몸에 무슨 일이 벌어졌었는지 잘 기억나지 않는다는 것이 마음에 걸렸다.

레이첼이 간단하게 설명해주자 시타는 자신이 수수께끼의 현상 때문에 쓰러졌음을 깨달았다.

그때 마기루카 일행이 병문안을 와줬다.

자신을 구해준 사람이 메어리라고 레이첼에게서 들었기에 우선은 감사를 표하기 위해 그녀를 찾았다.

그러나 메어리의 모습은 없었다.

메어리는 그 알과 리그레슈 사건에 관해 아버지가 물어보고 싶은 게 있다면서 불려갔다고 한다.

메어리도 금방 돌아오겠다고 일행들에게 전하고서 부르러 온 셰리와 함께 나갔다고 한다.

그녀는 언제나 쉬지 않고 앞으로, 앞으로 나아가고 있다. 시타는 메어리의 행동에 어떤 의도가 있지 않을까 멋대로 짐작했다.

뭐, 사실은 오르트아기나서의 결계를 어떻게 무난하게 돌파했는지 추궁받을까 봐 일단은 자리를 피해 화제에서 벗어나는 게 낫지 않을까, 하는 얄팍한 속셈이었다. 그러나 시타가 그 속내를 알 턱이 없었다.

그리고 튜테와 정령도 그녀를 따라간 모양이다.

"괜찮아 보여서 다행이에요. 위험한 책이 어떤 것인지 체험할 수 있었어요. 다들, 그런 위험을 감수하면서도 해독에 도전하고 있군요."

"어, 뭐, 지식을 추구하려는 마음이 강하고, 위험을 기꺼이 무릅쓰려는 사람이 많아서……."

마기루카가 칭찬하자 썩 나쁘지 않았는지 시타가 에헤헤, 하고 겸연쩍게 웃으면서 남 일처럼 대답했다.

"그건 시타도 마찬가지야. 하지만 오르트아기나서가 그렇게 반응할 줄은 예상하지 못했어."

레이첼이 시타를 나무라고서 그 책을 모두에게 보였다.

시타가 그런 일을 막 겪었음에도 겁먹지 않고 그 책을 빌려달라고 조르듯이 레이첼을 향해 두 손을 내밀었다.

레이첼은 그런 시타를 보며 탄식하면서도 자신이 지금껏 별문제가 없었으니 괜찮지 않을까 생각했다. 그러나 시타에게만은 반응할지도 모른다는 일말의 불안감 때문에 그 책을 그녀에게 조심스럽게 넘겨줬다.

"이것은, 나, 오르트아기나가 남긴 모든 것에 이르는 도표……."

책을 받아든 순간 시타가 불쑥 그 말을 내뱉고서 스스로 놀라워했다.

"그건 아마도 저 책의 첫 문장이겠지. 가면남도 그걸 읽고서 확신했던 걸 거야. 오르트아기나……, 카이로메이어의 창시자이니 저 책은 그 사람한테 이를 수 있는 도표……라는 걸까."

"그럼 시타 씨가 입에 담았던 봉인 해제라는 말은?"

시타가 놀라고 있으니 레이첼과 마기루카가 앞서 벌어졌던 사건을 돌이켜보며 시타에게 질문했다.

"후엥? 나, 그런 말을 했었어?"

마기루카가 질문하자 시타가 전혀 기억이 나질 않는다는 듯 목소리를 뒤집었다.

"시타는 그 사건을 기억하질 못해. 그래서 말의 의미도 모를 거야."

시타를 대신하여 레이첼이 대답했다.

"그럼 그 빛이 투영한 풍경도 모르겠군요."

"풍경이라…… 혹시 언니는 알아?"

"확증은 없지만, 아마도 요전에 리그레슈가 모였던 지하 묘지였던 것 같아."

레이첼이 대답하자 시타가 그저 그렇구나, 하고 말장구를 쳤다. 그만큼 지하 묘지에 관한 기억이 없다. 오늘까지 존재조차 모르고 있었으니 그럴 만도 하겠지. 딱 한 번 봤을 뿐인데 레이첼이 그토록 세세히 기억하고 있어서 시타는 놀라는 한편으로 시기심이 조금 일었다. 그러나 이내 그 감정을 집어넣었다.

"지하 묘지라. 근처에 있으니 확인도 할 겸 한 번 보러 가볼까!"

마음속에 있는 탐구심이 그렇게 부추겼다고 볼 수도 있겠지만, 시타는 어떤 다른 요인이 자신을 몰아대고 있는 것 같은 기분이 자꾸만 들었다. 그렇다고 해서 여기에 누워 있어도 의문을 해소하지 못하고 전전긍긍하겠지.

그렇다면 생각하기에 앞서 행동하면 그만이다.

시타는 굳이 따지자면 행동파다. 소파에서 벌떡 일어선 뒤 대서고탑 출입구를 향해 나아갔다.

***

대교 아래, 비밀 문에 도착한 일행은 그대로 안으로 들어갔다.

지난번과 마찬가지로 입구가 비좁아서 신수와 왕자가 그곳을 지키기로 했다.

"확실히…… 이 풍경과 비슷한 것 같기도 하군요. 이 지하 묘지의 일부를 보여줬던 걸까요?"

마기루카가 둘러보면서 확인했지만, 시타는 기억나질 않아서 고개만 갸웃거릴 뿐이었다.

"다들 그 풍경을 봤으니 흩어져서 찾아볼까?"

"아뇨, 이 묘지는 상당히 넓어서 지리에 어두우면 길을 헤매고 말 거야."

"아, 그런가."

시타가 무심하게 제안하자 레이첼이 바로 지적했다. 그렇구나, 하고 납득하긴 했지만, 그렇게 말하는 걸 보니 레이첼은 여기 지리를 잘 아나? 라는 생각도 들었다.

"장소라……. 나 참~, 불편하네. 풍경을 보여주면서 지도까지 내어줬다면 얼마나 좋았겠어."

시타가 뾰로통한 얼굴로 오르트아기나서를 쳐다봤더니 책이 희미하게 빛났다. 그리고 그녀의 머릿속에서 지도 같은 게 떠올랐다.

"시타, 시타!"

멀리서 레이첼이 부르자 시타가 헉, 하고 놀라면서 의식을 현실로 되돌렸다.

"어? 뭐, 뭐야, 언니."

"뭐가 뭐야. 괜찮니? 갑자기 책을 펼치고서는 멍하니 서 있길래 깜짝 놀랐잖아."

"……왠지, 시타 씨랑 열쇠, 그리고 책이 서로 공명했던 것처럼 보이는데, 무슨 일 있었나요?"

마기루카가 놀란 시타와 당황한 레이첼의 모습을 냉정하게 들여다봤다.

"음~, 있었다고 해야 하나? 왠지 모르겠지만, 그 장소를 알 것 같은 기분이 들어. 날 따라와."

시타가 그렇게 말하고는 앞장서서 걸어갔다.

그리고 몇 분 뒤.

자신도 놀라울 만큼 막힘없이 목적지까지 인도했다.

"여기가, 맞는 것 같은……데?"

"……이런 데에 이런 장소가 있었을 줄이야…….""

이곳이 영상 속 그곳이 맞는지 약간 자신 없는 시타를 무시하고 레이첼이 놀라워하며 중얼거렸다.

그곳은 제단을 방불케 했다. 무언가를 모시는 곳처럼 보였지만, 그게 무엇인지는 심하게 부서져 있어서 잘 모르겠다.

아마도 옛 주민들이 망자들을 위해 무언가를 기리고자 만들어진 곳이겠지. 그러나 자연스럽게 풍화되었다기보다 의도적으로 파괴된 것 같은 느낌이다. 시타는 왠지 마음이 꺼림칙해졌다.

"음~, 여기랑 비슷하긴 한데. 내 기억이 잘못된 게 아니라면 아래로 이어지는 계단이 있었던 것 같은데?"

그 영상은 불과 몇 분 만에 사라져버렸는데도 자하는 거기까지 기억했는지 주변을 둘러보면서 모두에게 물었다.

무슨 영문인지 모두의 시선이 시타에게로 집중됐다.

"어, 으~음, 분명 여기에 뭔가 있을 거야. 잠깐 찾아볼까~…….""

시타는 아무것도 떠오르지 않았지만, 허세를 부리듯 웃고서 일단 찾아보자고 모두에게 제안해봤다.

그리고 자신은 마기루카나 메어리처럼 당당하게, 혹은 남몰래 사람들을 이끌 만한 인물이 못 되는구나 싶어서 쓴웃음을 지었다.

"죄송한데요. 이거 대서고탑에 있던 열쇠 구멍 아닌가요?"

수색을 개시하고 얼마 지나지 않아 사피나가 모두에게 다 들리듯 말했다. 모두가 그쪽으로 고개를 돌리고서 다가갔다.

사피나가 무너진 제단 뒤쪽 일부를 치워놓은 곳에 흔히 볼 수 있는 열쇠 구멍이 노출되어 있었다.

"으그그, 설마 여기에서도 열쇠 구멍 챌린지가 기다리고 있을 줄이야…… 어쩌지, 구멍 형태가 특수해."

여러 번이나 도전해왔기에 저 열쇠 구멍의 형태가 특수하다는 걸 한눈에 알아버렸다. 시타는 답답해하면서도 여기까지 왔건만 아무것도 하지 못하는 무력한 자신에게 화가 났다.

이래서 사람들이 뒤에서 도움이 안 된다고 숙덕거리는 게 아닐까? 과거와 하나도 달라진 게 없는 것 같아서 자꾸만 의기소침해진다.

들고 있는 오르트아기나서에 힘을 불어넣자 책이 그에 호응하듯 빛나기 시작했다.

그리고 책이 저절로 펼쳐지더니 뒤이어 시타가 소지하고 있는 열쇠가 그에 반응하여 저절로 변형되기 시작했다.

아니, 저절로 바뀌는 게 아니라 책에서 흘러나오는 이미지가 매개체인 시타를 통해 열쇠로 흘러들고 있다. 실제로 시타도 책이 보내고 있는 열쇠의 형상을 이해하고 있다.

변형을 마친 열쇠를 구멍에 꽂으니 딱 들어맞았다. 문을 여는 데 성공했다.

땅 울림이 방 안을 가득 울리더니 제단이 옆으로 밀어졌다.

"돼, 됐어……. 대, 대단해. 이게 오르트아기나서. 호, 혹시, 대서고탑의 모든 문들을, 망라하고 있는 게 아닐까."

놀라운 사실에 전율하면서 시타는 또 다른 가능성에 흥분을 감추지 못했다.

"해냈어, 시타. 만약에 그게 사실이라면 이제는 사서장으로서의 역할을 완수할 수 있겠어. 이제는 뒤에서 널 비웃는 자들도 사라질 거야!"

레이첼이 시타의 말을 듣고서 여태껏 본 것 중에서 가장 환하게 웃으며 속내를 털어놓자 시타는 아무 말 없이 쓴웃음을 지었다.

주변 사람들도 겉으로는 어쩔 수 없다며 동정해주긴 했지만, 역시나 내심 분개하고 있었겠지. 여태껏 당연하다는 듯 열 수 있었던 문이 갑자기 시타가 사서장을 맡은 뒤로는 열 수가 없게 됐으니까.

시타는 그들의 어두운 속내를 어쩔 수 없다며 감수했지만, 레이첼은 그녀와 달리 간과할 수가 없었겠지.

어쩌면 시타가 업무를 제대로 수행할 수 있도록 온갖 가능성을 모색했었는지도 모른다.

예를 들어 과거를 추구하는 집단이라거나…….

"그래서 어쩔 거야. 이대로 내려가? 아니면 돌아가서 준비할까?"

레이첼이 기뻐하자 시타는 언니를 더는 실망하게 해서는 안 된다고 새롭게 결의를 다졌다. 그 옆에서 자하가 아래로 이어지는 계단을 들여다보면서 모두에게 물었다.

시타가 엉겁결에 마기루카 쪽을 쳐다보니 그녀가 고개를 가로저었다. 아마도 신중하게 행동하는 게 낫겠다고 판단했겠지.

평소였다면 시타는 존경하는 성녀일 가능성이 큰 그녀의 판단을 적극적으로 수용하여 일단 돌아갔을 것이다. 그러나 이번에는 어째선지 저 아래가 안전할 것 같다는 기분이 강하게 들었다.

"이대로 내려가자. 오르트아기나가 우리를 이끄는 것 같은 기분이 들어."

시타는 자하의 물음에 대답하고서 그대로 앞장서서 내려갔다.

지참해온 불빛으로 어두컴컴한 공간을 점점 비춰갔다.

계단을 내려간 뒤 복도를 나아가니 끝에 커다란 방이 나왔다.

아무것도 없는, 그저 넓은 방.

그런데 그 앞쪽 벽을 비춘 순간, 모두가 제자리에서 얼어버렸다.

"……뭐야, 이게……."

그곳에 커다란 벽화가 그려져 있었다.

"상황으로 미루어보건대 아마도 고대 카이로메이어에 관한 벽화…… 아닐까."

시타가 중얼거리자 옆에 있던 레이첼이 대답했다.

여러 정경이 그려져 있는데, 시타는 가운데에 가장 크게 그려져 있는 벽화에서 눈길을 뗄 수가 없었다.

귀가 긴 종족들이 무릎을 꿇고서 하늘을 추앙하듯 기도를 올리고 있고, 저 앞에는 커다란 탑이 있다. 그리고 그 위에는——.

커다란 한 마리의 용이 그려져 있었다.

바로 그때 책을 만졌을 때 봤던 그 거대한 검은 실루엣이 시타의 뇌리를 스쳤다.

어째선지 모르겠지만 등골이 오싹해지고 식은땀이 흘러내렸다.

놀랍게도 겪어본 적도 없는 허상에 공포까지 느끼고 있었다.

그것은 자신의 역사와 관계가 있는 것이 아니다. 더 근간에 가까운, 그래, 마치 유전자에 새겨져 있는 것 같은 반응이었다.

곁눈으로 레이첼을 보니 그녀도 시타와 마찬가지로 식은땀을 흘리면서 벽화를 뚫어지게 쳐다보고 있었다.

"상당히 오래된 벽화군요. 가운데에 그려져 있는 건 용일까요? 구도로 보아 저 용을 엘프들이 숭배하고 있는 것으로 추측해도 무방할 것 같네요."

냉정하게 주변을 둘러보고 있는 마기루카의 목소리가 실내에 울렸다. 아마도 그녀와 일행들은 이 정체불명의 공포를 느끼지 못한 모양이다.

"마기루카 씨, 봐주세요. 방 안에 벽화가 온통 그려져 있어요."

일행들 곁에서 떨어져 있는 사피나가 다른 벽을 비췄다. 그곳에는 구도가 다른 벽화가 그려져 있었다. 하나같이 중심에 용이 그려져 있다.

시타는 다시금 벽화에 그려진 용을 봤다.

용은 사위스러움을 드러내듯 전체적으로 피부가 새카만데, 옆구리에서 배에 걸친 부분은 피처럼 새빨갛다. 등에는 모든 것을 감싸버릴 만큼 커다란 날개 두 장이 달려 있다.

두 발로 서 있는 그 모습은 아래에 그려져 있는 커다란 탑에 뒤지지 않을 정도로 커다랗다.

시타는 무의식적으로 벽화 쪽으로 빨려들듯 비틀비틀 다가갔다.

추후에 왜 만졌느냐고 물어보더라도 모르겠다는 대답밖에 나오지 않을 것 같다. 마치 홀린 것처럼 시타는 벽화에 손을 댔다.

그 순간 손가락 끝과 벽에서 마력의 불꽃이 팍 튀기더니 책이 힘차게 확 펼쳐졌다.

"시타?"

시타의 모습이 이상한 것 같아서 레이첼이 말을 걸며 다가갔다. 그리고 그 광경을 보고서 굳어버렸다.

목에 걸고 있는 열쇠가 빛나더니 그녀는 펼쳐진 책을 든 채로 또다시 몸을 부들부들 떨면서 무언가를 보고 놀란 것처럼 눈을 번쩍 뜨고 있었다.

"시타!"

이변을 알아차린 레이첼이 외치자마자 시타의 눈동자에서 빛이 슥 사라졌다.

"……봉인…… 제2단계…… 해제…… 확인."

시타의 입에서 감정 없는 말이 흘러나온 뒤 열쇠에서 빛이 뿜어져 나와 벽화 중심에 닿았다. 그러고는 광선이 그물코처럼 벽에 한가득 퍼져나갔다.

이내 땅 울림이 고고고, 하고 울려 퍼지더니 벽화 옆에 비석이
솟아올랐다.

"시타!"

지난번과 흡사한 전개가 벌어지자 레이첼은 또다시 그녀에게
달려가 그 몸을 만지려고 했다.

지난번과 같다면 장벽 같은 것이 생겨나 접근을 막았을 것이
다. 그러나 이번에는 레이첼을 저지하는 벽은 생성되지 않았다.

지금 레이첼은 그게 무슨 의미인지 아무래도 상관없었다. 그대
로 시타의 어깨를 붙잡고서 흔들어봤다.

그 결계는 이미 메어리 때문에 기능이 망가졌다는 걸 이 자리
에서 눈치챈 사람은 마기루카뿐이겠지.

"시타, 그만해! 정신 차려!"

레이첼이 몸을 세차게 뒤흔들자 시타의 눈동자에 서서히 빛이
되돌아왔다.

"……어, 언니……."

"훌륭해! 이것이야말로 그대들이 원했던 고대 카이로메이어의
진실이야."

시타의 목소리를 듣고서 안도한 것도 잠시, 뒤에서 남자의 흥
분한 목소리가 들려오자 모두 뒤를 돌아봤다. 그곳에 사제 옷을
입은 남자가 서 있었다.

"토마스 사제님?"

처음에 만났을 때 얌전한 인상이었던 그가 큰소리를 지르자 마기루카는 위화감을 느꼈다.

"오오, 오오오, 용, 용이야. 역시 고대 카이로메이어는 용한테 지배당하고 있었군."

마기루카의 목소리를 알아차리지 못할 만큼 사제는 흥분하여 벽에 그려진 그림을 뚫어지게 둘러보고 다녔다.

그리고 모두에게 다 들려주듯 비석에 적힌 글씨를 읽어나갔다.

**

태고 시대.

한 용이 이 땅에 내려왔다.

인근 숲을 날려버리고 대지를 도려내고서 그 가운데에 자리한 용의 이름은.

오르트아기나.

모든 것을 알고 싶어 하는 욕망을 지닌 지식욕의 화신.

깨어난 그는 이 세계의 온갖 것들을 탐구하며 견문을 넓혀나갔다.

그로부터 시간이 얼마나 흘렀을까.

어느 날 정신을 차리고 보니 자신의 주변에 한 종족이 모여들었다.

이 숲에서 탄생한 다크 엘프다.

그들은 오르트아기나의 지식과 힘에 매혹되어 숭배하기 시작했다.

오르트아기나에게 그들은 정체 모를 존재임에 동시에 알고 싶은 존재이어서 이 땅에서 함께 살아가기로 했다.

훗날 이곳을 카이로메이어라 부르게 된다.

***

"……그것이, 카이로메이어 탄생의 진실. 우리의 지식과 기술은 원래 용한테서 얻은 거였구나……."

"혹시, 대서고탑 중앙이 쓸데없이 넓은 이유는……."

벽화에 그려진 그림과 글씨를 참조하여 도출해낸 결론에 경악하는 시타와 레이첼.

그런 그녀들을 힐끗 보고서 사제는 다른 벽화와 비석을 읽어나갔다.

시간이 지나고, 지식욕의 어금니가 점점 주민들에게로 향해갔다.

지식 탐구라는 이름으로 인체실험을 하기까지 시간이 그리 걸리지 않았다.

용에게 자신들의 존재를 드러내지 않았다면 평온하게 살 수 있었을 것을, 그들은 용의 탐욕을 얕잡아봤다.

그 용에게 주민들이 가진 윤리 따윈 없다.

그 결과 카이로메이어 주민들은 오르트아기나의 실험 대상이 됐다.

"……우, 우리가…… 실험 대상……."

"……혹시, 이 고대 지하 묘지의 넓이와 유해가 많았던 이유는……."

사제가 귀를 의심케 하는 이야기를 하자 시타는 진실을 받아들이지 못하고 그저 되뇌기만 했다. 레이첼은 무언가를 깨닫고서 주변을 둘러보고 있다.

아무리 이해할 수 없는, 아니, 이해하고 싶지 않은 진실일지라도 눈앞에 있는 그림과 글씨가 시타에게 과거의 사실을 들이대고 있다.

그리고 자신들이 바깥 엘프, 혹은 동족인 다크 엘프들과 다른 이유를 납득하게 했다.

용이 자신들을 개조한 것이라면…….

"크크, 후하하핫, 이겁니다, 바로 이거예요! 그 장치는 실험 때 쓰였던 장치 중 하나였던 거군요! 훌륭해, 실로 훌륭해!"

경악하고 있는 시타와 그 일행들을 아랑곳하지 않고 사제가 흥분하며 외쳤다. 그러나 마기루카는 그 내용 중 일부에 의문을 느꼈다.

"그 장치?"

"어이쿠, 흥분한 나머지 그만 입을……. 크크큭, 세세한 부분을 용케도 알아차렸군. 역시 너희들이 있다는 걸 더욱 유의해야 했을지도 모르겠군."

마기루카가 지적하자 흥분하던 사제가 냉정을 슥 되찾고서 그녀를 보며 반성했다. 사제는 마기루카 일행을, 아니, 마기루카를 경계하고 있는 것 같다고 시타는 느꼈다.

"뭐, 상관없나. 본국에서 증원이 도착해서 계획도 앞당겨졌다. 이 단계에 이르렀으니 이제 때가 됐지."

사제가 지금껏 보여준 적이 없는 실웃음을 짓자 시타는 등골이 오싹해졌다.

"무슨 소릴…… 하는 거야?"

"크크큭, 시타 씨, 내가 조언을 하나 해주지. 앞으로는 쓸모가 있는 사람이 되어주시죠. 아아, 하기야…… 미래가 있어야만 가능한 얘기겠지만."

사제의 느닷없는 말과 행동에 시타는 당혹스러워했다. 그가 품속에 손을 넣더니 무언가를 꺼내면서 충고했다.

"자신과 친하다고 해서, 협력적이라고 해서…… 꼭 같은 편은 아니라는 것을."

사제가 그렇게 말하고서 꺼낸 물건을 얼굴로 가져갔다.

그 모습에 시타는 숨을 흡 삼켰다.

사제가 얼굴에 착용한 것은 가면이었다. 그것도 아주 잘 아는 가면이었다.

이번 소동의 원흉인 그 가면남이 그곳에 서 있었다.

"이, 이럴 수가……."

"앗, 그래, 그래. 아까 그 조언은 꼭 나를 두고 하는 말은 아니지, 크크크."

과거의 진실을 알고 머릿속이 잘 정리되지 않은 상태에서 당혹스러운 사실이 거듭 벌어지자 시타의 사고회로는 완전히 엉망이 됐다.

그런 와중에 소리 없이 웃으면서 가면남, 토마스가 의미심장한 발언을 했다.

그 순간 레이첼이 움직였다.

들고 있던 검을 뽑아 토마스에게 달려들었다.

그러나 어둠 속에서 여러 단검이 날아든 바람에 레이첼은 발을 멈출 수밖에 없었다.

그리고 어느새 나타난 두 검은 괴한들이 레이첼을 붙잡아 자빠뜨렸다.

모두 순식간에 벌어진 일들이었다. 그들은 숙련된 자들이었다.

그들은 얼핏 리그레슈에 있던 검은 괴한들을 연상케 했다. 그러나 자세히 보니 복장이 다르고, 조직적으로 움직이고 있음을 시타는 알아차렸다. 그리고 마기루카가 놀라며 중얼거리는 소리를 듣고서 시타는 그 답을 알게 된다.

"……영멸기관(榮滅機關)……."

에인호르스 성교국의 비밀조직.

그들이 이번 사건에 얽혀 있다는 것을…….

✤ 07 ✤ 사태는 안 좋은 방향으로

"자, 얘기가 도중에 끊겼으니 다시 되돌리지."

제압당한 레이첼을 내려다본 뒤 더는 필요가 없다는 듯 가면을 다시 품속에 넣고서 벽화를 바라보는 토마스.

레이첼이 붙잡혀서 저항하기가 어려워진 시타 일행은 그대로 기관 조직원들에게 포위됐다.

"하지만 과거에 무슨 일이 있었는지, 그 후에 어떻게 전개되었는지는 너희들도 쉬이 상상되겠지."

토마스가 정말로 아쉽다는 투로 말했다.

오르트아기나가 지금도 건재하다면 자신들이 카이로메이어에서 유유자적 살아갈 수 있을 리가 없음을 시타도 깨달았다.

"슬프게도, 거대한 존재를 향해 반기를 들었다."

토마스가 보고 있는 벽화에는 엘프들이 무기를 들고 있고, 용이 탑 안으로 내몰리는 광경이 그려져 있었다.

그리고 시타는 용과 엘프 사이에 한 엘프가 서 있음을 알아차렸다. 그 엘프의 가슴에 열쇠 같은 게 묘사되어 있었다.

"눈치챘나, 시타? 그래, 그렇지. 오르트아기나를 봉인한 것은 이 탑의 관리자인 너희 일족이야."

시타가 그 존재를 봤음을 직감하고서 토마스가 다시 흥분하며 말했다.

"내 선조가, 봉인했다고……?"

"정확히 말하자면 네 선조가 봉인하긴 했지만, 봉인하라고 명령한 건 고대 카이로메이어 녀석들이지. 네게 결정권은 없어."

"어?"

"생각해봐라. 지금 넌 그 봉인을 풀려고 하고 있다. 넌 자신의 의지로 그 작업을 수행하고 있나?"

"그, 그건……."

"넌 이른바 장치의 일부, 단말장치에 불과하다는 거야."

"……내가……?"

토마스의 말을 듣고서 시타는 말문이 막혔다. 그가 말한 대로 시타는 자신이 무얼 하고 있는지 자각하지 못했다.

그저 오르트아기나의 비밀을 찾기 위해서 고대 카이로메이어를 가볍게 조사할 작정이었다.

누가 그렇게 말하길래 그렇게 생각하고 있었다.

자각도 없이 조사를 벌이고 있었으니 자신에게 결정권이 없다는 건 명백하다. 자신의 의지 따윈 무시된 채 일이 멋대로 진행되고 있다는 건 이 상황을 보면 납득이 된다.

"그럼 누가 네게 그리하게 시켰는지…… 궁금하지?"

토마스는 유쾌하게 실웃음을 지으며 당혹해하고 있는 시타를 쳐다본 뒤에 제압을 풀기 위해 바닥에서 발버둥을 치고 있는 한 여성 쪽으로 시선을 돌렸다.

"이봐, 대답해줘, 레이첼……. 아니, 이 경우에는 가면녀라고 부르는 편이 나으려나, 크크큭."

토마스가 비웃는 투로 말하자 레이첼은 뚝 멈췄다. 그녀의 얼굴에서 핏기가 싹 가시는 게 훤히 보일 정도였다.

"뭐? 어, 언니?"

예상조차 못 했던…… 아니, 가면녀의 말과 행동에서 혹시 언니가 아닐까, 하고 적잖이 짐작하긴 했다.

돌이켜보면 오르트아기나서가 있었던 그 서고의 문을 열라고 집요하게 권했던 사람은 레이첼이었다.

오르트아기나서를 처음으로 해독하기 위해서 준비했던 사람도 레이첼이었다.

그것은 해독이 아니라 봉인을 풀기 위한 준비였을지도 모른다.

여기로 오기 위해서 책을 시타에게 넘기고서 은근히 이끈 사람도 레이첼이었다.

그리고 리그레슈의 가면녀. 그 정체는 역시나 레이첼이었다.

그러나 그 사실로부터 도출된 '답'을 시타는 인정할 수가 없었다. 왜냐면 그건…….

언니에게 이용당했다……는 의미이니까.

지금껏 들었던 여러 사실 중에서 이것이 가장 큰 충격이었다. 시타는 마음이 옥죄이는 듯했다. 감정이 수렁 속으로 빠져드는 듯했다.

그리고 레이첼이 봉인을 풀기 위해서 은밀히 자신을 유도했다는 소리를 듣고도 반론하지 못하는 자신을 알 수가 없었다. 더는 생각하고 싶지 않다며 고개를 마구 가로저었다.

그래서 그녀가 시타를 가장 염려했었다는 사실도 잊고 말았다.

"……아, 아냐, 난, 큭……."

무슨 말을 하고 싶은지 레이첼이 다시 발버둥 치기 시작했다. 그러나 토마스는 말을 하도록 놔둘 수 없다며 바닥에 억눌려 있는 그녀의 배를 찼다.

"레이첼 씨!"

망연자실한 시타를 대신하여 마기루카가 외쳤다.

"어이쿠, 허튼짓은 하지 말아야지, 왕자의 충견들."

마기루카 일행이 앞으로 나서려고 하자 포위하고 있는 검은 괴한들이 공격 태세를 취했다. 토마스가 과시하듯 헐떡이고 있는 레이첼의 머리를 짓밟았다.

"윽…… 난, 그저…… 저 아이를, 책무로부터 해방하려고……."

고통스러워 이를 악물면서도 레이첼이 가냘픈 목소리로 생각을 토로했다. 그러나 너무 작아서 시타에게 닿지 못했다.

레이첼과 토마스가 명백히 동료 사이가 아닌데도 그조차도 시타는 판단하지 못하고 있다.

그 정도로 시타는 머리가 잘 돌아가지 않았다.

"토마스 사제, 당신은 대체 뭘 원하고 있는 겁니까? 리그레슈의 생각에 동조하고 있는 것 같지는 않습니다만."

"크크큭, 그 무슨 실례를. 난 저들의 생각에 동조하고 있어. 옛 카이로메이어 시대, 그래, 오르트아기나한테 예속되어 있던 시대를 되돌리려는 생각이거든."

마기루카가 질문하자 토마스가 한껏 비아냥거렸다.

"그딴 걸 누가 원한다는 거야!"

자하가 격노했다.

"사제……. 그 말투로 보아하니 처음부터 오르트아기나의 비밀을 알고 있었군요."

"홋, 후하하하, 정답. 대단하다고 해야 하나. 역시 계획을 위해서 너희들을 여기에 묶어두는 게 정답이었어."

마기루카가 불현듯 눈치채고서 지적하자 토마스가 진심으로 기쁘다는 듯 대답했다. 그는 왠지 감쪽같이 속여서 의기양양하다는 표정이었다. 그러나 마기루카는 그가 뒤에서 무엇을 또 계획하고 있는지 알 수가 없어서 할 말을 잃었다.

"크크큭, 그렇고말고. 우린 처음부터 알고 있었어. 시타의 아버지가 남긴 수기 덕분에 말이야."

"아, 아버지의……."

"그래. 고작 용이 만들어낸 관리 유닛 주제에 네 아버지는 고집쟁이였어. 하아~, 우리 부탁을 순순히 들어줬다면 아내와 함께 그런 신세는 되지 않았을 텐데~."

토마스가 그렇게 말하고서 꺼낸 낡은 수첩에는 핏자국이 말라붙어 있었다. 무슨 일이 있었는지 쉬이 상상되었다.

부모님은 사고로 돌아가신 게 아니다. 그렇다면…….

그렇게 생각한 순간, 시타 안에서 끈적끈적 소용돌이치고 있던 온갖 감정들이 분노로 수렴하며 폭발했다.

"우아아아아아아아앗!"

정신을 차려보니 시타는 소리를 지르며 검을 뽑아 토마스에게 달려가고 있었다.

마찬가지로 레이첼도 분노를 실어 그의 이름을 외치고서 일어서려고 했다. 그 모습을 보아하니 레이첼도 시타의 부모님이 토마스 일당, 영멸기관의 손에 살해되었다는 사실은 몰랐던 듯하다.

그러나 그것은 악수(惡手)였다.

"……앗……."

눈앞에 있는 토마스의 앞을 가로막듯 붙잡혀 있는 레이첼과 눈을 마주친 순간, 시타의 분노가 순식간에 사라졌다. 망설임이 솟구치자 검도, 발걸음도 멎어버렸다.

믿었던 언니에게 배신(?)당했다는 생각이 들면서도 지금껏 그녀와 함께 쌓아왔던 추억, 신뢰 관계 때문에 증오심이 하나도 끓어오르지 않았다.

그 순간의 망설임을 토마스는 놓치지 않았다.

그 결과, 시타마저도 붙잡히는 최악의 상황이 되었다.

"자, 책의 봉인은 풀렸다. 아래쪽 봉인도 풀렸고. 열쇠도 확보했어. 이제는 위쪽 봉인만 남았군."

모든 것이 순조롭게 진행되자 토마스는 희열을 느꼈다. 바동거리는 시타를 아군인 검은 괴한에게 넘기고서 본인이 억누르고 있는 레이첼을 쳐다봤다.

"크크큭, 그 얼굴……. 우리가 이대로 시타를 데리고 밖으로 나가면 씨족장이나 주민들이 알아차리고서 풀어주러 달려올 것 같나? 이런 이런, 얄팍하구만."

토마스가 속내를 제대로 꿰뚫어 봤는지 레이첼은 아무 말도 못 하고 이만 빠득 악물었다.

"말했지, 계획이 앞당겨졌다고……. 지금쯤 은밀히 배치하고 조정해왔던 대량의 합성수들이 도시에서 학살을 시작했을 거야."

"뭐라고!"

"그 여자애 때문에 모태와 장치가 파괴되어 생각보다 수가 줄어들었지만, 계획을 수행하기에는 충분하겠지. 크크큭, 지금쯤 위에서 아비규환의 혼돈이 펼쳐지고 있겠지. 참 볼만하겠군."

"과연 그럴까요?"

경악과 실의에 휩싸인 레이첼의 얼굴을 만족스레 쳐다보고 있는 토마스에게 뜻밖에도 마기루카가 도발을 걸었다. 시타도 놀라서 그녀를 쳐다봤다.

"당신이 말한 '그 여자애'가 지금 어디에 계신지 아시려나?"

그 말을 듣고서 토마스는 주변을 둘러봤다. 시타는 메어리가 이곳 어딘가에 숨어서 기회를 엿보고 있으리라 짐작했다.

그러나 아니었다.

메어리는 시타가 눈을 뜨기 전에 '알' 사건 때문에 혼자서 따로

행동하고 있었다.

그래, 그녀는 혹여나 이런 일이 벌어질까 봐 우려하여 먼저 움직였는지도 모른다.

"메어리 님은, 여기에 안 계세요."

"……서, 설마……."

"그 설마가 맞아요. 그리고 또 하나, 지금 나와 전하 사이는 전달 마법으로 연결되어 있답니다. 이 모든 게 메어리 님이 의도한 대로네요."

사실 메어리는 알 사건이 이렇게까지 번질 줄은 예상하지도 못하고, 그저 자신이 저지른 사고를 제대로 변명하지 못할 것 같아 도망쳤을 뿐이다. 마기루카가 왕자와의 사이에 연결 마법을 걸어 둔 것은 본인의 판단이었지만, 지금은 세세한 걸 일일이 따질 때가 아니라며 죄다 메어리의 의도였다고 뭉뚱그려버렸다.

그런 사실을 주변 사람들 아무도 몰랐다. 마기루카가 통쾌해하며 웃었을 때 멀리서 남자의 비명이 들리더니 무장한 사람들의 달그락거리는 발소리가 점점 가까워졌다.

그리고 검은 괴한 하나가 황급히 토마스에게로 달려와 귓속말을 했다.

가까이에 있어서 시타는 그 내용이 들렸다. 그녀의 마음이 눈시울과 함께 왈칵 뜨거워졌다.

무슨 영문인지 합성수 중 절반 이상이 '신수를 탄 백은의 소녀'

를 따라간 바람에 도시의 혼란은 최소한에 그쳤다. 또한 레이포스 왕자와 함께 씨족장이 이끄는 부대가 이쪽으로 밀려들고 있다…….

"……백은의, 성녀님……."

시타는 아직 본 적이 없는, 신수를 타고 있는 메어리의 모습을 상상하면서 무의식중에 중얼거렸다.

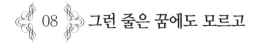# 08 그런 줄은 꿈에도 모르고

이번 이야기는 시타가 눈을 뜨기 조금 전에서부터 시작된다.

오르트아기나서를 해독하던 중에 사고가 벌어져서 나는 엉겁결에 능력을 쓰고 말았고, 책의 어떤 기능을 망가뜨린 것 같다. 더불어서 레이첼 씨는 결계에 튕겼는데 어째서 너는 그러지 않았느냐고 누군가가 묻는다면 대답하기가 난처한지라 그런 질문을 받고 싶지 않았다.

그래서 셰리 씨가 나를 부르러 왔을 때 켕기긴 하지만, 정공법으로 그곳에서 탈출했다. 뭐, 요행이었다고 생각해두자.

"근데 왜 이렇게 됐지?"

〈뭐, 뭔 소리야, 뜬금없이?〉

내가 갑자기 외치자 옆에 있던 정령이 화들짝 놀랐다.

지금 나는 씨족장님과 셰리 씨, 치안대원들을 대동하고서 도시 안을 걷고 있었다.

왜 이런 어마어마한 일이 벌어졌느냐면, 조금 전에 씨족장님과 셰리 씨와 나는 셋이서 합성수에 관해 여러모로 대화를 나누고 있었다. 앗, 나는 대화에 끼지 않고 거의 듣기만 하다가 합성수가 도시에 출현했다는 이야기가 화제에 오르자 불현듯 과거에 학원 마경(魔鏡) 소동 때 겪었던 실패를 설욕해보고 싶어졌다.

도시 전체 지도를 준비하여 합성수가 출현했던 지점마다 점을 찍으면 어떤 형태를…….

이룰 리가 없지요, 예.

변죽만 울린 꼴이라서 내심 '야단났네, 어쩌지' 하고 난처해했다. 내가 아무 말 없이 헛웃음만 짓고 있으니 씨족장님이 팔짱을 낀 채 신음하기 시작했다.

"으~음, 다시금 객관적으로 전체를 살펴보니 합성수가 출현했던 지점이 순찰 경로를 완벽하게 피하고 있군. 더욱이 도시 전체에 골고루 출현해서 겹치는 지점이 한 군데도 없어. 이건 우연인가?"

"리그레슈가 이번 합성수 사건에 관여했음이 확정됐으니 발생 지점에 어떤 의미가 있다고 말하고 싶은 거지? 메어리 짱."

씨족장님과 셰리 씨가 내 의도와는 다른 해석을 내놓고서 감탄했다. 그러나 이 대목에서 '아뇨, 아닙니다' 하고 차마 말하지 못하는, 살짝 부끄럼을 타는 나는 그저 웃으며 얼버무릴 뿐이었다.

뒤에 서 있는 튜테가 무슨 생각을 하고 있을지 쉬이 상상된다. 그러나 차마 뒤를 돌아 확인해볼 용기가 없어서 무시하기로 했다.

"과연, 그런 뜻이었나? 기존과 다른 장소에서 출현했고, 또한 자연적으로 발생한 것이라 착각한 바람에 조사하는 데 애를 먹고 있었는데. 설마 휴대하기 편한 알에서 부화하여 급격하게 성장하는 몬스터였을 줄이야……. 이 정보들을 바탕으로 지금부터 다시 조사하라는 말이로군."

(아뇨, 전 그런 생각을 요만큼도 하지 않았는데요…….)

내가 마음속으로 부정하고 있으니 씨족장님이 근처에 대기하고 있던 사람을 불러서 어떤 말을 전했다. 그가 빠른 걸음으로 나갔다. 아마도 사람들을 소집하여 준비시키라고 지시를 내렸겠지.

"······그래서 다음은 뭔가?"

그리고 그 뭔가가 뭔지는 모르겠지만 씨족장님이 기대를 담아 나에게 물었다. 나에게 무엇을 기대하고 있는지는 모르겠지만, 나라는 존재를 과도하게 오해하고 있는 게 명백했다. 물론 나는 무슨 소리인지 모르겠다며 고개만 갸웃거렸다.

"잠깐, 씨족장. 제아무리 메어리 짱일지라도 현지를 살펴봐야만 비로소 알 수 있는 것도 있다고. 게다가 타국 사람한테 너무 의지하는 것도 모양새가······."

"네가 그런 말을 할 처지던가?"

"난 메어리 짱의 친구이니까 괜찮아♪"

"큭······ 아니, 뭐, 확실히 미안하긴 하군. 딸들한테서 그대 이야기를 듣고서 무심코······."

(무심코, 뭔가요? 두 사람이 날 어떻게 평가하고 있는지 듣고 싶긴 하지만, 듣고 나서 '어머, 듣지 말 걸 그랬어' 하고 후회할 테니 그냥 흘려버리자.)

그래서 나는 두 사람이 나누는 대화에 전혀 끼지 않고 끝까지 얼버무리기만 했다.

그렇게 논의를 벌인 끝에 현지를 둘러보게 됐다. 현재 나는 높으신 분과 전문가, 무장한 순찰 집단을 대동하고서 장엄한 분위기를 풍기며 도시를 걷고 있다.

참고로 주목받고 싶지 않아서 나는 정령과 함께 이제는 익숙해진 후드를 푹 뒤집어쓰고서 슬금슬금 따라가고 있다.

뭐, 이 행동 때문에 내가 여기에 있다는 걸 어떤 분들이 알아차리지 못했음을 그 당시 내가 어떻게 알 수 있었겠어…….

"좋아, 도착했다. 다른 자들은 각자 지도에 적힌 지점을 다시금 조사해주게. 무슨 일이 벌어질지 알 수 없으니 신중하게."

씨족장님이 지시하자 무장한 사람들 몇 명을 제외하고서 나머지 사람들이 산개했다.

"일단 현장을 둘러보고서 '전 아는 게 없어서 잘 모르겠어요' 하고 둘러댄 뒤 여관으로 돌아갈까 봐. 시타가 깨어났다는 소식도 아까 들었고 말이야."

여기로 오는 도중에 우연히 여관에서 대기하려고 하는 왕자님, 스노우와 만났다. 시타가 깨어났고, 다 함께 지하 묘지로 가고 있다는 소식을 전해 듣고서 씨족장님은 안도하면서도 걱정하는 기색이었다. 그러나 부하들 앞이기에 이내 위엄 있는 모습으로 되돌아갔다.

시타 일행이 마음에 걸렸지만, 씨족장님 일행과 조사를 마치고서 가도 늦지는 않겠지 싶어서 그대로 씨족장님을 따라가기로 했다.

그런 상황 속에서 튜테에게 속닥거려봤더니.

"일이 그렇게 잘 풀릴까요? 어차피 아가씨이시니까요."

어머, 이 메이드가 또 불온한 소리를 입에 담는 게 아니겠어요~.

그러나…….

"그건, 그래!"

절대 그럴 리가 없다고 단언할 수 없는 자신이 서글프다. 그러나 이대로 눈물로 베개를 적시는 건 분한지라…….

"으, 불온한 소리를 내뱉은 메이드가 바로 너냐~."

"잠깐, 아가, 씨, 그만요, 간지러워, 후아아."

일단 불온한 발언을 선뜻 말한 튜테에게 간질간질 형벌을 시행했는데, 씨족장님이 부르는 바람에 금방 끝나고 말았다.

튜테에게서 쓱 떨어져 아무 일도 없었다는 듯이 웃으며 그쪽으로 걸어갔다. 씨족장님 일행이 약간 질색하는 듯 보이는데 괘념치 말자.

"이, 일단…… 당시에는 합성수가 갑자기 출현한 바람에 이 일대 주민들이 피해를 입었지만 어떻게든 대처했는데, 그대 이야기가 맞는다면 녀석들은 이 부근에서 알을 부화시킨 게 틀림없어. 이유가 뭘까?"

내가 다가가자 씨족장님이 묻지도 않는데도 당시 이야기를 들려주면서 내게 의견을 구했다.

그래서 나는 당초 계획한 대로 일단 주변을 관찰하고서 생각한 뒤에 잘 모르겠다고 대답하기로 마음먹었다. 아니, 정말로 아는 게 없어서 솔직히 대답할 수밖에 없다고 생각하면서 주변을 둘러봤다.

그곳은 주택들이 늘어서 있는 뒷골목 외길이라서 인적이 없었다. 합성수가 외부에서 이곳으로 몰래 침입하여 난동을 부리다가 발각되었다고 보기에는 조금 어려워 보였다.

뭐, 출현 트릭은 이미 풀렸으니 현 문제는 이런 곳에 합성수를 풀어놓은 이유가 무엇이냐는 거겠지.

"실험? 그렇다면 어떤 실험일까? 부화 실험을 이런 데서 할 것 같지는 않은데. 만약에 했다면 부화시켜서 뭘 시키려고 했을까……."

나는 일단 나름대로 생각하고서 추측한 바를 말해봤다.

"으~음, 모르……."

"앗, 그래, 메어리 짱이 무슨 말을 하고 싶은지 알겠어."

내가 계획했던 말을 내뱉기 전에 셰리 씨가 손뼉을 짝 치고서 묘한 발언을 했다.

"녀석들은 부화 실험을 이미 끝마쳤고, 모태로부터 상당한 숫자의 알을 입수했을 터. 그렇다면 여기서 그 알을 사용한 목적은 합성수가 얼마나 피해를 내고, 또한 주민들이 어떻게 토벌하는지 경과를 관찰……하려고 했던 게 아닐까? 그치, 메어리 짱!"

"아하…… 으, 응."

셰리 씨가 자신감 넘치게 말하고서 느닷없이 나를 언급했다. 나는 그녀의 말을 이해하기도 전에 고개를 끄덕일 수밖에 없었다.

"지도를 보면서 인구가 밀집한 지점이구나 싶긴 했는데, 설마 녀석들의 목적이 습격…… 아니, 설마, 이럴 수가……. 리그레슈의 목적은 고대 카이로메이어로 회귀하는 것이지 카이로메이어를 혼란에 빠뜨리거나 파괴하는 건 아닐 터……."

"메어리 짱도 그랬잖아. 리그레슈는 현재 결속이 굳건하지 않다, 검은 괴한들이 있다고. 그리고 메어리 짱 일행은 그 리더를 예전부터 알고 있었고……."

"서, 설마, 외부에서 온……! 마, 말도 안 돼……. 그대는 거기까지 생각하고 있었던 건가?"

"오호, 으음……."

셰리 씨의 말을 듣고서 혼자서 고민하고, 혼자서 놀라고, 끝내는 어째선지 나에게 감탄사를 던지는 씨족장님. 나는 흐름을 따라가질 못하고 박력에 짓눌려서 모호하게 대답했다.

이 대목에서 뭐라고 대답해야만 오해를 풀고서 내가 원하는 대로 상황을 풀어갈 수 있을까? 솔직히 지금껏 최고의 선택을 이끌어냈던 기억이 없기에 섣불리 말할 수가 없었다.

나는 몹시 난처해서 도움을 요청하듯 튜테를 쳐다봤다. 그녀는 나를 구하기 위해 화제를 돌릴 만한 소재를 제공하고자 일부로 정령을 자유롭게 행동하도록 놔뒀다.

"아, 아차, 정령이 또 멋대로."

나는 튜테가 던져준 구명줄을 냉큼 붙잡았다. 이야기를 얼른 마무리 짓고서 정령 쪽으로 다가갔다. 씨족장님과 셰리 씨의 포위망에서 달아나는 데 성공했다.

〈킁킁킁…… 냄새…… 냄새가 나.〉

안도할 새도 없었다. 코가 없는데도 냄새를 맡는 흉내를 정성껏

내면서 정령이 불길한 발언을 했다. 이곳에서도 멀어지고 싶은 나는 대체 어쩌면 좋을까요?

"무…… 무슨 소리야?"

〈쿵쿵쿵…… 알이야, 알. 그 알 냄새가, 진~하게 풍기고 있어. 어디일까?〉

그녀는 냄새가 아니라 마력을 감지했을 테지만, 너무나도 자연스럽게 말하기에 알면서도 덩달아 쿵쿵거리며 정령을 따라갔다.

"아가씨, 상스러워요."

튜테가 도중에 지적하자 나는 비로소 무얼 하고 있었는지 깨닫고서 창피해졌다.

곁눈으로 슬쩍 보니 무언가 신기한 광경이라도 지켜보는 듯한 표정을 짓고 있는 셰리 씨 일행과 눈을 마주쳤다. 삶은 문어처럼 얼굴이 새빨개지자 나는 더더욱 창피해하며 도망치듯 정령을 쫓아갔다.

아니, 너무 창피해서 발걸음을 재촉하다가 정령조차 추월했음을 미처 깨닫지 못했다.

뭐, 후드를 뒤집어쓰고 있었기에 모두가 내 표정을 보지 못했다는 게 다행이라면 다행일까.

그리고 그대로 길을 꺾어서 혼자서 더 안쪽으로 들어갔을 때, 어떤 위화감이 나를 엄습했다.

(응? 이건, 왠지 결계 같은 걸 억지로 통과했을 때랑 비슷한 느낌인데…….)

나는 비로소 멈추고서 주변을 확인해봤다. 그러나 이미 일을 저지른 뒤라서 비교할 만한 요소가 없었다. 내 눈에는 평범한 골목으로밖에 보이지 않았다.

눈에 띄는 게 있다면 저 앞에 지하로 이어지는 돌계단이 있다는 것 정도……?

(……설마 싶긴 한데.)

"이건 옛날부터 있었던 지하수로로 이어지는 계단이군. 이제는 쓰이지 않을 텐데."

불~길한 예감을 자꾸만 느끼는 나를 무시하고서 쫓아온 씨족장님이 고개를 갸웃거리며 말했다.

"아가씨?"

"아, 아냐, 아니, 아마도 아닐 테지만, 불가항력이야."

내가 굳어 있으니 튜테가 의아해하며 말을 걸었다. 딱히 이렇다 할 확증이 있는 것도 아닌데 나는 반사적으로 변명했다.

"……뭘 저지르신 건가요?"

"따, 딱히, 아아아, 아무 짓도 안 했어, 난…… 그냥, 위화감이 살짝."

"위화감이라……."

튜테가 실눈을 뜬 채 추궁하자 나는 허둥지둥 변명을 계속했다. 그 말에 반응한 씨족장님이 그대로 그곳을 통과하려던 발걸음을 멈추고서 경계하며 계단을 내려갔다.

그곳은 컴컴하고 조용하고 스산했다. 씨족장님 일행은 빛 마법으로 주변을 비추면서 그대로 안쪽으로 나아갔다.

위에서 기다렸으면 됐을 것을 나는 튜테의 잔소리에서 벗어나기 위해 그의 뒤를 따라갔다. 새삼스럽지만 걱정이 되기 시작했다.

물론 내 신변에 위험이 닥칠까 봐 걱정하는 게 아니다. 또 위험한 사건에 발을 내디뎠을까 봐 걱정하는 것이다.

〈냄새가 점점 강해져……. 가까운 것 같아.〉

내 걱정을 날려버리듯 옆에 있는 정령이 무서운 발언을 했다.

"뭐, 뭐야…… 이건."

앞서 걷고 있던 씨족장님 일행이 발걸음을 멈추고서 큰소리로 경악했다. 나는 그가 본 광경을 목격하고서 말문이 막혔다.

그곳에는 대량의 알들이 있었다.

무슨 알인지는 유심히 살펴보지 않아도 알 수 있다. 그것은 방금까지 의논을 나눴던 합성수의 알이었다. 그 알이 대량으로 놓여 있었다.

"……이럴 수가…… 결계는…….."

모두의 의식이 대량의 알에 쏠려 있는 중에 내 귀에 우연히 작은 목소리가 들렸다. 이내 어둠 속에서 흔들리는 실루엣을 발견했다. 어떻게 알아차렸느냐면 하필이면 그 실루엣이 튜테 쪽으로 다가가고 있었기 때문이다.

"튜테!"

271

나는 외치자마자 어둠 속에서 움직인 실루엣을 향해 발차기를 선사했다. 비명과 함께 그것이 벽에 세차게 부딪쳤다.

그는 우리가 사람이라는 걸 알고 있었다. 아마도 우리 중에서 가장 죽이기 쉽거나, 혹은 인질로 삼기 쉬운 인물로 튜테를 점찍었겠지.

그러나 그 행동이 내 역린을 건드렸음을 저 녀석은 모르고 있었다.

몇 번이고 말하지만, 나는 튜테가 얽힌 상황에서는 마음이 좁아진다. 무엇보다도 그녀에게 위해를 가하려고 하는 자를 용납하지 않는다.

나를 보고서 씨족장님과 그 일행들도 주변을 경계했다. 나의 재빠른 반응에 순간적으로 놀란 다른 녀석들도 반격을 당했다.

"저 녀석들은, 리그레슈…… 아니, 모습이 다른가? 게다가, 인족……. 역시, 그대가 말한 대로, 외부인들인가…….”

포박당한 검은 괴한의 정체를 확인하고서 씨족장님은 처음에 당혹스러워했다. 그러나 이내 무언가를 떠올리고서 어둠 속에 있는 나에게 말을 걸었다. 그리고 나는 그 행색을 보고 짐작 가는 바가 있었다.

"……영멸기관.”

"영멸……? 설마, 그 성교국의…….”

내가 중얼거리자 씨족장님이 반신반의하며 물었다. 상대를 제대로 확인하기 위해 나는 후드를 벗으며 환해진 곳으로 나왔다.

"마, 말도 안 돼! 백은색 머리라니?! 넌 사서장과 함께 있었던 거 아니었나!"

내 등장이 뜻밖이었는지 내 모습을 보고서 남자가 경악하며 말했다.

"서, 설마, 우리가 경계할 걸 알고서 모습을 시종 감췄던 건가……. 큭, 감쪽같이 걸려들었군."

나는 지금껏 여러 이유로 밖에서는 후드를 뒤집어쓰고 있었다. 그러나 저들의 경계심을 풀도록 해야겠다는 의도는 요만큼도 없었다. 그러나 주변 사람들은 그렇게 생각하지 않는 눈치였다. 이제 어쩌면 좋을지 몰라서 나는 그저 넋을 잃고 서 있었다.

(경악하고 싶은 사람은 바로 나야. 왜 얘기가 그렇게 되는 거냐고!)

"훗, 이 알들을 부화시켜서 도시를 혼란에 빠뜨리려는 속셈이었나? 그래서 이 장소를 택했군. 훗, 그녀가 지금 이리로 인도해 주지 않았다면 너희들 생각대로 됐을 텐데, 아쉽겠군."

"큭큭큭, 이쪽에 네가 있으니 저쪽은 문제없이 진행되고 있겠구나. 과연, 어느 쪽의 피해가 더 막대할지 견주어보는 꼴인가."

씨족장님이 빈정거리자 붙잡힌 남자는 괘념치 않고 불온한 발언과 함께 비웃었다.

"하나 아쉽게 된 건 너희들이야. 이제 곧 위대한 존재가 부활한다. 우리의 숙원을 이뤄줄 길이 또 하나 개방되는 거다!"

"그게, 무슨 의미냐."

검은 괴한이 흥분하여 떠들어대자 씨족장님이 의문을 품고서 추궁하려고 한 순간, 멀리서 폭발음이 들려왔다.

"뭐, 뭐냐?"

"크큭큭, 알이 이것뿐이라고 생각하나? 귀여운 녀석들이구나. 뭐, 모태를 잃어버려서 몽땅 쓰기로 했지만."

남자가 비웃자 씨족장님이 무언가 퍼뜩 깨달았는지 이곳을 동료에게 맡기고서 홀로 지상으로 달려갔다. 우리도 조금 뒤늦게 그를 쫓아 지상으로 나왔다. 도시 곳곳에서 연기가 피어오르고 있는 광경이 시야에 처음으로 들어왔다.

"젠장! 도시 요소마다 저만한 알들을 배치해놨던 건가! 대체 얼마나 준비해온 거냐!"

씨족장님이 상황을 정리하고자 혼잣말로 볼멘소리를 내뱉었다. 그러나 아마도 그의 생각이 맞겠지. 모태 근처에 알들이 의외로 적어서 원래 많이 낳지 않는 줄 알았더니만 아마도 알 대부분을 꺼낸 뒤였나 보다. 만약에 모태가 지금도 건재했다면 그 양이 더욱 늘었을지도 모른다.

"메어리 공의 말을 듣고서 병사들을 산개시킨 게 그나마 다행인가. 아니, 그래도 소집한 인원수에 비해 알의 개수가 너무 많지 않은가."

위기에 대처하기 위해서 냉정을 되찾고 있는 씨족장님에게 뭐라 말을 해야 좋을지 몰라서 주변을 둘러보고 있으니 문득 저쪽에서 하얗고 작은 설표가 달려오는 모습이 보였다.

"어, 리리?"

〈앗, 있다, 있다, 메어리~.〉

내가 놀라서 그쪽으로 다가가자 리리의 뒤에서 커다란 설표가 등에 왕자님을 태우고서 나타났다.

그리고 우리는 왕자님에게서 시타 일행이 처한 상황, 토마스 사제의 정체, 오르트아기나와 과거 카이로메이어의 진실 중 일부를 알게 됐다.

09 악몽 다시 재현?

"설마, 토마스 사제가……."

왕자님의 이야기를 듣고서 씨족장님은 바로는 믿지 못하겠다는 표정이었다. 그러나 현 상황을 직시하고 마음을 다잡으려는지 고개를 가로저었다.

"시타 일행 곁으로 당장에라도 달려가고 싶지만, 도시를 습격한 몬스터들을 어떻게든 처리해야만……. 이대로는 도시가."

"합성수는 그 성장 속도 때문에 시간이 지나면 지날수록 약해지다가 끝내는 노쇠하여 죽어. 그렇다고 해서 이대로 두 손 놓고 기다렸다가는 많은 사람이 희생되겠지."

"빌어먹을, 하다못해 한곳에 모여 있으면 어떻게든 대처할 수 있을 텐데."

씨족장님과 왕자님이 앞으로 어떻게 움직일지 의논하고 있다. 솔직히 이토록 광범위하게 출현한 합성수들을 순식간에 처리할 방안은 나에게도 없다.

씨족장님의 말대로 한곳에 모여 있으면 내 마법으로 일망타진할 수 있을 것 같지만, 영멸기관은 그것까지 염두에 두고서 합성수들을 분산해둔 것 같다.

〈한곳이라~. 그 문제라면 어떻게든 될지도 모르겠어.〉

정령이 골똘히 고민하는 우리 가운데로 들어오더니 에헴, 하고 가슴을 펴고서 제안했다.

〈저들을 한곳에 모으려면 메어리, 네 힘이 필요해.〉

"어, 나?"

모두가 정령을 주목하는 중에 그녀가 느닷없이 지명하자 무심코 자신을 가리키며 대답하는 나.

〈그래, 예전에 들었던 이야기로 판단해보건대 아마도 네가 적임자일 거야. 게다가 한곳에 모인 저 녀석들을 한꺼번에 해치우려면 너…….〉

"와아아아앗! 자아아아암깐 저쪽에서 대화를 나눠볼까."

정령의 이상한 설명에 고개를 갸웃거리고 있으니 그 아이가 뜬금없이 모두에게 해서는 안 되는 말을 지껄이려고 했다. 나는 황급히 그녀를 붙잡고서 모두에게서 떨어뜨렸다.

〈뭐, 뭐야. 아직 얘기 안 끝났어.〉

"너, 지금 난동을 부리고 있는 합성수들을 쓸어버릴 수 있는 사람이 나라는 소리를 하려고 했지?"

〈어라, 불가능해?〉

"으…… 아, 아마도, 가능하지, 않을까~."

〈그럼 문제없네.〉

"그, 그렇긴 하지만……."

정령이 말하자 나는 손가락과 손가락을 대고 쓱쓱 문지르며 우물쭈물 대답했다.

"저기, 정령님. 다들 판단을 서둘러 내려야 하니까 상세한 제안을 들려주면 좋겠는데."

나 때문에 이야기가 끊겨서 모두가 무슨 일인가 지켜보는 중에 왕자님이 나를 대신하여 정령에게 부탁해줬다.

〈그러네. 그럼 질문. 내가 누구게~?〉

"누구냐니 정령수잖아?"

〈땡땡~. 지금의 나 말이야, 지금.〉

"?"

이 대목에서 긴장감 하나 없는 수수께끼가 시작되자 나는 잘 모르겠다는 듯 고개를 갸웃거렸다.

"아가씨, 현재 정령님은 모습을 빌린 상태예요. 맨드레이크 아종을 조종하고 계세요."

그런 글러먹은 나에게 튜테가 슬쩍 조언을 해줬다. 나는 그 존재를 완전히 잊고 있었음을 겨우 깨닫고서 손뼉을 짝 쳤다. 그와 동시에 불쾌한 기억과 불길한 예감이 나를 엄습했다.

"잠깐만. 나랑 아종 사이에는 그것밖에 없는데, 설마 설마 그거랑 그 제안 사이에 무슨 관계가 있는 거니?"

〈그래! 너, 이 녀석의 특성으로 학교의 온갖 사람들을 포로로 삼아 거느리고 다녔다면서.〉

"아윽."

떠올리고 싶지 않은 흑역사를 후비자 나는 아프지도 않은데도 가슴을 부여잡으며 괴로워했다.

"흠? 즉 정령님은 메어리 양더러 그때처럼 합성수들을 매료하여 유인하라고 말하는 건가?"

〈바로 그거야~!〉

"가능할 리가 없잖아아아아아아!"

왕자님이 놀라워하며 끼어들자 정령이 의기양양하게 말했다. 나는 상스럽긴 하지만 그런 그녀에게 큰소리로 항의했다.

〈칫칫칫, 내가 누군지 모르는 거야? 우는 아이도 뚝 그치게 하는 정령수님이야. 그 부분도 철저히 고민해봤지.〉

우리의 반응을 예상했는지 딱히 주눅 든 기색 없이 정령이 말을 이어나갔다.

〈매력에는 다양한 측면이 있잖아? 이번에는 하나의 측면에 모든 역량을 집중할 셈이야.〉

"하나의 매력?"

〈그래! 저 녀석들의 눈에 네가 최대한 '맛있게' 보이도록 말이야!〉

"⋯⋯⋯⋯뭐어?"

정령이 나이스 아이디어라며 가슴을 펴고 말하자 나는 도무지 이해되지 않아 목소리를 뒤집으며 되물었다.

아름다움이나 귀여움만이 매력은 아니다. 행동에서도 매력을 느낄 수 있고, 말에서도 매력을 느낄 수가 있다.

즉 정령은 그 다양한 매력 중에서 식욕과 관련한 매력을 전면에 내세울 속셈인가 보다⋯⋯라는 게 왕자님의 견해다.

"아니아니아니, 아니아니아니아니아니. 그게 먹힐 리가 없잖아."

왕자님의 이야기를 듣고서 나는 손을 앞으로 내밀어 고속으로 흔들면서 부정했다.

〈무례하기는. 내가 누군 줄 알아? 내 영역에 있는 식물들은 자유자재로 부릴 수가 있어. 저 녀석들은 적어도 너희들을 먹잇감으로 여기고 있어. 그 욕망을 증폭시키는 거야. 뭐, 몬스터뿐만 아니라 이 주변에 있는 사람들이 사람을 보고 입맛을 다신다면야 그 녀석들도 휘말리게 되겠지만 말이야.〉

(아니, 그런 사람이 있다면 징그럽지.)

내가 심하게 부정하자 자존심이 다쳤는지 정령이 더욱 고집스럽게 주장했다. 마지막에 내뱉은 말은 정말로 벌어지면 어찌할지 무척 골치 아픈 사안이긴 하지만······.

"서, 설령 그게 가능하더라도 메어리 양이 수많은 몬스터들한테 쫓기게 될 텐데?"

〈그러네, 저기 있는 신수라도 타고서 온 도시를 쉴 새 없이 돌아다니며 한곳으로 모으면 일망타진할 수 있잖아? 마지막에 메어리가 확 쓸어버려······.〉

"와아아아, 와아아아, 한곳에 가둔 뒤에 시간이 지나길 기다리자는 거네! 어, 어어어, 어디 괜찮은 곳 없나?"

"아무도 없는 장소라······. 서쪽 문을 나가면 작은 섬과 이어지는 돌다리가 있어. 제사 같은 행사를 치를 때 사용하는 곳인데 지금은 아무도 없으니 몬스터들을 모아두더라도 별문제가 없지 않을까."

왕자님이 질문하자 정령이 또다시 터무니없는 발언을 내뱉으려고 했다. 나는 억지로 이야기 방향을 틀었다. 그러자 주민들끼리 정보를 공유하느라 우리 대화에 끼지 않았던 씨족장님이 내 질문을 듣고서 적절한 장소를 알려줬다.

"하지만 메어리 양한테만 그런 위험을 감수하게 할 수는 없어. 나도 할 수 없을까?"

마뜩잖지만 이야기가 정리됐나 싶었을 때, 이번에는 왕자님이 터무니없는 소리를 해서 나는 전전긍긍했다.

〈아니, 무리지. 넌 마력이 너무 부족해. 애당초 평범한 인간은 이런 짓을 할 수가 없어. '나'랑 '메어리'이니까 가능한 작전이라고.〉

원래 이 대목에서 정령수가 보여준 믿음에 '정령수님!' 하고 감탄해야만 할 테지만, '잠깐, 그거 오해를 불러일으키는 발언이잖아' 하고 조마조마해지는 나, 메어리 레가리야.

실제로 상세한 내용을 잘 모르는 씨족장님과 주민들이 오오~, 하고 감탄하며 나와 정령을 번갈아 보고 있었다.

〈자, 더는 군소리 하지 마! 여긴 나랑 메어리한테 맡기고 너희들은 시타 일행을 도와주러 가도록 해! 그게 지금 너희들이 해야 할 일이야!〉

정령이 모두를 이끄는 정령수다운 대사를 내뱉었다. 그러나 후드를 뒤집어쓴 자그마한 겉모습으로 면이 제대로 서려나? 나만 이렇게 생각하나?

어쨌든 그녀가 호령하자 다들 행동을 개시했다. 역시나 엘프들은 그녀가 어떤 모습이든, 얼마나 작든 위대한 정령수님으로 여기나 보다.

"면목 없어, 메어리 양. 또 네게 일을 떠맡기게 됐어……."

"아뇨, 매번 겪는 일이니 그냥 제 운명이라고 받아들이면……. 레이포스 님도 마기루카 일행을 잘 부탁드려요."

왕자님이 미안해하며 말하자 맨날 사고를 저지르는 체질이니 크게 괘념치 말라고 반쯤 농담으로 대답했다.

"……성녀의 운명……이라."

멀리서 그 광경을 보고 있던 씨족장님이 그렇게 중얼거린 것 같은데 잘 못 들은 거겠지? 응, 분명……. 아마도.

그리하여 나는 으슥한 곳으로 이동한 뒤 스노우를 불렀다. 그 사이에 튜테에게 후드가 달린 망토를 벗겨달라고 했다.

"그나저나 이번 작전을 마친 뒤에 난 어떻게 효과를 지우면 되는 거야?"

〈뻔하지. 날 끓여서 마시도록 해.〉

"그, 그렇게 했다간 넌 죽고 말잖아. 너, 모두를 위해서 그런 각오까지……."

〈아니아니아니, 이건 가짜 보디, 가짜 보디야. 본체는 커다란 나무거든. 혹시 내가 누군지 까먹었어?〉

"앗, 그랬지. 이쪽 몸이랑 더 오랫동안 지낸지라 그만 깜빡해버렸네."

내가 진짜로 까먹은 것을 알고서 정령의 딴죽이 작열했다.

〈뭐, 나도 여러모로 즐거운 경험을 할 수 있었어. 너희들한테 약소하게나마 답례를 할 생각이었어. 그러니까 메어리…….〉

"뭐, 뭐야, 새삼스럽게……."

〈후훗, 이번 일이 끝나면 날 맛있게 먹도록 하렴♪〉

"트라우마를 부추기는 듯한 발언을 은근슬쩍 내뱉는 건 그마아아아안!"

정령이 말이 맞긴 하지만, 짓궂은 그녀가 그 기억을 애써 덮어두고 있는 내 정신을 웃으면서 후벼내자 무거웠던 분위기가 완전히 사라져버렸다.

그로부터 몇 분 뒤.

"우엑…… 끈적끈적……."

정겨운 광경이다. 온몸이 흠뻑 젖은 나는 팔과 다리를 흔들며 끈적끈적한 즙을 털어내고서 푸념을 늘어놨다.

〈잠깐~, 설마 싶지만, 그대로 내 등에 탈 생각은 아니겠지. 제대로 말리고서…….〉

"길동무, 미안!"

〈우갸아아아아아아아!〉

맨드레이크 아종의 즙으로 흠뻑 젖은 나를 보고서 마치 오물이라도 본 것처럼 뒤로 물러나는 스노우. 나는 그녀를 길동무로 삼겠다며 다짜고짜 그 등에 올라탔다.

"자, 튜테랑 리리도 나랑 함께 지옥으로 떨어지자♪"

스노우를 탄 채로 활짝 웃으면서 튜테와 그녀의 팔에 안겨 있는 리리를 향해 손을 뻗어서 길동무를 늘리려는 사악한 나.

뭐, 스노우와 리리, 튜테에게 나와 같은 효과가 발휘되는 것은 아니므로 정확하게 말하자면 길동무가 아니긴 하다. 이 끈적끈적함을 공유하고 싶어서가 아니라, 이곳에 그녀만 남겨둘 수가 없었고, 또한 그녀가 내 곁에 있다면 앞으로 벌어질 지옥 속에서도 정신이 안정되겠지.

내 바람을 알아차렸는지 튜테가 망설이지 않고 내 손을 잡고서 뒤에 올라탔다. 리리는 상황을 잘 모르는지 끈적끈적해진 내 옷을 즐겁게 찰팍찰팍 때리고 있다.

〈오오, 바로 걸려드는데♪〉

정령도 스노우에 탔다. 그녀가 가리킨 방향에서 합성수들이 이쪽으로 엄청난 기세로 달려오고 있었다.

(진짜~, 진짜로 오고 있어. 즉 지금 난 저 녀석들의 눈에 엄청 맛있는 음식으로 보인다 이 말이네……. 마음이 아주 복잡~.)

"가자, 스노우! 최대한 저공으로, 도시 전체를 날아다니는 거야."

〈예이예이, 알겠어요. 날면 되잖아, 날면~.〉

내가 부탁하자 스노우가 체념했다고 해야 하나, 자포자기하듯 날기 시작했다.

그러자 합성수들이 주변에 다른 사람들이 있는데도 눈길조차 주지 않고 나를 쫓고자 진로를 틀었다.

"유인되고 있어……. 잘 모르겠지만, 이것이 정령수님과 성녀

님의 기적인가."

원리를 잘 모르는 씨족장님이 내뱉은, 오해를 초래할 만한 그 중얼거림을 주변 사람들이 모두 들었다. 그리고 그 말이 온 도시로 퍼져나갈 줄은 그 당시에 나는 도망치기에 급급해서 상상조차 하지 못했다.

10 🎕 도주와 전투

"뭐냐…… 대체 무슨 일이 벌어지고 있는 거냐!"

사로잡힌 시타 옆에서 토마스가 당혹감과 초조함을 드러냈다.

현재 포박당한 시타와 레이첼은 영멸기관 조직원 몇 명과 함께 이 미궁 같은 지하 묘지에서 지상으로 달려가고 있었다.

그 뒤쪽, 멀리서 마기루카 일행과 영멸기관 조직원들이 교전을 벌이는 소리가 희미하게 들려왔다. 이쪽으로 달려온 씨족장의 부대와 합류했으니 진압하고서 따라잡는 건 시간문제겠지.

시타와 레이첼도 그 사실을 알기에 어떻게든 발목을 잡고자 저항하고 싶었다. 그러나 그들이 채워놓은 목걸이 때문인지 힘이 잘 들어가지 않았다. 마법을 쓰려고 해도 동작이 굼떠서 폭력에 의해 금세 저지당했다.

시타는 모를 테지만, 두 사람의 목에 달린 아이템은 레리렉스 왕국의 구속구(拘束具) 기술을 도용하여 제작한 것이다.

그러나 메어리 때문에 오리지널을 훔쳐내지 못했고, 또한 기르츠나 피피 같은 우수한 인재가 없는 성교국에서 제작했기에 품질이 열화되어 있다. 진품과는 비교가 안 되는 조악품에 불과했다. 그래도 시타와 레이첼 정도는 몇 분쯤 억지로 끌고 갈 수 있을 정도의 구속력은 제공해주었다.

그들 역시 이런 조악한 아이템에 의지하고 싶지 않을 테지만,

긴박한 상황이라서 그들의 성가신 저항을 잠시라도 배제해두고 싶었겠지.

그토록 주도면밀한 토마스가 지금 계획이 거의 어그러지자 경악과 초조함을 감추지 못하고 얼굴을 일그러뜨리고 있다. 그 모습을 보고 시타는 '꼴좋다'고 생각했다.

"젠장, 젠장, 이 몸이 도망치게 될 줄이야……. 내 계획은 완벽했을 텐데. 다소 억지스럽긴 하지만 용의 봉인을 풀었다면 성교국 군대가 구원군이라는 명분으로 침공할 수 있었을 것을……!"

토마스가 어지간히도 여유가 없는지 시타의 귀를 의심케 하는 말을 중얼거리고 있다.

이 소란을 틈타 봉인을 푸는 것뿐만 아니라 그 뒷일까지 예측하고서 상황을 꾸며내려고 했던 건가.

"그런데 신수를 탄 백은의 소녀……. 신수는 그 금발 쪽을 따르는 거 아니었나. 서, 설마 우리의 눈을 속이려고 이리로 오기 전부터 손을 써뒀다는 말이냐……."

토마스는 정령수의 영역에서 만났던 마기루카를 떠올리고서 경악했다. 카이로메이어에 도착하기 전에 백은의 소녀는 어느 시점에 자신들의 시선에서 벗어나기 위해서 포석을 깔아뒀다는 건가…….

설마 메어리도 불현듯 떠올라서 시도해봤던 행동이 예기치 않은 곳에서 그들에게 크게 먹힐 줄은 생각지도 못했겠지.

"말도 안 돼, 말도 안 돼! 우린 신의 대변자, 신의 사도, 선택받은 우리가……! 내 계획이 깨지다니……!"

"자부심 한번 거창하네! 신께서 사랑하시는 건 성녀 쪽이지 너 따위가 아냐."

"닥쳐어어어!"

자신의 공적은 아니지만, 그래도 시타는 말하지 않을 수가 없었다. 이 동네를 혼돈에 빠뜨리고, 부모님을 죽인 원수에게 빈정거리자 토마스는 발걸음을 멈추고서 격노하며 그녀의 뺨을 때렸다.

"토마스, 이 자식!"

시타에게서 떨어져 억지로 떠밀리던 레이첼이 격노하여 그에게 달려들려고 했지만, 목걸이 때문에 잘 움직일 수가 없었다. 주변을 에워싸고 있는 남자들이 폭력을 가하며 제지하자 숨이 턱 막혔다.

역린을 제대로 건드렸는지 토마스에게 뺨을 힘껏 후려 맞은 시타의 뺨이 빨갛게 부어올랐다. 입술 가장자리가 찢어져 피가 흘렀지만, 시타는 겁을 먹고 위축되지 않았다. 상대를 노려보며 살의를 노골적으로 뿜어냈다.

토마스에게만 그러는 게 아니다. 그가 이끄는 영멸기관, 그 뒤에서 암약하는 성교국을 향해 분노를 담아…….

그러나 토마스는 소녀가 내뿜는 기백에 움츠릴 사람이 아니었다. 다소 흥분하긴 했지만, 그녀의 머리채를 움켜쥐어 확 잡아당기고서는 노려봤다.

"흥! 일개 유닛 주제에 잘도 지껄이네. 그래, 너야. 너만 봉인의 장소에 데려가기만 하면 과정 따위야 아무래도 상관없어."

토마스의 말을 듣고서 시타는 자신에게 이 의식을 거부할 권한이 없음을 떠올렸다. 이대로는 안 된다며 발버둥을 치려고 했지만, 분하게도 지금 시타에게는 저들을 뿌리칠 만한 힘이 없었다.

"네 놈만은, 절대로 용서 못 해!"

서로 노려보고 있는 토마스와 시타 사이에 끼어드는 목소리가 있었다.

레이첼이었다.

이럴 수가. 그녀가 남자들을 뿌리치고서 토마스에게 달려들었다.

자세히 보니 그녀의 목걸이가 부서져 있었다.

기껏해야 열화 복제품. 레이첼의 힘을 억제하지 못하고 망가졌는지, 혹은 작동 가능 시간이 다 됐는지 어쨌든 레이첼을 억압하던 구속력이 사라졌다.

그러나 아직 몸에 힘이 잘 들어가지 않아서 레이첼은 마법을 쓰고 싶었으나 시타가 그의 곁에 있어서 쓸 수가 없었다. 그래서 그녀가 달아날 수 있도록 틈을 만들고자 몸을 날린 것이다.

구속 아이템이 조금은 더 버텨 주리라 여겼던 토마스는 레이첼의 갑작스러운 저항에 놀랐다. 그녀의 몸통 박치기에 제대로 맞고서 자세가 무너져 시타를 놓치고 말았다.

그 기회를 놓칠 시타가 아니었다.

힘이 들어가지 않는 몸을 채찍질하면서 그들에게서 억지로라도 벗어나고자 달렸다.

그러나 등 뒤에서 꾹 억누른 비명이 들려왔다. 당황하여 곁눈으로 보니 쓰러진 레이첼의 등이 크게 베여 있었다.

시타는 고통에 얼굴을 일그러뜨린 레이첼과 눈을 마주쳤다.

그러나 시타에게 도움을 요청하는 눈빛이 아니었다.

그 눈에 자신을 버리고서 달려가라는 심정이 담겨 있음을 시타는 알아차렸다.

시타는 그만 발걸음이 느려졌다.

어째서 저들이 레이첼까지 끌고 왔는지 시타는 깨달았다. 그녀는 시타가 도망치지 못하도록 붙들어두는 족쇄였다. 함께 도망친다면야 더할 나위가 없겠지만, 지금처럼 레이첼을 놔두고서 도망쳐야만 할 때, 과연 시타는 그 선택을 받아들일 수 있을까.

실제로 시타는 바로 결심하지 못했다.

레이첼은 자신을 이용했다. 그러나 그녀를 놔두고서 도망치자는 드라이한 마음이 도저히 들지 않았다.

"어서 도망쳐, 시타!"

레이첼이 노성을 지르자 시타는 흠칫 떨었다. 혼쭐이 난 어린 애처럼 시타는 눈을 질끈 감고서 반사적으로 달렸다. 몸이 아까보다 그나마 가벼워져서 다행이긴 하지만, 그래도 다리가 꼬여서 잘 달릴 수가 없었다.

"빌어먹을. 이놈이고 저놈이고 죄다 내 발목을 잡다니!"

토마스의 노성과 레이첼이 고통에 신음하는 소리가 지하 묘지에 되울리자 시타는 귀를 막고 싶어졌다.

"너희들은 여기서 추격자들을 상대해. 난 저 녀석을 쫓는다."

"예! 그럼 저 여자는 어쩔까요?"

"이제 이용 가치가 없어졌으니 죽여…… 아니, 그래, 써먹을 만한 여지가 있겠군."

불온한 목소리가 울리자 시타는 발걸음이 늦추었다. 돌아가고 싶다는 생각을 떨쳐내고자 고개를 젓고서 밖을 향해 달려갔다.

시타가 토마스 일당에게서 벗어나고서 얼마 지나지 않아 앞서고 있던 마기루카 일행이 따라잡았다.

"레이첼 씨!"

마기루카가 남자들에게 포위당한 채 쓰러져서 꼼짝도 하지 않는 레이첼을 보고 외쳤다. 그 목소리를 듣고서 토마스가 그쪽을 힐끗 보더니 기다렸다는 듯 입꼬리를 올렸다. 그러고는 품속에서 합성수 알을 꺼냈다. 그것은 지금껏 봤던 것과는 형태도, 크기도 달랐다.

"아직 시작품이라서 문제투성이이긴 하지만, 내게 이토록 망신을 준 너희들한테 선물을 선사해주마."

토마스는 그렇게 말하고서 무슨 꿍꿍이인지 그 알을 엎드려 있는 레이첼의 다친 등에 떨어뜨렸다.

그러자 알이, 아니, 고깃덩어리가 꾸룩꾸룩 부풀어 오르더니 레이첼의 등을 뒤덮을 정도로 퍼져나갔다.

그와 동시에 레이첼의 입에서 비명이 나왔다.

"레이첼 씨!"

"여, 여러, 분…… 난, 무시하고…… 시타는…… 저 앞에…….."

마기루카의 외침과 극심한 고통에 의식이 몽롱해진 상태에서 레이첼이 말을 쥐어 짜냈다. 마치 마력을 급속도로 빼앗기고 있는 듯한 감각이 엄습하더니 몸이 움직여지지 않았다. 아니, 빼앗기고 있는 게 분명하다.

기생형 합성수.

자신의 마력을 소비하여 급속도로 성장하여 난동을 부리는 기존의 합성수와는 달리 모든 에너지를 숙주에게서 조달한다. 그 몬스터가 몸집을 급속도로 키우면서 자신의 배로 숙주인 레이첼 씨를 흡수해갔다.

마기루카 일행이 그 광경에 경악하며 어찌할 바를 모르고 당혹해하는 사이에 몸길이가 3m쯤 되는 거구가 그들의 앞을 가로막았다.

그 모습은 두 다리로 선 용을 본뜬 걸까? 그러나 전체적으로 일그러져 있어서 도무지 그렇게 보이지 않았다.

마기루카는 앞선 합성수 사건 때 겪었던 그 뭐시기 드래곤 사례도 있어서 혹시나 했지만, 종을 유추할 수 있을 만큼 형태가 고르지 못했다.

"큭큭큭, 리버럴머테리얼의 희생양 시스템을 응용해봤는데 이렇게까지 잘 되다니 놀랍네. 역시 용이 만들어낸 실험 소재 엘프다워. 연구와 상성이 좋은 것 같군."

기이한 광경을 목도하면서 토마스가 비웃었다. 자하는 그가 누굴 보면서 이야기를 하고 있는지 시선을 쫓았다.

"배 부분을 봐. 레이첼 씨가."

자하가 전투태세를 유지하며 외치자 모두 합성수의 배를 쳐다봤다.

그가 말한 대로 몬스터의 배에 숙주인 레이첼 씨의 상반신이 노출되어 있었다.

더불어서 합성수와 대치하고 있는 마기루카 일행 앞에 검은 괴한들이 가세하듯 막아서기 시작했다.

자세히 보니 토마스는 홀로 합성수 뒤에서 지켜보고 있었다. 혼자서 시타를 추격하려는 듯했다.

마기루카 일행은 수적으로 불리한 상황에서 저 정체 모를 몬스터를 어떻게 대적할지 고민에 빠졌다. 그러나 합성수는 전혀 괘념치 않고 포효를 지르고서 움직이기 시작했다.

공격이 날아들 것을 생각하고서 상대방을 주의 깊게 보고 있던 세 사람의 눈앞에서 믿기지 않는 광경이 벌어졌다.

그 합성수가 가세하려고 나타난 검은 괴한들을 커다란 손에 만들어 낸 날카로운 손톱으로 아무런 거부감도 없이 마치 가지고 놀듯 슥슥 베어버렸다.

그 손톱은 검은 괴한들의 갑옷조차 베어버릴 정도로 날카로웠다. 극히 위험한 몬스터임을 마기루카 일행에게 보여줬다.

"흠…… 역시 제어가 되질 않나. 희생양을 바꿨는데도 결과는 똑같군……."

"……피아 구분을 못 한다는 거군요."

"자하 씨, 위험해!"

"맡겨둬! 사피나, 어서 준비를!"

토마스의 혼잣말을 듣고서 상황을 재빨리 판단하고서 푸념을 늘어놓는 마기루카. 그 말을 듣고서 상황을 파악한 자하가 앞으로 나서자 사피나가 놀라서 외쳤다. 그러나 그는 방패를 들고서 전투태세를 취했다.

때마침 합성수가 포효하면서 검은 괴한들을 해치워버린 그 커다란 팔을 들어 올린 채 자하에게 달려들었다.

그러나 자하가 예상한 대로 공격이 방패 막혀 튕겨 나갔다. 놀란 합성수의 자세가 무너졌다.

이 얼마나 엄청난 강도인가. 테스트 때 그 강도를 지겹게 봐오긴 했지만, 튕겨낼 수 있지 않을까 감으로만 짐작했던 터라 자하는 속으로 제작자인 셰리 씨에게 고마워했다.

"응? 튕겨냈다고? 저런 방패가 다 있다니."

예상 밖이라는 듯 놀라워하고 있는 토마스를 무시하고, 이 틈에 사피나가 자하의 뒤에서 뛰쳐나왔다.

"풍인열파(風刃裂破)!"

진공의 칼날을 실은 사피나의 일섬이 합성수의 한쪽 팔에 엄습했다. 그 팔이 피를 내뿜으며 절단되었다.

"끄아아아아아앗!"

그러자 배에 노출된 레이첼이 합성수의 울부짖음에 동조하듯 고통에 겨워하며 외쳤다.

"설마, 감각을 공유하고 있는 건가!"

더욱 놀라운 점은 그 재생 속도였다.

마기루카가 맞닥뜨렸던 그 드래곤 뭐시기처럼 잘린 팔이 순식간에 재생되었다. 그리고 동시에 레이첼의 낯빛이 점점 나빠졌다.

"큭큭큭, 언젠가 마력이 고갈되어 합성수도 자멸할 테니 느긋하게 상대해주라고. 뭐, 난 바빠서 먼저 갈 테지만 말이야. 결과를 볼 수가 없어서 무척 아쉽군."

토마스가 비아냥을 섞어 조언하고서 짐짓 여유를 보이며 시타가 도망친 쪽으로 달려갔다.

마기루카 일행은 그저 이를 악물며 그 모습을 지켜볼 수밖에 없었다. 그가 말한 대로 시간을 끌면 지금껏 출현했던 합성수처럼 저 몬스터도 쇠약해질 것이다. 그러나 그 말은 숙주에게서 모든 마력을 뿌리째 빼앗았다는 뜻으로, 레이첼의 생명이 끝난다는 의미다.

시간을 끌고 싶지 않다. 그러나 공격하면 레이첼의 정신이 막대한 대미지를 받는다. 자칫 이대로 합성수를 쓰러뜨렸다가는 레이첼까지 길동무로 삼을지도 모른다.

"어쩔래?"

"레이첼 씨를 저 몬스터한테서 떼어낸 뒤에 재생조차 못 할 만한 일격으로 무찌르는 게 이상적이겠네요. 더욱이 시간을 끌고 싶지 않으니 지금 당장."

자하가 묻자 마기루카가 일단 가장 이상적인 방안을 들려줬다.

"과연, 그게 베스트이긴 하겠네."

자하의 입에서 자세한 방법을 묻는 말이 나오지 않은 이유는 마기루카에게도 뾰족한 수가 없음을 그녀의 말투로 미루어 짐작해서겠지. 꼭 이런 때만 눈치가 빠른 친구를 보고서 마기루카는 자학의 의미도 담아 쓴웃음을 흘리고 말았다.

"좋아, 내가 레이첼 씨를 저 녀석한테서 끄집어낼 테니까 너희들은 숨통을 끊어줘."

마기루카가 말한 지 채 몇 분도 지나지 않아 자하가 제안했다. 그 내용에 놀란 마기루카와 사피나가 그를 쳐다봤다.

자하에게 무슨 수라도 있나? 그에게 어떤 생각이 있는지는 모르겠지만, 자신과 사피나에게 마무리를 맡긴 것으로 보아 꽤 효과적인 방안이 있는 듯했다.

평상시였다면 이런 포지션에서 사피나와 메어리가 혼합기술로 상대를 무찌르는 게 패턴이기 때문이다.

그런데 지금 자하가 마기루카에게 해치우라고 말하고 있다.

마기루카 역시 메어리의 실력을 잘 알지만, 자기 향상을 포기한 것은 아니다.

오히려 그녀를 따라잡기 위해서 매일 노력을 게을리하지 않았다.

그래도 메어리처럼 마법을 5번 연속 구사하는 어려운 기술까지는 습득하지 못했다.

현재 마기루카의 실력으로는 2연속이 한계다.

아니, 앞뒤 가리지 않고, 마력 고갈로 쓰러지는 최악의 상황을 감수한다면 3연속까지는 가능할지도 모른다.

그래도 5연속이 가능한 메어리에게는 한참 못 미친다.

생각에 푹 빠져서 침묵이 길어졌던 걸까. 사피나가 걱정스레 자신의 얼굴을 보고 있음을 마기루카는 깨달았다. 사피나가 무얼 원하는지 마기루카는 아플 만큼 잘 알고 있다. 그래서인지 뒤이어 나온 말속에 망설임이 담겨 있었다.

"……내 능력으로는 2…… 아니, 3연속이 한계예요."

마기루카는 결코 젠체하며 3연속이 가능하다고 말한 게 아니다. 자신의 몸을 일행들에게 맡기고서 쓰러지겠다는 각오로, 최악에는 목숨의 위험까지 감수하겠다는 각오로 사피나에게 말한 것이다.

사피나도 그런 각오를 이해했는지 아무 말 없이 고개만 끄덕였다.

"……저 역시, 자신의 안위를 챙길 수가 없겠네요."

마기루카의 결의를 알고서 사피나도 뭔가 결심했는지 도를 고쳐 쥐었다.

"사피나 씨?"

"타이밍은 맡기겠습니다. 제가 반드시 맞출 테니까."

옛날에 그토록 소심했던 사피나가 늠름하게 말하자 마기루카

는 가슴이 뭉클해졌다.

혼자서 모든 것을 고민할 필요가 없다.

불가능하다면 불가능을 가능케 도와줄 동료가 곁에 있다.

자신이 결심하면 그대로 따라서 결심해주는 친구들에 둘러싸여 있다는 것에 마기루카는 진심으로 신께 감사했다.

"좋았어, 정해졌네. 그럼 가자아아아!"

마기루카와 사피나가 대화를 마치자 자하가 상대를 노려보며 달려들었다.

메어리가 없는 상황에서 그녀의 실력을 조금이라도 따라잡길 바라는, 그녀의 힘이 되길 바라는 동료들의 싸움이 지금 시작됐다.

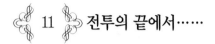

11 전투의 끝에서……

"프로보크!"

자하가 힘차게 외치자 합성수의 의식이 그에게 쏠렸다.

이로써 마기루카와 사피나는 몬스터의 시야에서 벗어나 각자 역할에 집중할 수 있게 됐다. 동시에 모든 것을 맡겨버려서 미안하다는 마음이 들었다.

그렇다고 해서 앞으로 시도하려는 작전을 준비하면서 자하까지 도와줄 만한 여력이 없음을 마기루카는 자각하고 있다.

그건 사피나도 마찬가지인지 언제든지 발도할 수 있는 상태로 마기루카 앞에 서서는 가세하지 않고 적과의 거리를 계속 재고 있었다.

어두운 공간에서 날카로운 손톱과 방패가 맞부딪치는 소리가 되울리자 마기루카의 의식이 자하를 다시금 인식했다.

덩치 큰 성인을 단번에 두 동강을 낼 수 있는 합성수의 공격을 방패로 겨우 막아내고서 틈이 생길 때마다 공격을 거듭하는 자하. 그는 자신의 공격에 레이첼이 영향을 받는 걸 알면서도 가차없이 공격을 되풀이하고 있다.

합성수는 그 성질 때문인지, 혹은 아무 생각도 없어서인지 완전 공격형이었다. 방어 따윈 거의 하지 않았고, 상처를 입으면 곧바로 회복하기를 반복했다.

자하는 이 몬스터를 생채기 하나 입히지 않고 무력화할 수 있으리라는 생각은 하지 않겠지. 공격에 베일 때마다 고통스러울 텐데도 레이첼이 비명을 꾹 참고 있다. 마기루카였다면 주저할 것 같지만, 자하는 전혀 망설이지 않았다.

사피나도 그렇지만, 감정이 없는 게 아니다. 레이첼이 어찌 되든 상관없다고 생각하고 있는 게 아니다. 전투가 벌어지는 속에서 현실을 냉철하게 판단하여 행동하는 그 담력에 마기루카는 놀라움을 감출 수 없었다.

"여기다!"

자하가 외치면서 합성수가 팔로 가한 공격을 방패로 타이밍 좋게 튕겨냈다. 지금껏 공격을 막고 있었던 건 이 타이밍을 재기 위해서였겠지.

그 충격에 합성수는 팔을 크게 벌리고 상체를 젖힌 상태로 뒤로 한걸음 비틀거렸다.

완전 무방비 상태다.

자하는 이 호기를 놓치지 않고 상대의 품으로 깊이 파고들었다.

"레이첼 씨, 이를 악물어!"

단숨에 거리를 좁힌 자하가 여세를 몰아 합성수의 배까지 올라가서는 박혀 있는 레이첼의 어깨를 난폭하게 쥐고서 억지로 끄집어내려고 했다.

근육 섬유가 뚜득뚜득 찢겨질 때마다 레이첼은 고통에 얼굴을 찡그렸다. 그래도 이를 악물면서 버티고 있으니 그녀의 몸이 자하 쪽으로 슥 움직였다.

모두가 이제 그녀를 구해낼 수 있겠다고 확신했다.

그 순간, 자하의 몸이 어떤 충격을 받고서 옆으로 날아가버렸다.

"자하아아아!"

"오, 오지 마, 마기루카!"

보고 있던 마기루카가 소리를 지르고서 반사적으로 그에게로 달려가려고 하자 벽에 처박힌 자하가 이내 험한 목소리로 제지했다. 그에게 다가가면 마법 효력이 사라지면서 마기루카까지 몬스터의 표적이 될 테고, 마력을 불필요하게 소모하게 될 것이다. 그래서는 아무 의미가 없다고 판단한 자하의 그 외침에 마기루카도 정신을 차리고서 제자리에 머물렀다.

그러나 어찌나 충격이 강했는지 콜록거리는 그의 입에서 피가 한 줄기 흘러내렸다. 마기루카는 가슴이 옥죄이는 듯했다.

"이봐, 팔이 4개나 있으면 처음부터 꺼냈어야지."

자하는 팔로 입을 쓱 훔치고서 휘청거리며 일어섰다. 그러고는 상대의 모습을 보고서 명랑한 목소리로 비난했다. 그가 일부러 까불듯 말한 이유는 이 광경을 보고 있을 마기루카 일행에게 걱정을 끼치지 않기 위해서겠지.

그리고 자하가 말한 대로 지금이 최대로 성장한 것인지, 아니면 그저 숨기고 있었는지 합성수의 양쪽 팔 아래로 한 쌍의 팔이 더 돋아나 있었다.

새롭게 돋아난 팔이 자하를 후려갈겼겠지. 그 팔에는 다행히도 날카로운 손톱이 나 있지 않았다. 그러나 커다란 주먹에서 나오는 엄청난 타격력을 자하는 몸으로 제대로 맛봤다.

원래는 치명상이었을 테지만, 상대가 불안정한 자세로 공격을 가했고, 만약을 대비하여 미리 방어 마법을 걸어둔 덕분에 겨우 모면했다. 제대로 얻어맞았다면 자하의 방어 마법쯤은 아무런 의미가 없었겠지. 어디까지나 이번에는 운이 좋았을 뿐이다.

그렇다면 방금처럼 기민하게 움직일 수 있겠느냐고 묻는다면 자하는 아니라고 대답할 수밖에 없다.

치명상은 피했지만, 아무런 대미지가 없는 것은 아니다.

더욱이 팔이 4개나 달린 상대를 방패로 튕겨내는 전법으로 어떻게 상대해야 좋을지 감도 잡히지 않는다.

답이 없다…….

아니, 마기루카와 사피나의 힘을 빌린다면 레이첼을 구해낼 수 있을지도 모른다. 그러나 그 후에 누가 저 녀석의 숨통을 끊는단 말인가.

"……메어리 님이라면, 어떻게 했을까…….”

자하는 무심코 마음이 약해져서 여기에 없는 사람에게 의지하려는 마음이 들었다. 이내 속으로 자신을 질타했다. 먼저 말을 내뱉은 이상 이 역할은 자신이 감당해야 한다며 자하는 기합을 불어넣었다.

"야, 몬스터~! 어딜 보고 있는 거냐, 네 상대는 바로 나라고!"

마기루카의 외침을 듣고서 합성수가 그쪽을 의식하자 자하가 공격을 가하여 몬스터의 의식을 다시 자기 쪽으로 붙들어뒀다.

자하와 합성수의 공방전이 다시 시작됐다.

그러나 아까 전과 달리 누가 봐도 자하가 열세인 건 명백했다.

합성수의 날카로운 손톱이 자하의 피부를 찢고, 묵직한 주먹이 뼈를 삐걱거리게 했다.

마기루카가 차마 두고 보지 못하고 무심코 앞으로 나서려고 하자 앞에 있던 사피나가 그녀의 진로를 슥 막았다. 마기루카는 제정신을 차리고서 자중했다.

자신들도 저 몬스터를 일격에 쓰러뜨릴 수 있을지 없을지 정말로 아슬아슬한 상태다. 가세할 만한 여력 따위 없다.

"이, 이제 됐어요……. 저까지 한꺼번에, 공격해주세요……. 저만 없어진다면……."

기생당하는 동안에 의식을 잃는다면 이런 생각도 하지 않았을 테지만, 잔혹하게도 레이첼은 눈앞에서 전투를 벌이고 있는 소년이 다치는 모습을 바로 앞에서 보고 있었다.

그 무력감, 더불어서 배신당했다고 레이첼에게서 오해를 사고 말았다는 서글픔, 마기루카 일행에게까지 민폐를 끼치고 있다는 죄책감과 한스러움에 자포자기한 레이첼의 애원이 자하의 귀에 닿았다.

그 목소리가 자하의 각오를 굳게 만들었다.

그와 동시에 순간의 망설임이 틈을 만들고 말았다.

쾅, 하는 커다란 충격음과 함께 자하가 들고 있던 방패를 놓치고 말았다.

"큭, 망했다."

자하는 몬스터의 다음 공격을 방패 없이 피하긴 했지만, 상대는 팔이 4개나 달려 있다. 공격을 한 번 피했다고 해서 마음을 놓아서는 안 된다.

합성수의 맹공이 자하를 엄습했다. 그는 이동하면서 피해갔다.

그러나 점점 대응하기가 버거워지고 있다. 들고 있던 검의 도신이 부러지면서 처절한 방어도 끝을 고했다.

"커헉!"

복부에 묵직한 일격을 받고서 자하의 몸이 기역 자로 꺾였다. 그대로 몬스터가 떠서 올리듯 날린 예리한 손톱이 자하에 어깨에 꽂혔다. 몬스터의 다른 손이 자하의 머리를 쥔 채로 들어 올렸다.

절체절명의 위기.

"마기루카 씨! 어서, 날 죽여줘어어어!"

목소리를 내는 것조차 힘겨울 정도로 쇠약해진 레이첼이 비명과도 같은 목소리로 보이지 않는 상대에게 외쳤다.

"헤헷…… 레이첼 씨…… 꽤 아플 텐데, 견뎌요."

그런 그녀의 말에 대답한 사람은 자하였다.

그러나 레이첼은 그가 무슨 말을 하는지 알 수가 없었다.

"방패여…… 돌아와라."

자하가 그 말을 한 순간, 강렬한 충격이 레이첼의 등 뒤에서 엄습했다.

그리고 합성수가 고통에 겨워하는 포효가 울려 퍼졌다.

레이첼은 무슨 일이 벌어졌는지 전혀 몰랐지만, 마기루카 일행은 멀리서 보고 있었기에, 또한 자하의 방패 성능을 알고 있기에 무슨 일이 벌어졌는지 정확히 이해할 수 있었다.

합성수의 등을 파고들고서도 그 기세를 늦추지 않고 끊임없이 나아가고 있는 물체, 그것은 자하의 방패였다.

그 위력이 어찌나 굉장한지 자신을 부른 주인 곁으로 어떻게 해서든 곧장 되돌아가려고 합성수의 몸속으로 점점 깊숙이 파고들고 있다.

"역시…… 메어리 님이야. 충돌시키는 게 정답이야……."

고통을 참지 못하고 붙잡은 자신을 놓고 만 합성수의 모습을 보면서 자하는 아까 전 머릿속을 스쳤던 소녀의 말을 떠올리고서 쓴웃음을 지었다.

아까 메어리라면 어떻게 할까? 하고 생각했을 때 엘프 마을에서 그녀가 했던 말이 떠올라서 자하는 그대로 실행했다.

어깨에 박힌 손톱을 억지로 뽑았다. 온몸이 비명을 지르는 와중에 자하는 다시 합성수의 품속으로 파고들어 방패가 밀어내고 있는 레이첼의 노출된 몸을 붙잡았다.

"뒷일을 맡길게에에!"

자하는 그렇게 말하고서 레이첼을 붙잡은 채로 착지 따윈 생각하지 않고 힘껏 몸을 날렸다.

"가요! 사피나 씨!"

"예!"

자하의 외침에 기운이 솟은 두 소녀가 고통에 겨워하고 있는 합성수와 대치한다.

"액셀 부스트! 가속! 가속 장전!"

사피나가 힘차게 외친 말에 호응하여 마법, 팔찌, 그리고 칼집이 그녀에게 가속을 부여해줬다.

그 광경을 보고 마기루카는 말문이 막혔다.

피피가 제작한 마법도(刀)에는 칼집에 도를 집어넣지 않고 화염 부여를 발동할 경우에 그 화염이 소유자에게까지 번질 위험성을 내포하고 있다. 사피나는 그것을 역이용하여 가속 마법과 아이템뿐만 아니라 칼집으로도 가속을 추가한 것이다.

아무리 가속 마법을 걸면 걸수록 빨라진다고 해도 사피나의 몸이 그 속도를 견뎌낼 수 있을까?

자칫 잘못하면 그 속도를 견뎌내지 못하고 온몸이 찢길 수도 있다. 지금 그녀는 그 기술을 태연히, 아니, 각오를 굳히고서 구사하고 있다.

그렇다면 자신도 각오를 다져야겠지.

그런 일념으로 마기루카는 힘차게 외쳤다.

"나인 블레이드!"

마법의 칼날 3개가 동시에 생성된 순간, 마기루카의 의식이 뚝 끊어질 뻔했다. 그녀는 바로 혀를 깨물어 그 통증으로 의식을 억지로 깨웠다.

아직, 아직은 기절할 때가 아니다. 마력이 부족하다면 자신의 생명력이든 뭐든 좋으니 가져가!

그리고 마기루카가 마법을 구사하자마자 도를 다시 집어넣고서 뛰쳐나간 사피나의 몸에도 이변이 벌어졌다.

공격을 받지도 않았는데도 온몸의 근육이 비명을 내질렀다. 모세혈관이 끊어졌는지 몸 여기저기에서 피가 뿜어졌다.

그래도 그녀는 합성수를 향해 돌진한다.

그리고 마법의 칼날과 교차하는 지점에서 사피나가 발도했다.

"크로스!"

키이이잉, 하는 새된 소리가 울려 퍼진 뒤 합성수의 몸이 산산조각 흩어져가는 광경을 마기루카는 몽롱한 의식으로 확인했다.

파편이 뿔뿔이 흩어져버린 합성수의 몸이 재생될 기미가 없다.

레이첼을 끄집어내고서 그대로 땅바닥에 쓰러진 자하는 꿈쩍도 하지 않는다.

도의 도신이 부러지고, 피범벅이 된 사피나는 땅바닥에 주저앉은 채 그대로 굳어버렸다.

자신 역시 바닥에 쓰러진 채 움직일 수가 없다.

"……메어리, 님…… 뒷일을, 부탁, 합니……다."

어두운 천장을 바라보면서 마기루카는 멀리서 아직도 전투를 벌이고 있을 친구에게 사명을 맡기고서 의식을 어둠의 세계로 떨어뜨렸다.

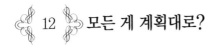# 12 모든 게 계획대로?

레이첼처럼 본격적으로 전사 훈련을 받은 적이 없는 시타는 약해졌다고는 해도 목걸이의 효력에 저항하지 못했다. 무거운 몸을 질질 끌고서 오로지 밖을 향해 걷고 있었다.

레이첼을 버리면서까지 도망쳐버린 무력한 자기 자신이 한스러웠다. 그래도 저들에게 붙잡혀서는 안 된다며 계속 도망치던 시타 앞에 빛이 보이기 시작했다.

어두운 통로를 줄곧 걸어와 마음조차 어두워진 시타는 저 빛이 광명처럼 느껴졌다. 자연스레 발걸음도 빨라졌다.

"저기까지 가면…… 분명……."

분명 뭐지? 시타는 자신이 무엇을 기대하고 있는 것인지 의문을 품었다. 그러나 이내 그 답이 돌아왔다.

바깥에는 백은의 성녀님이 있다. 그녀라면 분명…….

그러나 그런 기대와는 반대로 마음 한편에서 '그런 동화 같은 전개가 펼쳐질 리가 없지, 애당초 어디로 나가는 건지도 모르는데 그녀가 어떻게 달려오겠어' 하고 부정적인 목소리가 자꾸만 들려왔다.

"큭큭큭, 역시 내 계획은 완벽해. 신께서 내가 계획을 성취할 수 있도록 이끌어주고 계셔. 저런 꼬맹이가 내 숭고한 계획을 방해할 수 있을 리가 없지!"

들고 싶지 않은 목소리가 어둠 속에서 울리자 시타는 오싹해졌다. 목소리가 들린 쪽으로 고개를 돌리니 어둠 속에서 눈에 핏발을 세운 채 입꼬리를 올리며 콧김을 씩씩 뿜어내고 있는 토마스가 나타났다.

"자, 어디 그대로 밖으로 나가봐. 거긴 네가 가야만 하는 곳, 최후의 봉인을 푸는 곳이니까, 후하하핫!"

토마스의 말에 시타는 할 말을 잃었다.

즉 도망치고 있는 줄 알았는데 결국에는 제 발로 그가 원하는 곳으로 가고 있었다는 뜻이다.

그러나 도망친 지점에서 여기까지는 줄곧 외길이었다.

지금 돌이켜보면 경계가 허술한 방향으로 잘 달아난 줄 알았는데 저들이 일부로 빈틈을 보인 것이었다. 최악에는 시타와 레이첼이 도주하더라도 원하는 방향으로 유도하기 위해서.

최후의 최후까지 시타는 저 남자의 손바닥 위에서 놀아나고 있었다. 시타는 그 사실을 깨닫고서 너무 분해서 눈물이 핑 돌았다.

원통해 눈물을 흘리는 시타의 모습을 보고서 토마스가 만족스럽다는 듯 미소를 지었다. 그러고는 그녀에게서 빼앗은 오르트아기나서를 품에서 천천히 꺼냈다.

"자, 나를 위대한 존재에게로 이끌어다오…… 시타!"

토마스가 자신의 이름을 부르자 시타는 생리적인 혐오감이 들어 반사적으로 뛰기 시작했다. 오로지 저 남자에게서 벗어나고 싶은 마음뿐이었다.

그래서 그녀는 밖으로 나가려는 자신의 발을 멈출 수가 없었다.

오랜만에 쬐는 햇볕에 순간 눈이 부셨다. 환한 빛에 눈이 익숙해지자 시타의 시야에 합성수 한 마리가 비쳤다.

가슴이 철렁 내려앉는 한편, 이대로 토마스에게 이용당할 바에야 차라리, 라는 자학적인 생각이 머릿속을 맴돌았다.

시타의 그런 생각을 눈치챘는지 합성수가 가만히 서 있는 시타에게 다가왔다. 자세히 보니 합성수가 있던 자리 부근에 검게 탄무언가가 대량으로 널브러져 있었다. 그러나 시타는 이런 상황에서 그런 걸 따져본들 무슨 소용이냐며 생각을 접었다.

여기에 합성수가 있는 게 의외였는지 토마스도 놀라움을 감추지 못했다. 그러나 시타는 조금이라도 저항한 것 같은 기분이 들어 마음이 후련해졌다.

각오를 굳힌 순간, 시타의 머릿속에서 자신의 인생에는 어떤의미가 있었느냐는 상념이 스쳤다.

즐거웠던 때도, 슬펐던 때도 있었다. 기뻤던 때도 있었고, 주눅이 들었던 때도 있었던 등 여러 일을 겪었다.

그리고 다양한 발견과 다양한 만남도 있었다.

만남…….

책과 이야기로 자신의 마음을 뛰게 했던 그 사람과의 만남.

그 사람의 굉장함을 피부로 직접 느끼고, 함께 문제에 맞섰던요 며칠.

그녀의 이야기 속 히로인은 될 수 없었지만, 더는 민폐를 끼칠 수는 없다.

그래, 처음부터 이럴 걸 그랬다.

자신이 도구에 불과하다는 걸 알았던 그때…….

합성수가 엄습해오는 중에 시타는 손을 조용히 모으고서 기도 자세를 취했다.

그리고 세로로 빛이 번뜩였다.

"……어?"

눈앞에 벌어진 일에 시타는 놀라서 눈이 휘둥그레졌다.

공격을 당한 쪽은 합성수였다.

토마스의 소행이 아니다.

그럼 누가…….

합성수 때문에 가려졌던 앞쪽이 트이자 시타는 고개를 들었다. 그리고 봤다.

조금 떨어진 공중. 그곳에 머무는 신수의 모습을.

그 위에 탄 채 방금 마법을 쏜 것 같은 자세를 취하고 있는 백은의 소녀의 모습을.

"……백은의 성녀님……!"

소녀의 모습을 확인한 시타는 기도 자세를 유지한 채 무심코 그렇게 말했다.

"말도 안 돼, 이건 말도 안 돼애애애애! 왜 네가 여기에 있는 거냐! 넌 뭐야! 넌 대체 뭐냐고오오오오!"

감동하고 있는 시타와는 정반대로 뒤에서 토마스가 반쯤 미쳐서 절규하고 있었다.

"뭐냐니, 난 메어리 레가리야. 그냥 평범한 공작 영애야."

토마스의 울부짖음에 겁먹지 않고 백은의 소녀, 메어리가 무심히 그렇게 대답했다.

"빌어먹을! 이 몸한테 망신을 주다니이이이!"

메어리의 대답에 격노한 토마스가 시타 쪽으로 달려갔다.

시타만 자신의 수중에 확보해두면 어떻게든 위기를 타개할 수 있으리라 여겼겠지.

그러나 그것은 이룰 수 없는 바람이었다.

메어리가 신수의 등에서 폴짝 뛰어내려 시타의 앞에 착지했기 때문이다.

하지만 소녀 하나쯤이야 어떻게든 상대할 수 있다고 여겼는지 토마스가 검을 들어 올리며 덮쳤다. 그러나 메어리는 손날로 그 도신을 분쇄한 뒤 발차기 한 방으로 토마스를 원래 있던 곳으로 날려버렸다.

더욱이 발에 차인 충격으로 토마스는 들고 있던 오르트아기나서를 놓쳤다. 그 책이 시타와 메어리 근처에 툭 떨어졌다.

어이없는 종막.

그러나 눈앞에 있는 소녀이기에 가능한 일이라고 시타는 생각했다.

　그리고 지금껏 누적되었던 긴장을 단숨에 풀듯 한숨을 내뱉고서 시타는 빨려들듯 책으로 다가가 주웠다.

〈이런 이런, 이런 결말은 시시하군. 검증하기에 꽤 좋은 여건이었건만.〉

　그 순간 뇌리에 닿은 그 말에 시타는 여태껏 느꼈던 것보다 더한 공포를 느꼈다. 황급히 주변을 둘러봤지만 제삼자의 모습은 보이지 않았다.

　더욱이 주위에 있는 사람들이 경계하지 않는 것으로 미루어보아 이 목소리는 자신에게만 들리는 듯하다.

〈하는 수 없지. 조금 더 판을 키워보자.〉

　그 말이 끝나자마자 시타가 들고 있는 책이 빛나더니 저절로 펼쳐졌다.

　그때서야 비로소 시타는 오르트아기나서에서 나는 소리임을 알아차렸다.

　"안 돼! 그만."

　그러나 때는 이미 늦었다. 시타의 애원이 무색하게 그녀의 의식이 멀리 쫓겨나더니 눈동자에서 빛이 사라졌다.

그리고 그 입에서 감정 없는 말이 나왔다.

"마스터 현신, 확인…… 봉인, 최종단계, 강제 해제……."

그 말을 마치자마자 대서고탑 위, 저 아득한 천공에서 구름이 소용돌이치기 시작했다.

그래, 이곳은 카이로메이어 주민들이 대대로 제사 등 행사를 위해 사용하던 의식장이다.

그리고 이곳은 일찍이 위대한 존재를 봉인한 의식장이기도 하다.

"……개문합니다."

시타의 담담한 중얼거림만이 현실을 말하고 있었다.

 **13 왜 이렇게 됐지**

상황을 정리하자.

나는 맨드레이크 아종의 효과를 이용하여 합성수 대부분을 멀리 떨어진 작은 섬으로 유인한 뒤에 화염 마법으로 소각했다. 도중에 튜테가 리리와 함께 민가에서 조리도구를 빌려와서 내 몸에 걸린 효과를 없애기 위해 근처에서 맨드레이크 아종을 조리하고 있다. 그러나 나는 그 광경을 지켜보지 않고 근처에 남은 합성수들을 쓰러뜨리고 있었다.

(어, 왜 보지 않느냐고? 그 아이가 내게 장난을 치고자 이런저런 이상한 연출을 할 게 뻔하니까. 두부 멘탈을 소유한 내가 그 광경을 보고서 어떻게 그 국물을 태연히 마실 수 있겠냐고!)

뭐, 그러는 사이에 그곳에 시타가 나타났고 사제를 패줬다. 잘 모르겠지만 왠지 사건이 일단락된 것 같은 분위기가 풍겼는데…….

"왜, 이렇게 됐지?"

나는 납득하지 못한 채 대서고탑 위에서 소용돌이치고 있는 공간의 왜곡을 올려다보며 튜테가 만들어준 특제 수프를 들이켰다.

(음~, 이 긴박한 현장에서 내 행동이 너무 생뚱맞은데……. 그래도 어쩔 수 없어. 시간을 끌었다가는 지난번처럼 효과가 확대될지도 모르고……. 정령수한테는 돌아가는 길에 보답할 테니 양

해해줘…….)

　이야기를 되돌려서 오르트아기나가 용이고, 일찍이 카이로메이어 주민들에게 봉인되었다는 이야기를 왕자님에게서 들었던지라 오르트아기나의 봉인이 풀렸다는 건 왠지 이해된다.

　그러나 아무 짓도 안 했는데 책이 멋대로 발동한 것이 납득이 되지 않았다.

　나는 지금, 제사장의 역장(力場)을 이용하여 대규모 마법진을 전개하여 봉인을 열심히 해제하고 있는 시타의 모습을 보고 있다.

　눈동자에 빛이 사라진 채 기계적으로 담담하게 과정을 밟아나가고 있는 모습이 전생 때 봤던 SF 작품에 등장하는 휴머노이드 같았다.

　느긋하게 수프나 들이마시면서 지켜보지 말고 말려야 하나? 라는 생각이 들었다. 내가 개입하여 뺨이라도 한 대 때려주면 그녀가 제정신을 찾을지도 모른다. 그러나 스노우가 말하기를 이토록 거대한 마법진을 전개하는 중에 섣불리 개입했다가는 시타의 신체에 부하가 걸려 위험해질 가능성이 크다고 한다.

　소심한 나는 그 소리를 듣고 무서워져서 그저 지켜볼 수밖에 없다는 결론을 내렸는데, 여기서 궁금한 점 하나…….

　"근데 대체 누가 봉인을?"

　〈어머, 굳이 가능성을 꼽아보자면 시타 본인?〉

　내가 중얼거리자 스노우가 회의적으로 대답했다.

　"그랬다면 애당초 이렇게 커다란 사건은 벌어지지 않았을 거야."

〈그치~? 그렇다면 다른 가능성은…… 오르트아기나 본인?〉

스노우도 나와 동일한 생각이 든 모양이다.

그러나 그렇다면 오르트아기나는 언제든지 스스로 봉인을 풀 수 있다는 소리 아냐? 어쨌든 정보가 너무 부족하다.

"후훗, 후하하핫! 훌륭해, 훌륭해! 역시 신께서는 내가 성공하길 바라고 계셨어! 이건 신의 뜻이다아아아!"

내 생각을 끊어내듯 어느새 부활한 사제가 광기에 홀려 웃으며 외치더니 하늘을 올려다보면서 빨려들 듯 대서고탑을 향해 달려갔다.

"메, 메어리 님!"

사제를 이대로 보내면 일이 더 귀찮아질 것 같아서 제지하고자 움직이려고 했을 때, 뒤에서 가냘픈 목소리가 들려와 발을 멈췄다.

뒤를 돌아보니 시타가 나타났던 지하도에서 레이첼의 모습이 보였다.

심하게 다쳐 쇠약해진 그 모습에 나는 가슴이 아려오는 듯했다. 그와 동시에 불길한 예감이 스쳤다.

그래서 나는 사제를 내버려 두고서 레이첼 곁으로 달려갔다.

내가 달려오는 모습을 보고서 레이첼이 당장에라도 쓰러질 듯 휘청거리며 다가왔다. 그녀가 지나온 자리에 피가 점점이 떨어져 있는 광경을 보니 그 고통이 절실히 전해지는 듯했다. 나는 황급히 그녀의 손을 잡으며 부축해줬다.

"레이첼 씨, 무슨 일이에요?"

"성녀님…… 부탁드려요…… 당신의 힘으로…… 모두를…… 저 때문에…… 저 때문에……."

그 텅 빈 눈동자로 나를 제대로 보고나 있는지는 모르겠으나 레이첼이 거듭 애원했다.

뒤늦게 씨족장님이 창백해진 얼굴로 이쪽으로 달려오는 모습이 보였다. 그녀는 안정을 취해야만 하는데도 가만히 있지 않고 누군가를 도와달라고 요청하고자 혼자서 여기까지 걸어온 모양이다.

도와달라……?

그렇게 생각한 순간, 나는 한창 큰일이 벌어지고 있는 이곳을 레이첼 씨와 씨족장님에게 맡기고서 그들이 왔던 방향으로 달려갔다.

그리고 그 광경을 두 눈으로 보고서 머릿속이 새하얘졌다.

"……."

"마기루카 양은 심각한 마력 고갈 상태라서 당장에라도 마력을 회복하지 않으면 위험해. 자하와 사피나 양은 응급처치는 해뒀지만 보다시피 중상을 입어서 당장에라도 치료해주고 싶지만, 이 도시에서 회복 마법을 다룰 줄 아는 사람은 주로 교회 관계자들인데 지금 이 자리에 없어……."

내가 망연자실해서 중얼거리자 왕자님이 원통한 얼굴로 현 상황을 설명해줬다.

그러나 거의 내 머릿속에 들어오지 않았다.

현실을 인정하고 싶지 않아서 생각 자체를 던져버리고 싶어졌다.

"아가씨……."

바로 그때 새하얘진 나에게 온기 하나가 전해졌다. 얼어붙었던 시간이 다시 움직이기 시작했다.

그것은 함께 달려온 튜테의 손에서 느껴지는 온기였다.

(그래, 지금 넋을 놓고 있을 때가 아냐. 머리를 써야 할 때야. 정신 똑바로 차려, 메어리 레가리아!)

나는 그녀의 손을 쥐고서 심호흡을 한번 깊게 했다.

"……대서고탑에서 마기루카가 권했던 책 중에 그게 섞여 있었다는 사실에 감사해야겠네. 어쩌면 마기루카는 언젠가 이렇게 되리라 예상했던 걸까……."

〈메어리?〉

스노우가 고개를 갸웃거리는 모습을 보고, 나는 이런 상황이 벌어질 리가 없다고 여겼던 어리숙한 자신을 비웃었다.

"……레이포스 님, 저와 스노우가 치료할게요."

〈어, 나도?〉

"네가 치료를…… 아니, 응…… 맡길게."

내가 말하자 왕자님이 무슨 말을 꺼내려다가 속으로 납득했는지 아무것도 묻지 않고 허락해줬다.

지금껏 습득할 만한 기회조차 없었던 회복 마법을 내가 지금부터 구사하겠다고 했으니 놀랄 만도 하겠지.

신성 마법처럼 오래전부터 회복 마법의 노하우는 성교국이 거의 독점하고 있어서 보급률이 낮다. 구사할 줄 아는 사람이 엄청나게 적어서 귀중하다는 의미는 아니다. 그러나 습득하기가 매우 어려워서 누구나 파밧 구사할 수 있는 것도 아니다.

우리나라에서도 상급 교육 기관에나 가야 습득할 수 있는 환경이 갖춰져 있다. 그러니 현재 내가 그 마법을 습득한다는 건 불가능하다.

그러나 마기루카가 대서고탑에서 가져온 책 중에 회복 마법에 관해 기술된 책이 있었다.

자질구레한 이론은 잘 모르겠지만, 내 나름 해석한 바에 따르면 회복 마법을 구사하려면 생물의 구조를 이해하는 것부터 시작해야 하고, 대량의 마력이 필요하다. 다행히도 그 부분에 관해서는 나는 누군가에게 따로 강습을 받을 필요가 없었다.

전생 때 오랫동안 입원 생활을 하면서 옆에서 의료 기술을 봐왔기에 사람이나 생물의 구조는 나름 잘 알고 있다. 마력은 신님 덕분에 윤택하다.

(내 인생에 쓸데없는 경험은 없었던 거야…….)

내가 숨을 고르고서 한 걸음 앞으로 나서자 주변에 있는 모두가 조용히 뒤로 물러났다. 이제 본인들에게는 최선책이 없으니

지푸라기에라도 매달리는 심정이겠지.

"가자, 스노우. 우선은 마기루카부터. 예전에 리리한테 했던 것처럼 내 마력을 마기루카한테 공급해줘."

〈예예, 그런 수가 있네. 오케이~. 메어리의 마력을 단숨에 흘려보냈다가는 공급 과잉이 될 수도 있으니 세심하게 조정할게.〉

내가 무엇을 요구하는지 스노우가 순식간에 이해하고서 대답해줬다.

"〈힐링 오브 하모니.〉"

나와 스노우가 힘차게 외치자 그에 호응하여 나에게서 나온 빛이 스노우를 통해 마기루카에게로 빨려들었다.

"······마력을 다른 사람한테 줄 수가 있단 말인가······!"

"······가능하겠지. 저 광경을 보고도 그런 말이 나와?"

"······신수와 소녀······ 아니, 설령 가능하다고 해도 마력을 나눠줬다가는 그녀 역시······."

"······저분은 모든 걸 각오하고서 능력을 구사하고 계시는 거야. 게다가 저분은 이리로 오기 전에 도시 전역을 습격했던 몬스터 대부분을 유인하셨어. 아마 그때도 마력을 사용하셨을 텐데······."

"······저런 사람이 다 있다니······."

주변에서 왠지 숙덕거리는 소리가 들리는데 지금은 집중 집중.

이윽고 마기루카의 낯빛이 좋아졌다. 몸 상태가 점점 안정을 찾아가는 것을 눈으로도 알 수 있었다.

사람들이 그 광경을 보고서 오오, 하고 환호하는 소리가 들려왔다. 나는 성공했음을 확신하고서 한숨 돌렸다.

　"휴우~…… 다음, 자하랑 사피나 차례네."

　〈오케이~, 근데 이번에는 전부 너한테 맡겨야겠네. 미안해, 나는 서포트할 수가 없어.〉

　"으으응, 마기루카 때만이라도 네가 도움을 줘서 부담을 덜었어, 고마워."

　작업을 마치고 긴장하며 흘렸던 땀을 훔치면서 나는 스노우를 보고서 다시금 고마움을 표했다. 그리고 나는 자하와 시파나 사이로 이동하여 무릎을 꿇고서는 두 사람의 몸에 손을 살며시 올려놨다.

　"오버올 힐링."

　내가 힘차게 외치자 그에 호응하여 자하와 사피나의 몸이 빛에 휩싸였다.

　"……설마, 여러 대상을 동시에 회복……."

　"게다가 부분적인 치유가 아니라 단번에 전신을…… 그런 게 가능하다니."

　"저길 봐, 두 사람이 입은 상처가 점점 치유되어가고 있다고……."

　"……그야말로 기적. 이것이…… 백은의 성녀님의……."

　(집중, 집중……. 회복하는 이미지가 무너지지 않게끔…… 아아, 주변 사람들의 대화가 자꾸 거슬려. 안 돼, 안 돼, 집중, 메어리.)

실패해서는 안 되기에 구경꾼들의 목소리가 신경이 쓰여도 나는 애써 귀를 막고서 마법을 구사하는 데 온 의식을 집중했다.

몇 분 뒤 고통에 겨워하던 자하와 사피나의 표정이 차분해졌다. 헐떡이던 숨소리가 가라앉자 주변에서 커다란 환호성이 터졌다.

그래서 나는 마법이 잘 막혔음을 깨닫고서 휴우우우, 하고 숨을 크게 내뱉었다.

그리고 나는 쉬지 않고 벌떡 일어선 뒤 그대로 왕자님 쪽으로 걸어갔다.

"레이포스 님……. 뒷일을 맡겨도 될까요?"

"아아……, 고마워, 메어리 양."

"……튜테도 모두를 보살펴줘. 리리는 튜테를 단단히 지켜주렴."

왕자님과 대화를 마치자마자 나는 튜테와 리리에게 지시를 내렸다.

그러나 속으로는…….

(싫어어어어, 무서워서 주변 사람들의 반응을 못 확인하겠어어어어! 도망치자, 일단 지금은 이 자리에서 도망치는 거야.)

짐짓 진지한 표정을 지으면서도 머릿속에는 그런 생각들로 가득합니다.

"메어리 양은 뭘 하려고?"

"전 돌아가서 이 소동에 종지부를 찍겠어요."

왕자님이 묻자 나는 출구를 향해 걸어가면서 대답했다.

내 말에 이의를 제기하는 사람은 한 사람도 없었다. 오히려 내가 편히 나아갈 수 있도록, 마치 모세가 바다를 가른 것처럼 사람들이 좌우로 비켜 길을 터줬다.

(왠지 경의를 담아 감사 인사를 하는 사람들도 보이는데 분명 기분 탓이겠지, 기분 탓. 제발요, 난 성녀가 아니에요. 난 그냥 회복 마법을 구사한 것뿐이라니까요. 그 업계 사람들이랑 똑같은, 똑같은 마법을 구사했을 뿐이라고요오오오오.)

마음속에서 또 다른 내가 그럼 왜 도망치는 거냐고 딴죽을 걸 것 같아서 나는 그조차 회피하기 위해 이곳을 뒤로했다.

회복 마법은 그저 회복 마법일 뿐 그 이상도 그 이하도 아니라고 여기고 있던 나는 효과가 현격히 다르다는 사실을 알 턱이 없었다. 그저 본능적으로 달아났을 뿐이다.

〈이런이런, 바쁘네~. 성·녀·님은♪〉

내 뒤를 따라오던 스노우가 시야에서 모두가 사라지자 기다렸다는 듯이 놀려댔다.

"아아아아, 그런 소리 하지 마아아아! 너 때문이야, 네가 신수라서 그런 거라니까아아아아아!"

〈무슨 얼토당토않은 논리로 발끈하고 있니. 잠깐, 그만, 마구 쓰다듬지 마. 진정해, 농담, 농담이니까.〉

"하악하악…… 아니, 물론 이 뒤에도 스노우는 날 도와줄 거지?"

〈싫다고 하면 여기 남아도 돼?〉

"아핫, 설마~. 질질 끌고서라도 길동무로 삼아줄 테야♪"

〈그치~? 그럴 줄 알았다. 알았어.〉

그런 실없는 대화를 나눈 뒤 둘이서 어둡고 조용한 공간을 걷기 시작했다.

"……고마워, 스노우."

〈가, 갑자기 왜 그래? 낯간지러워지니까 그만해. 이제 익숙해졌어, 둘이서 해결하는 이런 전개는.〉

한바탕 대화를 주고받으니 마음이 차분해졌다. 나는 나란히 걷고 있는 설표를 보고 공연히 고마운 마음을 전하고 싶었다. 정신을 차려보니 복슬복슬한 털을 부드럽게 쓰다듬고 있었다. 스노우도 목을 그르렁거리면서 나처럼 겸연쩍어하며 대답했다.

소중한 친구들의 그런 모습을 봐버린 뒤에 이렇게 어두운 통로를 홀로 걸었다면 아직 정신이 미숙한 나는 부정적인 생각에 오염되어 감정이 뒤죽박죽이 돼버렸을지도 모른다.

그래서 곁에서 명랑하게 행동하는 스노우에게 고마웠던 모양이다.

본인의 감정조차 잘 헤아리지 못하는 자신에게 나는 웃음밖에 나오지 않았다.

몇 분 뒤 우리는 다시 밖으로 돌아왔다.

그곳에서 레이첼 씨의 품 안에 잠들어 있는 시타와 그 모습을 지켜보며 두 사람을 부축하고 있는 씨족장님이 기다리고 있었다.

혹시 의식을 저지했을까 기대했는데 두 사람의 표정은 성공을 거둔 기쁨과는 거리가 멀었다. 분함과 후회가 짙게 배어 있는 그런 표정이었다.

혹시 죽여버렸나……

그런 내 우려를 불식시키듯 시타가 몸을 꿈틀거렸다.

"앗, 메어리 공, 저길!"

내가 온 것을 알아차린 씨족장님이 대서고탑을 가리키며 말했다.

그가 가리킨 쪽에는 커다란 탑이 있었다.

대서고탑과 외관이 비슷한 그 탑이 원형으로 펼쳐진 이공간에서 내려와 아래에 있는 대서고탑 정상을 파괴할 듯한 기세로 착지하는 중이었다.

대서고탑이 일반적인 탑처럼 끝부분이 가늘지 않고, 왠지 옆으로 잘린 것처럼 느껴졌던 이유는 저것 때문이었나? 나는 넋을 놓은 채 그 광경을 바라봤다.

"저게, 대서고탑의 상반부라는 거야?"

〈아마도. 탑과 함께 통째로 봉인했을 줄이야. 게다가 이공간 속에. 엄청난 마법 기술이야.〉

내가 확인하듯 옆에 있는 스노우에게 묻자 그녀도 놀라워하며 탑 쪽을 바라봤다.

〈위험한 상황에 저지하지 않고 내버려 뒀더니 저런 일이. 아마

도 봉인을 푼 오르트아기나가 저기서 기다리고 있겠네. 즉 상대가 용이라는 소린데 괜찮겠어?〉

"맡겨둬. 예전에도 말했지만, 나 몸만큼은 완적무적이니까! 설령 용일지라도 지지 않아!"

스노우가 걱정스레 확인하면서 몸을 굽히자 나는 겁먹지 않고 그 등에 뛰어올랐다.

〈아~, 그랬었지. 참 마음이 든든하네.〉

"자, 가자. 오르트아기나 앞으로."

내 말에 고무됐는지 스노우가 하늘로 힘차게 날아올랐다. 그러고는 바람을 가르듯 대서고탑으로 달려갔다.

14 지욕룡(智欲竜) 오르트아기나

스노우 덕분에 나는 대서고탑까지 그리 시간을 들이지 않고 도착할 수 있었다.

대서고탑 위에는 또 다른 탑 하나가 얹혀 있다. 그 충격으로 천장 부분이 무너져 있어서 내부가 어떨지 걱정이 됐다.

위에 새롭게 추가된 그 탑은 외관은 비슷하지만, 아래쪽 대서고탑보다 크기가 약간 작아서 한데 이어져 있다는 느낌이 들지 않았다. 아마도 원래는 저 접합부에서부터 서로 구분되어 있었던 게 아닐까?

위쪽은 오르트아기나의 개인실, 아래쪽은 작업장 같은 느낌?

뭐, 지금은 그걸 따지고 있을 겨를이 없다. 문제가 있다면…….

"으~음, 사람이 드나들 만한 출입구 같은 게 없네……. 어디로 들어가면 좋으려나."

그래, 그 탑에는 사람이 들어갈 수 있는 문 같은 것이 보이지 않았다.

물론 자세히 살펴보면 찾을 수 있을지도 모르겠지만, 탑의 규모가 너무 거대해서 엄두가 나지 않는다.

조금 더 가까이 다가가면 무언가가 새롭게 보이지 않을까, 하고 고민하고 있으니 하늘을 달리던 스노우가 갑자기 발을 멈췄다.

"음, 왜 그래, 스노우?"

〈하울링 블래스트으으으으으!〉

내가 의아해하며 말을 걸자 스노우가 숨을 크게 들이마시더니 엄청난 짓을 저질렀다.

내가 아연실색하며 스노우가 포효를 내지른 쪽으로 시선을 돌리니 탑 측면 일부가 날아가버렸다.

"저기, 여보세요, 스노우 씨? 당신은 대체 무슨 짓을 저지르신 건가요?"

〈무슨 짓이냐니? 보다시피 입구를 만들었을 뿐인데? 찾는 것도 귀찮으니.〉

"그런 이유로 남의 거처를 다짜고짜 파괴하면 어떡해애애애!"

〈상대가 이토록 과도하리만치 화려하게 등장했으니까 우리도 화려하게 등장하여 어필하지 않으면 얕잡아볼 거야~. 이봐~, 성녀님께서 납시셨다아아아!〉

"무척 창피하니까 그마아아아아아안……."

내가 절규하자 스노우가 그에 맞춰 다시 달려갔다. 바람에 실린 내 목소리가 도플러 효과로 점점 멀어져갔다.

그리고 스노우는 자신이 뚫어놓은 구멍을 힘차게 지나 안으로 침입했다.

〈오오, 넓다!〉

스노우가 내부를 보고서 솔직하게 말한 그 소감대로 대서고탑처럼 광대한 원형 공간이 펼쳐져 있었다.

대서고탑과의 차이점을 꼽으라면 대량의 서적이나 방 같은 건 없고, 그저 널찍한 공간만이 떡하니 있다는 것 정도?

그리고 그 중앙 부근에 거대한 검은 물체가 자리하고 있다.

뼈라면 본 적이 있지만, 실물을 보는 건 난생처음인지라 나는 조금 감동했다.

거뭇한 비늘이 햇볕을 반사하여 아름답게 반짝였다. 배 쪽은 피처럼 뻘겋다.

왕자님에게서 들었던 벽화 속 모습, 그리고 내가 전생 때 상상했던 그 모습과 흡사한 용이 그곳에 있었다.

상대도 우리가 온 것을 알아챘는지 스노우를 쫓듯 거대한 머리를 조금 움직였다.

"큭, 나와 오르트아기나의 뜻깊은 대화에 찬물을 끼얹다니."

가증스럽다는 듯 이쪽을 올려다보고 있는 사제의 모습이 시야에 들어왔다. 한달음에 날아온 나와 달리 여기까지 도보로 왔을까? 시간이 상당히 걸렸을 텐데 참 수고했네.

"뜻깊은 대화?"

중요한 대화라도 나누고 있었나? 우리가 방해한 것 같아서 일단 확인해봤다. 내용에 따라서는 '우리 설표가 민폐를 끼쳤습니다' 하고 사죄할 용의가 있다. 뭐, 어디까지나 대화를 방해한 것에 대한 사죄일 뿐, 사제가 지금껏 저지른 패역한 짓들을 용서할 생각은 없다.

"홋, 그래! 우리, 아니, 성교국이 목표로 하는 이상. 신께 사랑받는 우리가 신의 영역에 이르기 위한 계약 말이다. 리버럴머테리얼도, 합성수도 그 이상을 달성하기 위한 결과물이다. 여기에 오르트아기나의 지식과 기술이 더해지면 우린 이상에 더 가까이 다가갈 수 있다. 신께서 그것을 바라고 계시기에 봉인을 풀고서 날 오르트아기나에게로 이끄신 거다!"

계획이 번번이 좌절돼서 머리 나사가 날아갔나? 사제의 황당한 이상을 듣고도 내 마음은 전혀 놀라지 않았다.

"굳이 따지자면 상황으로 미루어보건대 봉인을 푼 건 오르트아기나 자신이 아닐까~ 싶은데."

내가 딱 하나 이해한 것은 스노우와 서로 의견을 주고받았던 봉인에 관한 내용뿐이었다. 그래서 나는 별생각 없이 그 이야기를 사제에게도 던져봤다.

"홋, 넌 바보냐? 본인들이 신께 간택을 받지 못했다고 해서 그런 엉터리 소리나 주절거리다니. 그럼 오르트아기나는 봉인을 자유자재로 다룰 수가 있다는 뜻 아니냐. 그럼 왜 계속 봉인되어 있었던 거지? 이래서 머리 나쁜 우민들은 곤란하다니까."

사제가 기가 막힌다는 얼굴로 나를 보며 코웃음을 쳤다. 그러나 그런 소리를 들으니 되받아칠 말이 없어서 나는 '정말 그래?' 하고 묻듯 당사자인 용을 쳐다봤다.

그 용은 아무 대답도 없이 흥미롭다는 듯 실눈을 뜨고서 나만 계속 쳐다보고 있는 것 같았다.

(아니, 기분 탓, 기분 탓, 그건 내 착각이야. 응, 그러니까 이쪽을 유심히 보지 말아주세요, 부탁합니다.)

용의 시선을 견디지 못하고 나는 회피하듯 눈알을 이리저리 굴
렸다. 사제의 눈에는 내 모습이 본인의 지적에 뜨끔한 것처럼 비
쳤는지 크게 만족스러워했다.

"이런 이런, 우리의 숭고한 계획도 이해하지 못하고 방해를 일
삼는 우민은 그만 돌아가라. 오르트아기나와의 대화가 아직······.
아니, 돌려보낼 가치도 없나? 이대로 여기서 없애버리는 것도 괜
찮겠군."

그리고 결국에는 흉흉한 소리까지 내뱉기 시작했다.

(내 원펀치에 뻗어버렸으면서 대체 무슨 소리를 하는 거야, 저
사람은?)

"자, 오르트아기나여. 우리의 숭고한 계획에 참여할 수 있게 됐
으니 신께 감사하면서 우릴 방해하는 저 마녀를 없애라! 우리한
테 다시 봉인당하고 싶지 않겠지?"

(아, 과연, 그렇게 나오겠다?)

사제가 드높이 외치자 지금껏 움직이지 않았던 오르트아기나
가 거동하기 시작했다.

무슨 꿍꿍이인지는 모르겠지만, 오르트아기나는 사제가 말한
그 계획인지 뭔지에 가담할 생각일까? 공중을 날던 나와 스노우
는 바짝 긴장했다.

"후하하하하하하핫, 우리를 거스른 것을 후회하게······."

꽈직.

신나게 웃으며 우리를 모멸 차게 쳐다보고 있던 사제가 오르트
아기나의 커다란 발에 가려지더니 이내 불쾌한 소리와 함께 사라
져버렸다.

오르트아기나가 자신의 진로 위에 있던 사제를 주저 없이 짓밟
아버린 것이다.

너무나도 어이없는 사제의 최후에 나는 이해를 하지 못한 채 입
만 헤~ 벌리고서 쳐다봤다.

〈음, 뭔가 밟았나?〉

오르트아기나가 발걸음을 멈췄다. 입이 움직이지 않은 것 같은
데 그가 나도 이해할 수 있는 언어로 유창하게 말하자 비로소 내
머리가 재기동했다.

〈조용해졌으니 뭐, 됐나.〉

그 목소리는 남성처럼 들렸다. 나는 오르트아기나가 남성이구
나, 하고 지레짐작하고서 놀랐다.

(뭐, 용의 암수를 구분하는 법 따윈 난 모르니까 괘념치 말자.
그보다도 유용한 재능의 소유자라서 다행이야. 혹시 아까 전부터
용의 말로 계속 말을 걸었는데 내가 모르고 무시해서 바보 취급
을 하면 어쩌나 순간 걱정했는데 말이야.)

어깨의 힘을 쭉 빼고서 지금껏 유지했던 긴장을 푸는 나. 그러
나 그것이 섣불렀음을 그가 다음에 내뱉은 말을 듣고서 깨달았다.

〈자, 관찰을 재개하기 위해서 준비를 시작하도록 하지.〉

"관찰?"

〈그렇고말고. 봉인이 나의 자작자연이었음을 간파해냈기에 굳이 여기에 온 거겠지?〉

(그렇게 말하면 곤란해요. 아니, 그 봉인이 자작자연이었던 거야아아아!)

그 자백에 놀라움을 감추지 못하는 나를 내버려 두고서 그가 계속 이야기를 진행했다.

〈지금 인간들의 심적 지탱목은 바로 그대다. 그대를 없앤 뒤 봉인을 푼 이 몸을 보고서 인간들이 어떻게 반응하고 행동할지 몹시 흥미롭다. 여태껏 이 몸한테 의존했던 자들이 반기를 들어 이 몸을 없앤 뒤에 어떻게 행동할지 오랜 세월에 걸쳐 관찰을 해왔는데, 변화가 더디고 시시했기에 이번 건은 몹시 흥미진진하다.〉

오르트아기나가 터무니없는 사실을 술술 폭로하자 나는 머릿속으로 이해하는 것만으로도 벅차서 계속 듣고만 있었다.

〈원래는 도시 한가운데서 모두한테 보여주려고 생각했는데, 그대가 선수를 쳐서 화려하게 등장한 바람에 여기서 요격할 수밖에 없게 됐다. 카카캇, 도시에 피해가 갈까 봐 고민한 끝에 강행했겠지.〉

(아뇨, 그건 스노우가 폭주한 겁니다.)

아직도 생각을 정리하지 못한 나는 그조차도 입 밖으로 낼 여유가 없었다.

즉, 카이로메이어의 과거에 벌어졌던 사건 대부분은 저 용의 생각이었다고 해야 하나, 실험이었다. 사람들은 그에 놀아났다는 건가?

분에 넘칠 만한 고도의 기술과 지식을 받으며 살아가다가 갑자기 용이 비인도적인 협박을 하자 주민들은 반기를 들어 용을 봉인했다.

그러나 모두 저 용이 유도한 것에 불과하다. 봉인 시스템 역시 그가 제작한 것이니 시타의 일족은 애초부터 저 용에게 장악되어 있었던 거겠지.

그 후에 조상들의 기술과 지식이 후손들에게 전해지지 않은 것도, 기술을 사용할 수가 없게 된 것도 어쩌면 용이 은밀히 몰수했는지도 모른다. 그렇게 조치했을 때 인간들이 어떻게 행동할지 궁금해서…….

그렇게 생각하면 카이로메이어 주민들은 저 용의 생각대로 휘둘리기만 하는 존재가 아닐까? 어딜 가든 용이 자신의 지식욕을 채우기 위해 만든 실험장 위에 있다는 뜻이다.

바로 그때, 본인의 부족한 부분을 애써 감추고서 활기차게 앞으로 달려가는 시타, 몸이 엉망진창이 되면서도 시타를 위하는 레이첼 씨, 도시에 닥친 혼란을 어떻게든 수습하기 위해 분투하는 씨족장님과 주민들, 그들의 얼굴이 내 머릿속에 스쳤다. 미적지근했던 감정이 부글부글 끓어올랐다.

저 녀석의 생각대로 되도록 놔둬서는 안 된다고 내 마음이 호소했다.

그래서.

"네 생각대로 되도록 놔두지 않겠어. 너의 그 어리석은 짓도 오늘이 마지막이야!"

〈말 한번 잘했어, 메어리! 저런 쓰레기 드래곤을 응징해주자아아아!〉

나는 마음이 가는 대로 눈앞의 거대한 존재에게 단호히 외쳤다. 스노우가 그런 나를 칭찬하듯 목소리를 높이고서 용을 향해 달려갔다.

〈카카카카카카캇, 좋다, 좋다! 그렇다면 한번 보여 봐라, 내가 미처 축적하지 못한 지식을!〉

오르트아기나가 진심으로 기뻐하듯 목소리를 높이고서 그 커다란 입을 일그러뜨리며 움직였다.

〈버밀리온 노바.〉

(초장부터 5계급 마법이라니. 역시 라스트 보스, 스케일이 다르네.)

내심 놀라고 있는 나를 아랑곳하지 않고 용이 5계급 마법인 대화염구를 스노우에게 방출했다. 그러나 역시 스노우. 홱 피하고서 거리를 벌렸다.

〈카카캇, 그리고 보니 그대들은 거의 동시에 동일한 마법을 구사하는 재미난 재주를 벌이더구먼.〉

카이로메이어 안에서 벌어지는 일이라면 훤히 볼 수 있는 걸까? 오르트아기나가 큭큭 웃으면서 예상치 못한 일격을 가했다.

〈버밀리온 노바, 삼연격.〉

용이 힘차게 외치자 대화염구 3개가 한꺼번에 우리를 습격했다.

〈잠깐, 무리, 무리! 5계급 마법을 3연속 구사하다니 반칙이야! 메어리, 어떻게 좀 해봐!〉

도망칠 틈도 없을 정도로 쇄도하는 대화염구 앞에서 스노우가 항복 선언을 하고서 나에게 배턴을 넘겼다.

단 한 발조차 엄청난 위력과 범위를 자랑하는 화염구가 3개나 한꺼번에 날아오다니. 평소에 내가 하는 공격을 타인에게 받아보니 얼마나 비상식적인지 새삼 깨달았다.

"그렇다면 이쪽도 버밀리온 노바, 3연격!"

결코 경쟁심을 불태우고 있는 게 아니다 그저 단순하게 상쇄할 생각으로 나는 오르트아기나와 같은 공격을 했다.

그것이 인간의 영역을 초월한 행위임을 깜빡 잊은 채……

〈마, 말도 안 돼. 인족의 몸으로 5계급 마법을 구사하는 것도 모자라서 이 몸처럼 태연히 연달아 발동하다니!〉

양측에서 날린 대화염구들이 충돌하여 탑 안이 잠시 화염의 바다로 변했다.

〈아뜨, 아뜨뜨, 역시 메어리, 하고 칭찬해주고 싶지만. 되도록, 주변을 잘 살피고서 대처해주지 않을래? 내 고귀하고 아름다운 털이 바짝 타버리면 어쩔 셈이야.〉

"미안, 근데 통구이가 되는 것보다는 낫잖아."

스노우가 달아나면서 불평을 늘어놓자 나도 불이 붙은 옷소매를 다급히 두드리며 사과했다.

〈재밌다, 재밌어. 그렇다면 이건 어떠냐. 라이트닝 볼트, 4연격.〉

〈거짓말, 저쪽은 마력에 바닥이 없대? 게다가 은근슬쩍 숫자도 늘렸어, 메어리.〉

오르트아기나가 쉴 새 없이 공격을 가했다. 불을 끄는 동시에 같은 전철을 밟지 않도록 생각하느라 머릿속이 뒤죽박죽됐다. 내 머리는 싱글 태스킹이란 말이야.

(어, 어어어어으, 번개는 전기이니까, 대처 방법은…… 고무? 가 아니고, 그게 아니고, 아아아, 모르겠어어어어!)

"라이트닝 볼트! 라이트닝 볼트! 라이트닝 볼트! 라이트닝 볼트! 라이트닝 볼트!"

냉정을 잃은 내 머리가 결국 똑같은 과오를 반복했다. 그러나 그것만으로 끝나지 않는 게 나의 특성이다.

상대가 방출한 4연격에 대항하여 나는 5……, 어라, 한 발 더 많나?

〈빠아아아아아아, 찌~릿찌릿해애애애.〉

"미안, 또 저질렀어."

〈크아아아아아악!〉

번개가 휘몰아친 여파로 스노우의 복슬복슬한 털이 쭈뼛 서버렸다. 그녀가 비명을 지르는 와중에 예상치도 못하게 상대방 쪽에서 고통스러워하는 소리가 들려왔다.

"어, 어라?"

내가 방출한, 상쇄되지 않은 벼락이 창처럼 오르트아기나를 습격했다.

〈뭐라……. 이 몸의 마력을 초월한다고……? 믿기지 않는군, 그대는 진정 인족인가? 혹 인두겁을 쓴 다른 존재 아닌가?〉

"어엿한 인간이에요! 듣기 거북한 소리는 하지 마세요오오!"

벼락에 맞고서 오르트아기나가 한걸음 물러서며 무례하기 짝이 없는 발언을 하자 나는 크게 항의했다.

〈과연……. 혹시 마력에 특화된 변이체(變異體)인가? 이토록 특화되어 있다면 다른 부분은 평범, 아니, 평균 이하일 터. 그 부족한 부분을 신수가 메워주고 있는 것인가.〉

내 공격을 맞았는데도 오르트아기나가 벌써 태연하게, 더욱이 내 항의까지 말끔히 무시하고서 혼잣말을 했다. 그러고는 내가 아니라 스노우를 보고 어금니를 드러내며 웃었다.

그 순간 공간이 일렁이더니 귀를 막아야만 할 정도로 커다란 포효가 탑 안에 울려 퍼졌다.

그 포효는 스노우가 쓰는 하울링 블레스트보다 더 강력하고 범위도 넓었다. 그 포효에서 비롯된 충격파를 정면에서 맞고서 스노우가 벽으로 날아가버렸다.

너무 광범위라서 손쓸 새도 없이 나는 그녀와 함께 벽과 격돌했다. 큰 대미지를 입지 않은 나는 오르트아기나의 후속 공격을 목도했다.

〈이것으로, 끝이다.〉

오르트아기나의 목소리와 함께 거대한 꼬리가 우리를 덮쳤다. 마법이 아니라 물리 공격으로 전환한 모양이다.

이대로는 둘 다 꼬리에 짓눌려 쥐포가 되고 만다. 아니, 나는 그렇게 되지 않겠지만, 그렇다고 해서 낙관할 수는 없다.

"끝나긴 뭐가 끝나!"

나는 외치면서 엄습해오는 꼬리를 향해 몸을 날렸다.

〈끄아아아아아악!〉

그리고 내 몸통 박치기에 위력이 죽은 꼬리가 이상한 방향으로 꺾이자 오르트아기나가 비통해하며 소리를 질렀다.

〈이토록 단단할 줄이야, 이토록 파워가 강력할 줄이야. 뭐냐, 뭐냐, 진짜 뭐냐, 그대는!〉

꼬리를 후후 불면서 슥슥 문지르는 모습이 조금 귀여운 오르트아기나의 비난이 탑 안에 울려 퍼졌다.

"뭐, 뭐냐니, 메어리 레가리야인데?"

오르트아기나의 물음에 식은땀을 흘리며 바보 같은 대답밖에 하지 못하는 글러먹은 나.

〈카카캇, 좋다, 좋다. 이래서 이 세상은 재밌다. 그렇다면 이 몸도 전력을 다하겠다!〉

"그게 봐주면서 공격한 거였다니 역시 용. 절대강자라는 칭호에 어울리네."

〈그런 용을 대적하고 있는 넌 대체 뭐냐고 말하고 싶은데.〉

"셧업!"

모처럼 내가 경악하고 있는데 부활하자마자 찬물을 끼얹는 스노우에게 나는 입단속을 하라고 명령하고서 등에 올라탔다.

스노우가 다시 공중으로 날아오르자 오르트아기나가 그쪽을 향해 커다란 입을 쩍 벌렸다.

(어머머, 입이 참 크네. 충치도 없는 것 같고 말이야. 그게 아니고, 이제 큰일 났는지도.)

내가 지켜보는 앞에서 그 커다란 입속으로 빛의 입자가 응축되어갔다.

〈메기드 플레임!〉

오르트아기나가 외치자 입 주위가 화악 빛나더니 응축된 열선이 레이저 광선처럼 발사됐다.

경계하던 스노우가 간발의 차이로 피하자 그 광선이 내 뒤쪽, 탑 벽에 맞고서 대폭발했다.

그 위력이 어찌나 엄청난지 단 한 방에 탑 벽을 절반이나 날려버려 밖이 훤히 보였다.

그 구멍을 통해 도시 풍경이 눈에 들어오자 나는 소름이 돋았다.

(저게 도시를 향해 발사됐다면 모두가.)

"스노우, 상공으로!"

내 지시에 따라 스노우가 노출된 벽을 지나 밖으로 나간 뒤 더 위쪽으로 달려갔다.

〈왜 그러나, 달아나는 건가? 그럼 시시한데.〉

오르트아기나가 우리를 쫓아 탑에서 모습을 드러냈다. 상공을 올려다보더니 그 뒤에 무슨 생각인지 도시 쪽을 쳐다봤다.

〈카카캇, 안 올 거라면 그대의 바람대로 해주지.〉

내가 무얼 우려하는지 눈치채고서 오르트아기나가 조롱하듯 도시를 향해 입을 벌리고서 나를 도발했다.

"바라는 사람 하나도 없거든! 스노우, 날 저 녀석을 향해 전력으로 던져버려어어어!"

〈역시, 이 패턴이네!〉

(의도대로 해주지. 하지만 네 생각대로 될 거라고 믿었다면 오산이야아아아아아!)

〈가라아아아, 메어리이이이이!〉

나와 스노우, 두 사람의 힘으로 나는 뛰어오른 뒤, 용을 향해 돌진했다.

〈카카캇, 어리석다, 어리석다! 메기드 플레임!〉

기다렸다는 듯 용이 벌린 입을 내 쪽으로 틀고서 열광선을 발사했다.

나는 기세를 죽이지 않고 그대로 열광선을 향해 발차기 자세로 돌입했다.

예전에 마법 소녀 가짜 메어리를 봤던 자가 이곳에 있었다면 이렇게 중얼거렸겠지.

──저건 마법 소녀 플라티나 하트SR!의 필살기 '아토믹 선더

볼트 킥'이라고.

눈앞이 새하얘져 눈부셨다. 어디로 가고 있는지 모르겠지만, 그래도 내 발차기는 열광선을 가르고서 용과의 거리를 좁혀나갔다.

〈이런 말도 안 되는 일이! 이 몸은 전력을 다했다, 그런데 어째서냐아아아!〉

예상치 못한 광경에 오르트아기나가 외쳤다. 그 열광선이 끊어지면서 내 시야가 확 트였다.

"완전무적을 얕보지 마아아아아아아!"

그리고 나는 그대로 오르트아기나에게 그 발차기를 선사해줬다.

〈커허어어어어어어어억!〉

오르트아기나가 신음하는 소리가 도시에 울려 퍼졌다.

상대가 용이기에 인정사정없이 날린 내 발차기가 오르트아기나의 가슴에 적중했다. 용은 그 충격을 고스란히 받고서 그대로 빠르게 추락했다.

그 결과, 몸이 어설프게 딱딱한 탓에 오르트아기나는 내 발차기를 맞고서 저 아래에 있는 대서고탑을 뚫어버린 뒤 엄청난 기세로 땅바닥에 처박혔다.

카이로메이어에서 벌어졌던 일련의 소동은 이렇게 막을 내렸다.

날이 밝고 주민들은 각자 가능한 범위에서 복구에 힘쓰고 있다.

왕자님도 도울 만한 일이 없는지 찾기 위해 아침부터 밖에 나와 있다.

마기루카와 친구들이 평소처럼 거리를 걷고 있는 모습을 보고 나는 안도했다.

그리고 나로 말할 것 같으면, 배정받은 피해가 적은 방 안에서 홀로 밖으로 나갈지 말지 고민하며 전전긍긍하고 있었다.

그 최대의 이유를 설명하기 위해 오르트아기나를 발차기로 쓰러뜨린 때까지 거슬러 올라가자.

***

〈카카카카카캇, 재밌다, 아주 재밌다! 이 몸이, 인간의 발차기 한 방에 꼼짝도 못 하게 될 줄이야. 실로 불가사의, 이래서 세상은 재밌어.〉

내 발차기를 맞고서 탑에서 땅바닥으로 추락한 오르트아기나가 원망하기는커녕 오히려 기뻐하듯 웃고 있었다.

나는 땅바닥에 크레이터를 만들고서 드러누워 있는 오르트아기나의 가슴 위에 서서 그를 내려다보고 있다.

그때 나는 정신없이 전투를 벌였던지라 헉헉 헐떡이는 숨을 고르면서 상황이 종결되었는지 확인하는 게 고작이었다. 주변 상황을 확인할 만한 여유가 없었다.

〈흠흠…… 뭔가 마법적인 가호라도 받은 줄 알았더니만, 옷 속에 그런 흔적은 없는 것 같군……. 즉 그대의 실력이었나.〉

움직이지 못하는 오르트아기나가 기다란 고개만 겨우 가누어 나를 물끄러미 쳐다보고서 그런 소리를 했다.

"옷…… 속?"

오르트아기나의 말을 듣고 나는 의아해하며 그의 시선이 향한 곳, 굳이 말하자면 목 아래를 내려다봤다.

그리고 할 말을 잃었다.

입고 있지 않았다. 그래, 나는 알몸이었다.

냉정히 생각해보면 이렇게 되는 게 당연하겠지. 그런 화염 속을 꿰뚫었으니 몸은 괜찮을지라도 신께서 주신 치트 능력이 적용되지 않은 평범한 옷이 버텨낼 재간이 없겠지.

자신의 가슴 위에서 벌거벗은 채 우뚝 서 있는 내 모습을 가까이서 물끄러미 관찰하는 오르트아기나를 보고 내 얼굴이 순식간에 뜨거워졌다.

"변태애애애애애애애!"

〈흐어어어어억.〉

내가 외치면서 뺨을 때리는 소리와 오르트아기나의 단말마가 잔해와 먼지, 연기로 시야가 나빠진 대서고탑에 울려 퍼졌다.

그 후에는 고생했다.

스노우에게 내 몸을 감싸달라고 부탁해서 몸을 숨겼다. 누군가가 오기를, 주로 튜테가 와주기를 기다리고 있었다.

이렇게 칠칠치 못한 모습으로 돌아다닐 만한 배짱은 나에게 없다. 그리고 드래곤이라고는 해도 남성에게 알몸을 제대로 보이고 말았다.

이미 얼굴은 삶은 문어처럼 새빨개져 있고, 눈은 빙글빙글 돌고 있다.

그런 내가 냉정하게 판단을 할 수 있을 턱이 없다. 얼어붙은 채로 오직 누군가가 도와주러 와주길 기다릴 뿐이다.

그리고 최악이었던 것은 내가 처음에 만난 사람이 튜테만이 아니었다는 사실이다. 눈을 뜬 시타와 그녀를 따라온 씨족장님과 전투원들(전원 남성)도 그곳에 있었다.

***

"이제, 시집 못 가아아아아!"

기억을 돌이켜보니 얼굴이 화끈거렸다. 침대에 엎드려 있는 나는 근처에 있는 베개에 얼굴을 묻고서 다리를 바둥거리며 괴로워했다.

"괘, 괜찮아요, 아가씨. 스노우 님께서 숨겨주셨고, 모두 눈치를 채자마자 바로 시선을 돌려주셨잖아요."

"그건 즉, 내가 알몸이라는 걸 알아차렸다는 뜻이잖아. 그건 즉, 즉, 다 봐버렸다, 크으으으으으으……."

튜테의 위로가 무색하게 나는 침대 위에서 또다시 괴성을 지르며 몸부림을 쳤다.

그로부터 수십 분 정도 내가 괴성을 지르고, 튜테가 달래주는 사이클이 반복됐다. 그 후에야 내 마음이 다소 진정되었다.

(아니, 이제 지나간 일이니 새삼스레 이러쿵저러쿵 들춰봤자 소용없잖아.)

늘 겪는 일인지라 결국에는 당당하게 나서자고 마음을 고쳐먹었다. 그러니 실상은 자포자기 모드를 발동한 거지만.

"하아~. 내게 기억을 지울 수 있는 빔이 있었더라면……."

"아가씨, 듣는 것만으로도 마음이 흉흉해지는 단어를 선뜻 말하지 마세요."

"므으으으으으."

"자자, 다른 분들도 활동하고 계시니 의기소침해진 모두의 마음에 조금이라도 활기를 불어넣기 위해서 아가씨께서도 얼굴을 비치러 가시죠. 특히 대서고탑 복구에 힘쓰고 있는 분들께."

"하으!"

이런저런 이유를 들먹이며 움직이지 않는 나를 달래면서도 결국에는 아픈 곳을 찌르는 튜테. 죄책감이 내 마음을 후비자 나는 마지못해 침대에서 내려왔다.

튜테가 언급하긴 했지만, 대서고탑이 입은 피해는 막대했다.

관계자들은 적절히 대피했기에 부상자밖에 나오지 않았지만, 탑은 반파됐다. 주요 원인은 오르트아기나가 제공했지만, 절반쯤은 나에게도 있기에 마음이 아프다. 너무 아프다.

그러나 주민 모두가 그렇게 생각하고 있느냐면 아니다.

그렇다고 해서 뒷일을 떠넘기고서 뒹굴뒹굴할 수 있을 만큼 나는 뻔뻔하지 못하다.

소녀의 마음이 방해하지 않았다면 당장에라도 도와주러 갔겠지. 창피함을 간단히 떨쳐내지 못하는 복잡한 나이라고 여겨주신다면 다행이겠습니다, 예.

"좋아, 가자."

기합을 불어넣듯 흠, 하고 숨을 내뱉고서 마음을 다잡은 뒤에, 내친김에 각오까지 다진 나는 튜테의 도움을 받아 옷을 갈아입고서 드디어 대서고탑으로 향했다.

"앗, 성녀님!"

"성녀님, 감사합니다."

"오오오, 백은의 성녀님."

시내로 나가보니 나를 알아본 카이로메이어 사람들 남녀노소가 이구동성으로 말하는 불온한 단어를 듣고서 나는 어색하게 옷으며 응했다.

"튜테, 창피한 망신 따윈 사소한 일로 느껴질 만큼 커다란 문제가 내게 닥친 것 같은데, 하룻밤 사이에 무슨 일이 벌어진 거야?"

주민들이 제각기 작업으로 복귀하고, 튜테와 단둘이 남았을 때 나는 애써 웃으면서 고개를 끼리리리릭, 하고 돌려 그녀를 쳐다봤다.

"합성수들을 유인하기 위해 온 도시를 뛰어다니셨고, 여러 사람이 보는 앞에서 마기루카 님과 친구분들을 치유하셨으며, 모두가 두려워하는 드래곤을 상대로 스노우 님과 함께 대항하여 승리를 거뒀으니 멀리서 지켜본 사람이라면 저 사람이 누구야? 하고 궁금해하겠죠. 그런 상황에서 누군가가 입에 담은 백은의 성녀라는 단어가 파문처럼 퍼져나가기까지 하룻밤도 안 걸리죠."

"긴 해설, 고마워~……, 가 아니고 거, 거짓말이지? 거짓말 맞지?"

내가 안절부절못하면서 튜테에게 매달리듯 쳐다보자 그녀는 생긋 웃었다. 그 웃음을 보니 '뭐야, 거짓말이었구나' 하는 막연한 기대감이 들었다. 그래서 웃으며 그녀를 쳐다봤더니…….

"사실입니다."

"으그그그그그그!"

튜테가 가차 없이 대답하자 나는 또다시 괴성, 아니 신음하면서 머리를 싸쥐고 괴로워했다. 그러자 그 광경을 본 사람들이 걱정하는 얼굴을 했다.

〈오, 있다, 있다. 야~, 메어리, 아슬아슬하긴 했지만 재미난 광경을 멀리서 잘 봤어. 제때 맞춰서 다행이야, 다행.〉

"후샤아아아아아아앗!"

그러던 중에 귀에 익은 목소리와 함께 등장한 물체를 보고서 방심하고 있던 나는 반사적으로 으르렁거렸다.

그래, 녀석의 이름은 맨드레이크 아종.

"아니, 왜 네가 여기에 있는 거야? 튜테가 손수 도륙해버렸던 거 아니었어?"

"아가씨, 말에 어폐가……."

〈예전의 난 분명 저 아이의 손에 맛있게 조리되어버렸지만, 내가 누구야. 이럴 줄 알고 예비를 카이로메이어로 보내뒀지.〉

정령이 에헴, 하고 가슴을 활짝 펴고서 들려준 이야기에 따르면 다른 맨드레이크 아종을 카이로메이어로 보낸 모양이다.

즉, 소동이 벌어지는 와중에 나와 함께 행동하면서 한편에서는 또 다른 맨드레이크 아종이 이쪽으로 오도록 조종했다는 뜻이다.

"대단한 멀티태스킹이네. 역시 정령수, 부러운 능력이야, 나도 갖고 싶어."

"그렇다고 해서 어설프게 아는 장소로 보내기 위해서 숫자로 밀어붙이는 건 칭찬할 만한 행동이 아니라고 생각하는데."

내가 부러워하고 있으니 셰리 씨가 몹시 피곤한 얼굴로 비틀거리며 나타났다.

그러고 보니 셰리 씨가 소동이 벌어지는 도중에 어디론가 사라졌던 것 같다.

"셰리 씨, 무슨 일인가요? 피곤해 보이는데."

"하핫…… 메어리 짱 일행이 합성수를 상대하고 있을 때, 나도 다른 곳에서 나만의 전투를 벌이고 있었거든."

"어? 전투요?"

셰리 씨가 메마른 웃음을 흘리며 뜻밖의 말을 하자 나는 솔직히 놀랐다.

"그때, 정령수님이 도중에 리타이어 했잖아. 예비 몸이 하나도 도착하질 않았으니 앞으로 벌어질 전개를 보지 못하는 건 싫다면서 내게 명령을 내렸어."

"어떤 명령인데요?"

"예비 맨드레이크, 모두 몇 개인지 모를 만큼 카이로메이러를 향해 잔뜩 출발시켰으니 그중 하나를 찾아내서 이 소동이 끝나기 전에 데리고 오랬어. 만약에 제때 맞추지 못하면 보복으로 이리로 보낸 모든 맨드레이크가 카이로메이어로 몰려가도록 해주겠다면서……."

숨을 크게 하아, 하고 내쉬고서 어깨를 축 늘어뜨린 셰리 씨에게서 시선을 돌리는 정령님.

셰리 씨의 말에 따르면 정령님은 막연하게 카이로메이어가 있는 방향으로 수십 개나 되는 맨드레이크를 곧장 걷게 했다고 한다.

그 놀라운 멀티태스킹 능력이 기가 막힌다고 해야 하나, 소동을 크게 키워서 뭘 어쩌자는 비난을 담아 정령님을 째려봤다.

〈하지만, 하지만, 끝까지 지켜보고 싶었는걸! 그게 잘못이야?〉

그리고 내 시선을 견디지 못하고 적반하장으로 앙탈을 부리기 시작했다.

"……세리 씨, 고생했겠네요."

"아니, 진짜, 제때 맞출 수 있을지 가슴을 졸이면서 찾았다니까. 자칫 실패했다가는 여기에 합성수 대신에 맨드레이크들이 밀어닥칠지도 모르니까. 평상시였다면 웃으면서 처리했겠지만, 복구 중에 그런 사태가 터지면 골치가 아파지니까 제때 맞춰서 정말 다행이야……."

내가 노고를 위로해주자 뭔가 커다란 싸움을 마친 것처럼 세리 씨가 가슴을 쓸어내렸다.

"참고로, 다른 맨드레이크들은?"

〈이제 필요 없어서 땅으로 돌려보냈어. 주변 식물에 좋은 양분이 됐겠지?〉

"맨드레이크를 그렇게 허투루 쓰다니……."

내가 모르는 곳에서 또 다른 싸움, 아니, 고생이 있었음을 처음 알았다. 일단 큰일로 번지지 않아서 다행이다, 다행이야.

(정말로 다행인 걸까……. 혹시 정령수의 영역이 확대된 건 아니겠지? 그렇다면 애당초 그녀를 이리로 데리고 나온 내게 책임이……. 하하핫, 지나친 생각이야, 그렇고말고.)

〈카카캇, 왔나, 백은의 성녀여.〉

주민들의 선망 어린 시선을 받으면서 빠른 걸음으로 대서고탑
에 가봤더니 주민들의 중심에서 복구 작업에 힘쓰고 있는 거대한
용이 유쾌하게 웃으며 기다란 목을 이쪽으로 돌렸다.

오르트아기나는 살아 있었다.

그 끈질긴 생명력은 역시 용답다고 칭찬해줘야 할까. 그러나
그때는 누구나 용의 숨통을 끊어놓을 수 있었다.

그걸 막은 사람은 의외로 시타였다.

그녀는 대규모 마법진이 전개되는 중에 오르트아기나서와 한
데 이어졌다. 그 덕분에 그 배후에 연결된 본체의 영혼과 접촉하
여 진심을 깨달았다고 한다.

자세히 말할 수는 없지만, 그래도 시타는 그를 죽이지 말라고
모두에게, 주로 나에게 애원했다.

나는 거의 외부인이기에 그토록 용의 목숨에 집착할 이유가 없
었고, 그때는 상황이 상황이었던지라 오로지 자리를 피하고 싶은
생각뿐이었다.

그래서 뒷일을 주민들에게 맡겼는데 아무래도 시타의 바람을
들어준 모양이다.

"곧바로 소처럼 일하고 있네. 갸륵한 마음가짐이야. 그리고 앞
으로 백은의 성녀라고 말하지 마. 당신이 말하면 신빙성이 더해
져서 더 널리 퍼질 수도 있잖아."

〈응? 이름이 백은의 성녀가 아니었던가?〉

"그게 본명이면 어떻게 살겠어. 내 이름은 메어리야, 메·어·리."

〈흠, 그런가. 백은의 성녀 쪽이 더 그럴싸한 것 같은데.〉

"그만해, 내게 그런 깜냥은 없어."

"이봐아아, 오르트아기나 니이이임, 농땡이 피우지 말고 이쪽도 부탁해요!"

나와 오르트아기나가 한담을 나누고 있으니 멀리서 시타가 질타했다.

그녀는 밝아졌다.

아니, 원래부터 밝긴 했지만, 대서고탑 사서장으로서 짊어지고 있는 무거운 부담감을 숨기기 위한 겉치레였다. 무리하고 있는 것처럼 보였다.

그러나 지금은 다르다. 자신을 얽매고 있던 사슬이 사라졌는지 아주 밝고, 그리고 눈부시다. 그 모습은 실의에 빠진 주민들에게 큰 위안이 되었다. 시타와 함께 복구 작업에 힘쓰는 원동력이 됐다.

이런저런 말들이 오가긴 했지만, 그녀는 사서장으로서 모두를 이끌 만한 소질을 처음부터 갖추고 있었는지도 모른다.

〈이런이런, 용을 막 부려 먹는 아가씨로구만⋯⋯. 카카캇, 피는 속일 수가 없는 법인가. 그 아가씨와 판박이다⋯⋯.〉

시타에게 혼이 나고서 기분이 상한 줄 알았는데, 오르트아기나가 당혹스러워하면서도, 왠지 정겨워하는 듯한 목소리로 그렇게 말하고는 그녀를 바라봤다.

"그 아가씨라니?"

〈……이 몸을 두려워하지 않고 말을 건 이상한 엘프 아가씨다. 후에 이 몸이 처음으로 다룬 최초의 실험자이자 탑의 관리자다.〉

아마도 시타의 선조님이겠지. 그 말을 하는 오르트아기나의 눈빛이 왠지 자식을 바라보는 아버지처럼 부드러웠다. 용의 표정을 내가 알 수 있을 리가 없지만, 왠지 그런 느낌이 자꾸만 들었다.

그래서 나는 오르트아기나의 존재를 안 후로 줄곧 마음에 담아 뒀던 의문을 무심코 그에게 던졌다.

"저기, 어째서, 실험 같은 걸……?"

내가 묻자 유쾌하게 웃던 오르트아기나가 어금니를 보이며 웃음을 싹 거두더니 먼발치를 바라보듯 실눈을 떴다.

〈……그 당시 숲은 지금보다 위험했고, 그들은 연약했다.〉

"…………."

〈……놀랄 만큼 연약하고………… 사랑스러웠다…….〉

그 당시 숲이 얼마나 위험했는지 나는 잘 모른다. 그래도 강대한 존재는 강대하기에 그 주변인들이 겪게 되는 상황이 얼마나 위험한지 잘 헤아리지 못한다는 사실만은 왠지 이해됐다.

오르트아기나는 더는 말하지 않고 나에게서 떠나갔다. 나는 불러 세우지 않고 그저 지켜봤다.

"메어리 님."

오르트아기나의 등을 쳐다보고 있으니 멀리서 마기루카가 부르는 소리가 들려 그쪽으로 고개를 돌렸다.

어제 생사의 고비를 넘나든 사람처럼 보이지 않을 정도로 건강해진 마기루카, 사피나, 자하를 보고서 나는 오르트아기나가 방금 했던 말을 떠올렸다.

(내게…… 그처럼 선택을 해야 하는 때가 오려나? 잃고 싶지 않다는 일념으로………… 아니면…….)

"아가씨?"

내 태도가 유별났는지 튜테가 걱정스레 말을 걸어왔다. 나는 이상한 생각을 떨치듯 고개를 가로저었다.

"아무것도 아냐. 가자, 튜테."

웃으며 튜테의 손을 꼭 잡고서 나는 그녀와 함께 모두의 곁으로 달려갔다.

저자 후기

이번에 「아무래도 제 몸은 완전무적인 것 같아요」 6권을 구매해주셔서 진심으로 감사드립니다. 여러분, 챠츠후사가 오랜만에 인사드립니다.

이런저런 일들이 있었는데 이 책이 무사히 발매될 수 있었던 건 오로지 모든 출판 관계자 여러분, 구매해주시고 응원해주신 독자 여러분, 마이크로매거진 임직원 여러분, 담당자 I님 덕분입니다. 그리고 이번 권에도 근사한 일러스트를 그려주신 후미 선생님. 진심으로, 진심으로 감사드립니다.

자, 이번 대서고탑 사건은 어떠셨는지요? 이번 권에서는 메어리 이외의 히로인을 만들어봐야겠다는 생각이 들었습니다. 그래서 내친김에 정통파 히로인을 등장시켜봐야겠다고 의욕적으로 창조한 캐릭터가 바로 시타였습니다. 그런데 점점 갈수록 이 아이도 개성이 독특한 아이로 변해가는데, 이건 제 천성 때문일까요? 평범함이란 뭘까……(자문자답).

당초에는 메어리도 조역으로서 조력하는 포지션에 세워보려고 했는데 어느새 암약하는 주인공이 되고 말았습니다. 왜 이렇게 된 걸까요……(아련한 눈빛).

어쨌든 좋은 의미로 여전히 메어리의 생각대로 흘러가지 않는 이야기였습니다. 그래도 여러분들께서 즐겨주셨다면 기쁘겠습니다.

그럼 다음 권에서 뵙기를 기대하면서 이만 물러나도록 하겠습니다.

Douyara Watashino Karadawa Kanzenmuteki No Youdesune Vol.6
©2022 by Chatsufusa, Fuumi
All rights reserved
First published in Japan in 2022 by MICRO MAGAZINE, INC.
Korean translation rights reserved by Somy Media, Inc.

아무래도 제 몸은 완전무적인 것 같아요 6

2022년 12월 15일 1판 1쇄 발행

저　　　자 챠츠후사
일 러 스 트 후미
옮 긴 이 박춘상
발 행 인 유재옥
본 부 장 조병권
편 집 1팀 김준규 김혜연 박소연
편 집 2팀 박치우 정영길 정지원 조찬희
편 집 3팀 곽혜민 오준영 이해빈
라 이 츠 김정미 맹미영 이윤서 이승희
디 지 털 김지연 박상섭
미　　　술 김보라 박민솔
인쇄제작처 코리아피앤피
발 행 처 ㈜소미미디어
등　　　록 제2015-000008호
주　　　소 서울시 마포구 토정로222, 403호 (신수동, 한국출판콘텐츠센터)
판　　　매 ㈜소미미디어
마 케 팅 박종욱
영　　　업 최원석 한민지
물　　　류 백철기 허석용
전　　　화 (02)567-3388, Fax (02)322-7665

ISBN 979-11-384-3472-0 04830
ISBN 979-11-6389-523-7 (세트)